EL SECRETO DEL TARAWA

Benjamín Pérez Vega

Créditos
Edición, 2010

Prohibida la reproducción total o parcial de esta obra por cualquier medio técnico, mecánico o electrónico sin previo permiso escrito por parte del autor.

© Benjamín Pérez Vega

ISBN 978-1-935606-39-0

Benjamín Pérez Vega
Box 663
Culebra 00775
tania.perez@yahoo.com

Producido en Puerto Rico

Diseño: Eva Gotay Pastrana
Publicaciones Puertorriqueñas, Inc.

Impreso en Puerto Rico
Publicaciones Puertorriqueñas, Inc.
Calle Mayagüez 46
Hato Rey, Puerto Rico 00919
Tel. (787) 759-9673 Fax (787) 250-6498
e-mail: pubpr@publicacionespr.com

Índice

Manifiesto mi gratitud

Una sola persona, no puede, la labor sería cuesta arriba, la misión mas difícil, proponerse realizar una obra como El Secreto del Tarawa, solo, sería algo egoísta, casi imposible, ¡qué bueno cuando surge la ayuda!, cuando aparecen los voluntarios y meten mano, con alegría y sinceridad; solo entonces, se puede descubrir los secretos.

Vaya pues, mi manifiesto de gratitud. Mi aprecio y las mas expresivas gracias a este formidable equipo de colaboradores, quienes tuvieron a bien, que usted pueda disfrutar esta historia.

Agradezco de corazón a Juan Romero, Blanca Iris, Tania, René, Tamara, Tirsa, Adriana Paloma, Dolly, Filí, Neil, Johana, Michelle Valle, en Culebra.

En Vieques, al fenecido compañero Carmelo Félix (el místico), entre otros que no recuerdo. En Seva, al insigne Luis López Nieves y a mi abuelo, también fenecido Luciano Pérez. En Guánica a la computadora de Frank García, mi buen amigo.

A todos y a todas.

Gracias.

Benjamín

A falsos valores, como el
dinero y el dominio, queremos
mediante estas historias
oponer valores inmutables,
tales como la compasión,
la perseverancia, la comprensión
y el amor.

Benjamín Pérez Vega

"Yo leo Historia, para entretenerme
y a partir de esto me dí cuenta
que la misma es ficción".

Luis López Nieves

"Los nueve que murieron en Oupi" (O.P.)

Una vez
sucedió en Culebra,
que un avión
de la Marina
a su propia gente hirió.
Ellos tenían un Oupi (O.P.)
pintao de blanco
y ese avión
lo voló, lo voló, lo voló...
en mil pedazos
murieron nueve, me dijeron
nueve menos yankees
los saldados vigilantes del Oupi (O.P.)
acribillados con sus mismas armas
Allí se murieron, allí se quedaron,
los nueve quebrantados.

coro

Me lo dijo don Pablo Ayala
Me lo dijo don Pablo Ayala
Me lo dijo don Pablo Ayala
que esto iba
a suceder, he, he, he ...

Trova de Zenito Félix Munet
1071 - Culebrense

USS Tarawa

USS Tarawa launching Bombers

O.P. Culebra

Preámbulo

Cuatro invasiones a suelo puertorriqueño

He aquí una historia espeluznante. En mayo del 1898 invadieron a Seva, ese mismo año en el mes de julio Guánica corrió la misma suerte, cuatro años más tarde la Isla de Culebra también sufrió el fragor de la Marina U.S.A. Finalmente pero con no menos violencia, en 1940, Vieques se fue por la vía rápida, tres cuartas partes de sus mejores tierras quedaron ocupadas por el ejército de los Estados Unidos.

Haciendo una aclaración necesaria, sépase que al mejor cazador se le puede escapar la liebre, quiero decir..., entiéndase, se trata de la historia, lo que sabemos a través de otros, quienes se ocuparon de escribir o quienes nos contaron relatos, así como ahora Juan, Luis L.N., Monchín, Mono Bravo, abuelo Luciano y Carmelo me han alentado con sus narraciones y aquí les dejo plasmadas para que la reacción en cadena continúe hasta el fin de los tiempos. En cierto sentido las palabras penetran en la sociedad, a veces hechizan y pueden ser reescritas por terceros. Muchos lectores no habían contado con estos detalles sobre las cuatro invasiones que sufrió el territorio puertorriqueño, dos en el siglo XIX, Seva y Guánica y dos en el siglo XX, Culebra y Vieques, invasiones por parte del mismo imperio.

En las primeras dos invasiones, plantaron bandera y se hicieron dueños y señores de todo Puerto Rico, como botín de guerra; y así pasamos a ser la colonia eterna en un laberinto sin salida. Mayo-05-1898- mientras en Seva se luchó hasta las últimas consecuencias, o sea los sevaeños, en un acto de valor heroico, aplicaron una consigna que aún no estaba inventada (patria o muerte). Los patriotas cayeron luchando por la libertad. Julio-25-1898- en Guánica fue otro cantar, "welcome home gringos"; miren que estos españoles nos tienen hasta la coronilla, no es que queramos salir de Guatemala para meternos en guatapeor. De ninguna manera, es que se nos ha dicho que ustedes son nuestra salvación, que muy pronto tendremos un gobierno civil, luego vendrá la autonomía, soberanía y ya ahorita seremos libres como los mares y el viento.

Adelante americanos, a enarbolar su bandera y que se arríe el pendón de la corona, de todas maneras fue una invasión; pues siempre hubo quienes le arrojaron unas cuantas pedradas, se arrestaron medio centenar de sediciosos frustrados sin apoyo del pueblo.

Mayo 12-1902- la invasión en Culebra- Llegaron envalentonados, sacando pecho, muy reciente habían conquistado otros lugares y estaban ansiosos por continuar haciendo escante. Expropiaron el pueblito de San Ildefonso y mientras los campesinos hacían de tripas corazones, buscando lugar para levantar sus humildes chozas, batallones de soldados, tal como sucedió en Seva, construían una poderosa base militar, exactamente sobre los escombros y ruinas de lo que fue el pintoresco pueblito.

Mayo 13-1940- factor sorpresa, entra la Marina a Vieques a tumba y raja; invadió de norte a sur y de este a oeste. Aquí estamos porque llegamos y venimos en pro de la Defensa Nacional; ¿O qué ustedes quieren? ¿Qué mañana seamos japoneses? Vamos a practicar tiro al blanco, estas tierras son ideales para nuestro propósito, ustedes tendrán empleos, serán tratados con respeto. ¡A bombardear, se ha dicho! ¡God bless America!

Aquí está la historia, agradézcanle a Juan el de Resaque, a Luis L.N, el contacto del historiador Víctor Cabañas, Monchín, Mono Bravo, abuelo Luciano y a mi amigo y compañero Carmelo Félix; los vacíos que hemos dejado en estos relatos a continuación deben ser llenados por su imaginación, es esta precisamente la intención de mi novela: "El Secreto del Tarawa", cuya acción reveladora toma acción entre los historiadores mencionados, profesionales, escudriñando el pasado, o sea, los tiempos del tiempo, evaluados por la historia. Novela corta, pero ambiciosa, eficaz en teoría y en la práctica. Fácil de seguir, porque sus personajes somos todos. En el caso de Guadalupe Santiago Navarro, es símbolo de un típico culebrense, al igual que don Gero, el ser pintoresco que aparece en todos los pueblos. Ignacio Martínez, el niño más listo de Seva, se le desapareció al General Miles, como conejo de mago y logró vivir para contarlo. Lamentablemente en Guánica, no sobró tiempo para un testigo, en realidad, allí la invasión fue efímera, transitoria. De todas maneras, esta novela plantea unos asuntos interesantes, no tan explorados hasta el día de hoy, en nuestra literatura, a pesar que es la espina dorsal de nuestra historia. Léala, disfrútela, constérnese y créala, y cuéntesela a su vecino.

Att. Benjamín Pérez Vega
Culebra

«Dedicación »

A las gaviotas, aves del cielo; arriban a nuestra isla, a principios de abril, justo en la corrida de la sierra y el dorado. Anunciando los cardumes de mijúas y sardinas, todo alrededor de la isla, incluyendo Culebrita, Cayo Norte y Luis Peña, pero hay tiempos de escasez y sus pececillos no aparecen, es entonces cuando vuelan con tristezas sobre todo el poblado, esperando las migajas de los seres que se apiadan, su chillar de algarabía es muestra de gratitud.

La gaviotas son testigos estrellas de mi historia y de esto saben más que nosotros; por tal razón creen, y así como todo el pueblo de Culebra, ellas también pagaron precio alto en pos de descifrar el secreto. En el mes de septiembre, cuando el invernazo se recrudece, retornan al lugar de su procedencia.

¿De dónde vienen las gaviotas?

¿A dónde irán las gaviotas?

Capítulo I

El 18 de octubre de 1975, se hizo una gran fiesta en la plaza pública y la playa de Flamenco simultáneamente, se celebraba con tremenda alegría, la salida de la Marina de Culebra. La Marina desmanteló el puesto de observación (O.P.), empaquetó sus más valiosos equipos y se fue con su música a otro lado. Por fin el O.P. dejaba de controlar la vida de los culebrenses y a nadie mas observaba desde allí, pero dicen los que saben muy bien esta historia que por aquel viejo edificio todavía se pasean los fantasmas de aquellos nueve oficiales, quienes fueron víctimas de un errático cañonazo; sin embargo, para quienes saben el secreto del Tarawa, entienden que el cañonazo fue perfecto. Un tiro certero en el mismo centro del O.P., luego el teniente Maratti dirigió su "Spit Fire" al portaviones Tarawa, donde fue recibido por el alto comando de la Marina, con motivos de una pequeña investigación. El secreto del Tarawa está por averiguarse, veamos que sucedió en realidad:

- No, no, no, para, para... tú me vas a decir que el bombazo del O.P. fue cierto y que allí murieron nueve oficiales.

- Si mi amigo Benjamín, te lo digo, lo sostengo y te lo puedo probar.

- Caramba Juan, no podemos ser tan ingenuos, eso del bombazo fue un truco de publicidad, para desacreditar la Marina. Tú sabes que para ese entonces el comunismo estaba en todo su apogeo y se valieron de esta mentira para tratar de seguir ganando terreno en occidente.

1

- No, no, mi hijo no..., lo del bombazo del O.P. fue tan cierto como ese candente sol que ahora mismo quiere partir el centro de la tierra.

- Vamos Juan, ¿Existe alguna prueba, un documento, evidencia?, ¿Qué tienes tú para explicarme?

- Benjamín, esta historia me podría comprometer, la verdad es que la Marina ha hecho todo lo posible para que nadie se entere de este asunto, pero el cielo no se puede tapar con una mano.

- Mi querido Juan, ¿Cuál sería la razón de la Marina?

- Explícate Benjamín.

- Si Juan, ¿Porqué la Marina no quiere que nadie se entere de ese terrible error?, que causó la muerte de nueve de sus mejores oficiales.

- Fácil Benjamín..., imagínate que ese bombazo hubiera caído en el centro del pueblo.

- ¡Uh! Cará, cierto es..., como que ahora estoy entendiendo mejor, pero aún no me has probado que ese suceso fue real.

- Benjamín por Dios, vamos, vamos a la historia: primero y para beneficio de toda esta nueva generación que se levanta ahora, como con una venda en los ojos y no saben ni un pepino angolo sobre nuestra querida islita, por lo menos no digo yo, de la prehistoria, que nadie a ciencia cierta sabe con exactitud; si no de cuándo comenzó la historia escrita, de cómo vivían nuestros ancestros, dígase, aborígenes, descendencia africana y por supuesto los primeros conquistadores y los segundos invasores, ya saben ustedes, españoles y gringos. Se dice que aquí en Culebra existieron dos tribus de indios Taínos, por los diversos objetos encontrados en los sectores de Tórtolo y Rompe Anzuelo (hoy Carlos Rosario) tales como hachas de piedra, maracas de barro cocido, ollas, collares y osamentas humanas encontradas sepultadas a cierta profundidad bajo la tierra; queda perfectamente probado que verdaderamente existieron   estas tribus en dichos lugares. Lamentablemente a causa de la explotación a que fueron sometidos por los españoles y los despiadados ataques de los feroces piratas, estos aborígenes fueron prácticamente desaparecidos de la isla. De cierto, durante siglos los indios fueron muy felices, desgraciadamente su raza fue exterminada, los taínos ya no existen.

- Pero Juan..., por favor, ¿de qué estás hablando?, te has salido del tema en un giro de 360 grados.

- No Benjamín, mira... esta conversación se está grabando, de manera que como te dije antes, creo que va a ser de gran utilidad a estos niños, jóvenes y hasta mayores que se deben interesar por nuestra historia y te digo, mi hermano que las cosas hay que comenzarlas desde el principio.

- Entonces, mi amigo, esto va pa'largo.

- Sí Benjamín, tu también debes poner atención a lo que te estoy diciendo, ten paciencia que vamos a llegar al secreto del "Tarawa" pronto.

- Juan, por mí despreocúpate, yo estoy dispuesto a escucharte todo el resto de la tarde y parte de la noche, a mi me fascina la historia y si es de mi querida isla de Culebra, magnífico, mucho mejor.

- Pues bien Benjamín..., continuemos, como te iba diciendo ¡uf! Me parece que se me fue el hilo.

- Juan..., te quedaste en que los taínos ya no existen.

- ¡Ok! Escucha bien: Mucho tiempo después, cuando la isla de Culebra dejó de ser virgen, es de suponer que la estrenaron los aborígenes, posiblemente la disfrutaron sabrá

3

Dios cuantos años, nosotros jamás lo averiguaremos, pero sí sabemos algo basado en ciertas leyendas e historias que gracias a quienes se les ocurrió escribir, hoy tenemos un punto de salida. Érase el año 1709, llegan los piratas a la isla y la atacan por sorpresa, minutos antes de salir el sol. Decenas de corsarios irrumpieron en su aldea con sus machetes en mano y usando unos largos arcabuces cometían una masacre contra los indefensos taínos. El factor sorpresa no permitió la resistencia, el sol, la arena y el cielo fueron testigos de esa horrenda matanza. Los piratas parecían estar borrachos y continuaban bebiendo ron. Los indios sobrevivientes lograron escalar el cerro Balcón, donde se refugiaron por unos días, desde allí vieron el barco pirata navegar hacia Barlovento. He aquí unos seres pacíficos, nobles, quienes durante siglos habían vivido tranquilamente en ésta isla, desgraciadamente su suerte comenzaba a cambiar. Continuaron las luchas contra los piratas, entonces llegan los españoles, para mayor adversidad. Los taínos se defendieron con honor y dignidad por mucho tiempo, pero desafortunadamente su isla fue codiciada y cautivada por la plaga de nuevos conquistadores con profunda sed de matar, saquear y explotar lo que por ningún concepto divino, ni moral, ni legal, les pertenecía. Los taínos ya no existen, ahora son los españoles, quienes se han apoderado de esta bendita tierra. En realidad nunca se interesaron por la fundación de un pueblo, pero sí su primer paso en la isla fue la construcción formidable de un faro, en el cayo de Culebrita (1870-1874). Luego cuando su imperio cae y apenas tenían el poder y la solvencia económica, se antojaron de la fundación del pueblito de San Ildefonso (1881). Los colonos arribaron a la isla de Culebra el 27 de marzo del año 1880, desde su entrada a la bahía, la tierra les pareció buena. Los primeros meses, durante los cuales llegaron más campesinos, fueron de continua lucha por vencer el ambiente, hubo hambre, sed, enfermedades y accidentes. Se construyó un pequeño fortín, un cuartelillo y se trazaron tres calles, se plantó semilla. Don Cayetano Escudero fue nombrado gobernador de la isla; precisamente para esos días, la corona perdía poder en América, el caos se agudizó. Pasados varios años de la fundación, San Ildefonso vivía la ilusión de la abundancia y la prosperidad. Se llegó a creer que la isla estaba bendecida, pero desgraciadamente esa dicha y felicidad desapareció de cantazo. La invasión del 1902, fue algo terrible; cuatro años antes exactamente un 25 de julio, tropas Norteamericanas habían invadido la Isla Grande (Puerto Rico), y en un santiamén los españoles quedaron derrotados, fuera de control. Durante casi veinte años, los residentes de San Ildefonso vivieron tranquilos y felices en su pueblito, pero una noche de cielo negro, millones de estrellas y luceros resplandecían, ausente estaba la luna, reinaba el silencio, la paz y sobretodo la inocencia de personas humildes, pescadores, agricultores y amas de casa que componían su inmensa mayoría. En la oscura noche los animales se paseaban por las calles. La capilla dormía con las puertas abiertas, lo mismo las escuelas y demás construcciones públicas. No muy lejos de allí, luciendo exótica verja de cactus y maguey, el cementerio, esa noche no había luna y sus pocas tumbas blancas, no se reflejaban como en las noches claras. San Ildefonso siempre fue un pueblo alegre, sano y hospitalario, situado al noreste de la bahía Ensenada Honda. Antes del alba, los isleños comenzaban a realizar sus tareas, los niños retozaban lo suficiente, antes de incorporarse a sus salones de clases. En San Ildefonso se vivía familiarmente. Para los disturbios naturales, el pueblo se unía con fe y devoción; se resistía con sensatez y buen juicio hasta superar la situación. La semana santa se respetaba. Para el verano se participaba de tres días de júbilo y buen compartir, especie de areyto taíno, luego navidades con gran solemnidad. Así se vivía, pero en 1902 hubo una injusta invasión. Aquella oscura madrugada, se escucharon botas militares ¡bum,bum,bum!, se escuchó que hablaban y gritaban en otro idioma, el cual no era castellano. Hubo miedo en San Ildefonso, jamás se había visto equipo militar y tantos hombres a pie y a caballo. Embestían a todo. Destrozaban todo, varias bombas estallaron, la ensordecida furia robó la serenidad de la isla, cambiando la exquisita tradición y cultura para siempre. Los isleños permanecieron inertes y asombrados ante aquél descarado asalto por sorpresa. Permanecieron en sus casas, en absoluto silencio, atemorizados, escuchando el repicar de tambores y fanfarrias de clarines, mientras un tal comandante Heines ordenaba el izamiento de la bandera invasora. El pueblito quedó arrasado, no se salvó ni la iglesia. Los campesinos se dividieron en dos bandos; los primeros llegaron a cierto lugar al cual bautizaron como "El Cayo", el otro grupo acampó en playa Sardinas.

- ¡Qué interesante! mi querido Juan, es una historia hermosa, ¡uh!..., pero también conmovedora; de manera que así fue la suerte que corrieron nuestros abuelos, tiene que haber sido un poco doloroso..., entonces el secreto del Tarawa......

- Bendito, Benjamín, veo que estás muy ansioso por averiguar lo del bombazo al puesto de observación, pues déjame decirte que falta un montón para llegar al 1946, aquél solemne día cuando sucedió ese desgraciado accidente.

- Amigo Juan, ¿podrías pasar las páginas?

- No Benjamín, lo siento, pero de ninguna manera te anticipo nada sobre el Tarawa sin haberte contado toda la historia.

- Muy bien, Juan, pues mira, ya está oscureciendo, estoy seguro que igual que yo, tu tienes hambre. ¿Qué tu crees?, vamos a nuestras casas y mañana continúas contándome todas éstas cosas tan interesantes que yo mismo desconocía.

- Hasta mañana muchacho. ¡Ah!, nos vemos aquí mismo o quieres que vaya allá a puerto de palos.

- Como quieras Juan, yo te llamo... buen provecho, adiós.

Me pasé la noche entera soñando con el Tarawa, no era ningún guille de investigador y mucho menos obsesión por algo que hasta el momento desconocía totalmente; simplemente había escuchado algo, una bomba que cayó sobre el O.P. y la curiosidad me inquietaba. Uno pone y Dios dispone. Al día siguiente, aunque se me pegó la sabana un poco, me levanté a las 7:45 a.m.; pasé gran parte de la noche reflexionando en la historia que Juan relataba. ¡Caramba!, me dije varias veces, nuestra islita tiene un bello pasado, se puede escribir un cuento, una novela, ¡que se yo!..., hombre, mejor un libro de historia, ¡ah caray! Se podría hacer hasta una buena película; pero, que interesante es tener conocimiento de los acontecimientos pasados y cosas memorables. Tan pronto como desayuné, loco de contento por continuar escuchando la narrativa de Juan, descolgué el teléfono y marqué el 742- xxxx, el aparato estaba ocupado, tomé otra taza de café, fui al correo, de paso compré el vocero, revisé los deportes, la página de Cheo, algo sobre las mascotas y llené el crucigrama. Lo demás, sociales, política y otros bochinches, me los sabia al revés y al derecho, de manera que no fue necesario observar esas páginas... ya es hora, me dije, agarré el bejuco y ya Juan me estaba escuchando al otro lado de la línea. El día se había nublado y unas lloviznas comenzaban a caer, todo se había tornado oscuro.

- Sí, ¿eres tu Benjamín?, por favor discúlpame, esta noche nos vemos en la plaza, allí te explico, a las siete, ok.

Uno pone y Dios dispone, a las diez de la mañana la cosa estaba caliente de veras, soplaba, llovía, relampagueaba y tronaba. No se había anunciado mal tiempo, pero en verdad la borrasca impresionaba, daba miedo. Una tormenta eléctrica es algo serio, menos mal que no se prolongan tanto, sin embargo aquella parecía eterna. A las dos de la tarde amainó, el sol seguía brillando pero por su ausencia, los nubarrones no cedieron. A las cinco y treinta sonó el teléfono.

- Buenas tardes; ¿quién habla? Contesté.

- Soy yo Juan, para decirte que lo siento muchísimo, no voy a poder estar en la plaza.

Uno pone y Dios dispone, que sea tu voluntad Padre Santo.

- ¿Qué sucede Juan?, ¿tienes problemas?, ¿en qué puedo ayudarte?

- Nada Benjamín, salgo para Santa Cruz mañana a las 8:00 a.m.

- ¿Cómo dices, Juan?, ¿y el secreto del Tarawa?

- Olvídate del Tarawa, se me presentó una gran oportunidad y ya tú sabes, hay que aprovecharla. Tu sabes bien como está nuestra querida isla y gracias a Dios hoy se ha pasado el día lloviendo, porque esta sequía ya estaba arruinando las siembras y ganadería.

- Bendito, Juan, no sé que decir, pero si es por tu bien no pierdas tiempo.

- Sabes que..., sobre la historia, bueno, yo te recomiendo que veas a Domingo Monell o a Cosme Peña; ellos saben perfectamente cómo se batía el cobre aquí en Culebra.

- ¿Y sobre el Tarawa, sabrán algo?

- ¡Y dale Benjamín al canasto!..., no olvides que te dije bien claro que este asunto del Tarawa, me puede traer serios problemas. De ninguna manera los americanos quieren que salga a la luz ese secreto, Benjamín entiéndelo así.

- Pues entonces me gustaría seguir con nuestra historia.

- Es lo mejor, Domingo o Cosme te pueden ilustrar sin dejar un solo detalle; si no, ve donde don Claro Feliciano, me dicen que él está escribiendo un libro sobre la Isla de Culebra.

- Allá iré, gracias Juan, no te tomo más tiempo, buen viaje y mucho éxito allá en Santa Cruz.

- Hasta luego Benjamín y que tu también tengas suerte en la búsqueda de ese gran secreto del Tarawa, ya nos veremos en el futuro.

Capítulo II

1966, finalizó la luna de miel entre la Marina y el pueblo, los setecientos habitantes de la isla, se hastiaron totalmente con el drástico cambio de la Marina en sus actividades bélicas de entrenamiento. La Marina incrementó el bombardeo, de tal manera que convirtieron la isla en un verdadero infierno. Era la guerra de Vietnam que se recrudecía, mientras más cadáveres llegaban a Puerto Rico, más bombas lanzaban sobre la península de Flamenco, mogotes y cayos alrededor de la isla y hasta en la misma bahía de Ensenada Honda y frente al cayo Luis Peña dejaban caer sus bombas de profundidad y balas de metralla. Por lo tanto como resultado de estas nuevas prácticas, finalizó la paz en Culebra, se acabó la tranquilidad, se fueron ajuste las nasas de los pescadores y al suelo todas las guardarrayas de los agricultores.

- Hay que protestar- dijeron los paisanos. Y así mismo fue, se luchó contra la Marina a brazo partido. La playa de Flamenco fue el escenario de los encontronazos. Por seis años consecutivos se confrontó la Marina; unas veces con diplomacia, otras tantas físicamente. En el año 1972 anunciaron su retiro, dijeron que para el 1975 recogerían y se marcharían a otro lado. Así fue, el 18 de octubre de 1975 el pueblo de Culebra celebró en grande, la prensa, local, nacional e internacional cubrió la magna actividad. También Juan apareció cámara en mano, tomando fotos a diestra y siniestra a los altos funcionarios de los Estados Unidos, al gobernador de Puerto Rico, Rafael Hernández Colón y por supuesto a Reymundo y

11

to' el mundo. No le fue muy bien en Santa Cruz y los últimos años los pasó en San Thomas, donde se había convertido en un personaje de respeto y confianza de todo el gobierno de las Islas Vírgenes (USA). Nueve largos años pasaron desapercibidos, tan fugaces que no hubo tiempo para la historia, algo fatal, un desastre. Imagínese esta nueva cosecha de jóvenes culebrenses, no saben donde queda el "Cerro Balcón", 97% no han pisado Culebrita y mucho menos Cayo Norte; no conocen nuestros artistas, científicos, músicos, atletas y deportistas. Posiblemente no saben quien fue Leopoldo Padrón, ni Pedro Márquez, ni Doña Engracia Mulero, Pepe Santana, Chispa, Antolín, mano Diego, Rafael Soto, Dr. Mañe Collazo, Felipa Serrano, Toñita Monell, Gladys Ortiz, Sofia Pérez, Marcelina Díaz, Mr. Ortiz, Mr. Nazario, Chonona, Totó Romero, Don Carlos Fischbach, Polín García, Patricio Monell, Doña Sandalia... ¡eah!. Cuanta historia ha quedado sepultada bajo toneladas de infame olvido y dejadez. Nuestro pasado también es digno de que se escriba, es necesario que quede plasmado en los libros, grabaciones, videos y computadoras; quien no conoce su historia siempre estará expuesto a cometer terribles errores. Yo también soy culpable, la vagancia y la falta de interés me han azotado muy fuerte, de ninguna manera puedo decir que el tiempo nos traiciona, es que le hemos dado mucho tiempo al tiempo; pero dice el refrán y es muy cierto: "nunca es tarde si hay buenas intenciones". Nueve años atrás, antes de Juan marcharse a Santa Cruz, mi interés por la historia era voraz. Juan se fue, me recomendó tres buenos historiadores, Domingo Monell, Don Cosme y Don Claro; desgraciadamente no tuve contacto con ninguno, por lo menos para hablar del asunto. Yo también había echado un pie y estuve varios años fuera de la isla; ahora hemos regresado, tanto Juan como yo nos encontramos en nuestra querida islita. Mañana voy a visitarlo, es posible que guste de compartir algún diálogo de nuestra historia, en todo caso que me cuente cómo le fue en Santa Cruz y en San

Thomas, yo por mi parte estoy muy a bien escucharle, claro..., sobre el "secreto del Tarawa", ni una sola pregunta, ni una jota. Exactamente a las diez de la mañana del día siguiente, frente al correo, nos dimos tremendo abrazo, abrazo de bienvenida y de nuestro propio encuentro.

- Mucho gusto me da verte de nuevo, mi querido hermano.

-Vaya, parece que fue ayer y ya han transcurrido nueve años, a mi también me da mucho gusto verte, saludarte y estar aquí bajo el sol de nuestra añorada islita.

-Vamos, te invito a tomar un café, ahí en el hotel de Tío Loncho; allá me cuentas como fue la cosa en Santa Cruz.

- Vamos para allá.

En la terracita del Hotel Puerto Rico, de lo menos que hablaron estos dos buenos amigos fue sobre Santa Cruz, San Thomas y Nueva York, donde había recalado Benjamín, un par de años antes que la Marina empaquetara; sucedió allí que se arremolinaron otros tantos compueblanos y entre saludos, preguntas y opiniones se formó el corillo. Tío Loncho se gozó de principio a fin toda la reunión, allí solo se habló de la salida de la Marina.

- Por fin lo logramos, por fin cayó el gigante Goliat.

- Por fin nos bañaremos en la Playa de Flamenco.

- Por fin llegó la paz.

- Por fin se nos devolverán todas esas tierras usurpadas.

- Por fin pescaremos tranquilos.

- Por fin nos indemnizarán.

Así sucesivamente llovieron las ideas y opiniones, surgieron las preguntas; y Juan rebozaba de alegría contestando a todas

13

entre sorbos de café y picadura de queso blanco con pasta de guayaba. Yo había permanecido calladito, era todo oídos, tenía puesta mi fe en que alguien indagaría sobre el bombazo del OP, pero nada, poco a poco los paisanos fueron desfilando y ya era cerca de las tres de la tarde, después que Cumede y Chen nos sirvieron tremendo plato de arroz, habichuelas, aguacate y pollo frito... imagínese, a Juan le cayó la macacoa encima, respiró profundo, dió gracias a las simpáticas dueñas del hotel, dijo adiós a Tío Loncho y a grandes zancadas puso un pie en polvorosa, solo tuve chance de gritarle:

- ¡Juan...no me he olvidado del Tarawa!

Y desde el balcón del hotel, se vió el celaje del hombre, feliz y contento, pasaba de la Calle Castelar a la Sallisbury, para enfilar a su lugar favorito en la isla, el atractivo Barrio Resaca.

- Estamos en deuda, Juan y yo con ustedes, le dije a Cumede y a Chen, quienes junto a Tío Loncho se mondaron de la risa.

- ¡Ah no! Ustedes no deben nada aquí, ustedes son de la casa, son como mis hijos.

- ¡Como que no debemos nada tío! Si tomamos café tres veces, jugo de limón dos veces; y ese banquete que nos comimos ¿Quién lo va a pagar? Mire tío, el viernes si Dios quiere le traigo los chavos.

- Vete tranquilo Benjamín y olvídate de eso y ya sabes te espero pronto por aquí, esta es tu casa.

- Gracias tío, ya nos veremos.

Opuesto al rumbo de Juan, me fui por la Calle Buena Vista, dí con Arquelio y Salolo, quienes sostenían un interesante diálogo sobre últimos acontecimientos en la isla; saludé y proseguí, bajé las escaleras entre Rafael Cordero y la Iglesia

Católica; caí en la William Font, unos pasos mas salí a la Pedro Márquez y pronto ya estaba en mi ranchón frente a la Laguna Lobina, en Puerto de Palos. Me eché dos cubos de agua por encima, subí a la casa de arriba para saludar los viejos. Sofía me recibió con una taza de café, la saboreé mientras compartí ciertos comentarios cotidianos; pedí la bendición a la vieja y bajé nuevamente a la cueva, como le llamábamos todos al sótano de la casa. Eran las seis y cinco de la tarde cuando me tiré al catre y al resplandor de la luz lúgubre de una vela me quedé dormido mientras leía la novela "La casa de la laguna", de la autora puertorriqueña Rosario Ferré. Recuerdo que poco antes de cerrar los ojos meditaba profundamente y me preguntaba el porque Juan le sacaba tanto el cuerpo al asunto del Tarawa; también pensé en la charla de la tarde en el Hotel de Tío Loncho. ¿Qué nos espera, ahora que la Marina retira sus cañones? ¿Qué sucederá en nuestra querida isla? Lo demás fue otro sueño, ¡Oh! el dichoso Tarawa, ¡Dios mío...! lo ví anclado frente a la Bahía de Playa Sardinas, un barco de guerra gigantesco, repleto de aviones, tan enorme como el mismo Cayo de Luis Peña; como si fuera una de las siete maravillas del mundo, algo sumamente colosal; el Tarawa en plena maniobra en Culebra. Aeroplanos subían, lanzaban sus bombas sobre la Península de Flamenco, bajaban nuevamente al portaviones, cargaban otras bombas y repetían la operación. A las tres de la mañana desperté gritando con una horrible pesadilla, pero vivía solo y nadie me escuchó. Me lavé la cara un poco, me vestí y a esa hora salí a deambular por el pueblito, los gatos negros también deambulaban; mientras los perros hambrientos, sin perder sus esperanzas, rebuscaban en los zafacones. En la esquina, frente a la corte municipal, saludé a Mr. Nazario, eran las cinco y media de la mañana y allí estuvimos platicando hasta que el primer rayo de sol nos avisó que el día ya comenzaba; entonces los gallos comenzaron su tradicional concierto.

- Hasta horita Mr., voy derechito para la cama otra vez, anoche no pude dormir.

- Cuídate mi hijo, me contestó, que de los buenos quedamos pocos y de los malos, no esperamos nada bueno.

Hice rumbo a la cueva, ansioso por tirarme al catre de nuevo, mientras observaba con el rabo del ojo y entre las primeras claridades de la mañana, vi al buen Mr. Nazario enfilando sus pasos hacia el Hotel Puerto Rico. Me propuse dormir el resto del día, pero cerca de las once, me despertó Sofía con dos cojinúas y seis arepas.

- Beja, Beja... levántate, que te va a coger el día, me dijo la vieja en tono de broma y añadió: toma, aquí tienes este pescao y arepas fritas, los cogió tu papá ayer tirando chinchorro en Tamarindo.

- Gracias mami, póngalo ahí, que los gatos no se lo vayan a comer, voy rápido a darle diente, ¡mami!, le pregunté: ¿y Juan, no me ha llamado?

- No, mi hijo, no, solo Filí y Flores preguntaron por ti, pasaron a abordar la lancha de pasajeros, con destino a Vieques, entendí que iban a alguna actividad en la Esperanza, inauguración del Malecón, ya sabes que donde hay jolgorio, esos amigos tuyos siempre dicen presente.

Tan pronto como saboreé las cojinúas con las arepas, continué leyendo La casa de la laguna, que en realidad estaba a la mar de interesante, Rosario Ferré escribe fantástico, me dije. Al oscurecer me tiré del palo, me eché un cubo de agua por enzima, me vestí con la misma ropa del día anterior; mahones, camisa blanca, calzando unas zapatillas New Balance, que usaba siempre para correr maratones. La noche transcurrió tranquila, compartimos par de horas en el billar de Mapey, un buen rato en los dóminos del Blue Bar y por último ayudamos a Guille a cerrar las puertas del Bole. Era domingo y la cosa estaba lenta, pocos clientes y ya mañana nos esperaba la "fábrica" con su insaciable sed de producir y producir a palo limpio, como nos repetía día tras día, el flamante amigo supervisor Tito Ávila. Entonces..., a dormir, a dormir, que ya es de noche, a dormir, a dormir, pichón del monte.

- Hasta mañana, mi gente, ya nos veremos por aquí el próximo viernes. Buenas noches Guille.

En el silencio y la tranquilidad de la noche, bajé por la Pedro Márquez, contando los gatos negros que cruzaban la calle, muy felices en su mundo; también ví dos perros, pocos satisfechos. Los seres humanos brillaban por su ausencia, ni siquiera policías patrullando, el pueblito estaba desierto. Frente a la iglesia católica me persigné y dicho sea de paso volví a recordar el Tarawa. - Juan, Juan, pensé, y se me cuajó en la mente, tirarle una llamada telefónica; pero el mismo reloj me indicaba que sería una gran falta de respeto personal; eran las doce en punto de la noche. Por costumbre volví a persignarme, cosa que había aprendido de Sofía desde mi niñez, aceleré el paso hacia el ranchón, solo pensando en otra opción, en caso que Juan desistiera terminar de contarme el misterioso secreto del Tarawa. Por esos días Domingo había muerto, iría entonces a la casa de Don Cosme, no, mejor visito a Don Claro, que vive aquí cerca, en la calle Castelar. Don Claro si debe tener información por un tubo y siete llaves sobre el bombazo del O.P.; el viernes tempranito antes de coger la calle, iré a hablar con ese gran historiador, él si me puede sacar de esta confusión y aclararme punto por punto, que fue lo que en realidad pasó ese 4 de abril del año 1946, a las diez y veintidós de la mañana. No, no, me parece que debo llamar a Juan primero y hacérselo saber, es cuestión de moral; de todas maneras Juan fue quién comenzó con ese tema y aún no se ha negado definitivamente, veremos a ver que me dice.

Uno pone y Dios dispone, me había propuesto rigurosamente, para el próximo sábado sorprender a Juan en su propia casa, bien temprano en la mañana. Cierto fue que me levanté al amanecer, pero miren como son las cosas de la vida, uno se propone una agenda y cuando todo marcha viento en popa, viene Dios y en un momento cambia todo el panorama. Esa mañana, tan pronto desayuné, loco de contento, porque en realidad tenía el presentimiento de que Juan estaría muy disponible a continuar su narrativa; subí a la casa de Sofía y disfruté de una buena taza de café. Como si fuera un robot, por la misma costumbre de tantos años, salí directo al correo, de paso compré el Vocero, regresé al balcón de la casa, busqué las páginas deportivas, me leí el chiste de Cheo, revisé algo sobre las mascotas y me puse a llenar el dificilísimo crucigrama; páginas de política y otros escándalos sociales al canasto. Entonces me estiré, hice sonar los dedos de mis manos, respiré profundo, dije adiós a los viejos y arranqué rumbo a Resaca con una vieja grabadora, libreta y lápiz, pero sobre todo con el presagio que regresaría con un cúmulo de historia y un tropel de genuina información acerca de aquél sospechoso "portaviones", desde donde salió el bombardero que dejó caer quinientas libras de pólvora sobre el puesto de observación militar, causando la muerte de nueve de sus mejores soldados combatientes. Para mi favor, lamentablemente no fue así, volvió Dios y dispuso de lo que yo había propuesto. Aconteció que al buen amigo, cantante y guitarrista, Lupe Santiago, lo encontraron tirado, casi muerto sobre el muelle de coral, fue un turista quien dio la voz de alerta, llamó al 911 y a eso de las siete de la mañana, la ambulancia lo había trasladado al CDT; lo recibió el Dr. Márquez y de inmediato pronosticó que era una emergencia.

- Llamen al piloto, dijo, voy a preparar la papelería.

En fracciones de segundos, la noticia corrió las cuatro esquinas del pueblo, las barriadas del campo y trascendió más allá de las costas de la isla.

- Mataron a Lupe en una revuelta que se formó en la casa de Coral, comentaban muchos.

- Lupe está herido de muerte, decían otros.

- Le rompieron las costillas al pobre Lupe.

Sucesivamente la noticia corrió a todos y cada uno de los isleños. En el Centro Médico de Río Piedras me enteré de toda la verdad. El mismo Lupe quejándose de dolor en todo el cuerpo, llorando, pero con una excelente actuación, estilo Hollywood, me contó paso por paso lo sucedido aquella noche en la fiesta de los pilotos en la mansión de Doña Coral.

- Ya se lo pueden llevar, dijo el Dr. Márquez, van directo a Isla Grande en San Juan, allí los espera una ambulancia de Centro Médico.

Pero, a la hora de la verdad, Lupe, quien para ese entonces era viudo, estaba completamente solo; sus tres hijas andaban dándole la vuelta al mundo, por tanto no tuvo quien lo acompañara en ese terrible momento de necesidad. Era imprescindible que algún lazarillo se dignara a hacer esa obra de caridad.

- ¿Nadie va con él?, pregunté.

La muchedumbre fijó sus ojos en mí, luego entre ellos mismos, torcieron sus bocas y menearon sus cabezas en gesto negativo.

- ¡Caramba! Me dije, no es justo, un hombre con tanta familia, tantos amigos.

Le entregué la grabadora, libreta y lápiz a Juan Luis.

- Toma, llévale esto a Sofía, que me lo asegure, le dices que me fui con Lupe y le   explicas.

Juan Luis quien solamente se limitó a decir: ¡pleaseee!, no chistó, agarró los artículos y salió a entregarlos; yo en cambio salté a la ambulancia y desde aquél momento me hice cargo del hombre, quien ya tenía los ojos viroteados y respiraba con muchísima dificultad. Cinco días con cuatro noches permanecimos en el Hospital Nacional de Puerto Rico; cuando las enfermeras me entregaron aquel espectro, poco me faltó para salir corriendo, pero permanecí quieto y examiné el elemento de abajo hacia arriba; entonces con todo respeto y en contra de mi voluntad me eché a reír, como hacia mucho tiempo no reía; no por mofa ni burla, si no porque mi amigo Lupe parecía exactamente una momia escapada de su atrio, venía tambaleándose, dando zigzag a derecha e izquierda, enyesado de su brazo derecho que se le había fracturado, con seis costillas rotas, aquél mínimo espacio de tiempo fue aterrador; reconocí a mi amigo solo por la voz, terminaba de narrarle a las enfermeras su triste odisea, escuché bien claro sus últimas palabras.

- Miren muchachas, si no es por aquél americano que llamó la ambulancia todavía estuviese allí tirado.

Las enfermeras no reían si no que escuchaban con asombro y cierto interés, el relato del amigo, que a pesar de su pésima situación, ya había tomado sus bríos, recuperado su personalidad y controlado sus propios impulsos.

- Muchísimas gracias; dije a las enfermeras; quienes me entregaron unos documentos con las instrucciones a seguir en el caso, sería referido al hospital San Pablo en Fajardo, mucho más cerca de Culebra y así facilitar futuras citas médicas.

Caminamos pasillo adelante, siguiendo la línea verde directo al lobby, allí nos detuvimos, descansamos y pensamos.

- ¿Y ahora qué? Pregunté a Lupe.

- Que de que, nada..., ya tu verás como yo resuelvo to' esto.

Cinco días con cuatro noches comiendo mal, durmiendo peor, no es fácil, en realidad estábamos agotados, yo especialmente estaba muerto de sueño.

- ¿Tu tienes chavos? Pregunté

Lupe se echó a reír, mientras pedía prestado a una señora su celular.

-¿Tu sabes el número de Mike Valle?

- No, yo no sé ningún número, no, un momento, yo sé el número de Juan.

- ¿Qué Juan?

- Juan el de Culebra, el que vive en Resaca.

En eso la señora le arrebató el teléfono y siguió su camino.

- "Donde hay gente, no muere gente", dijo.

No sé de quién, pero el hombre se las arregló para conseguir otro celular, me lo pasó.

- Toma, llama a ese tal Juan.

En eso estaban cuando para su suerte recibieron la gran sorpresa. Ayer mismo Mike se había enterado del asunto y rápido, tan pronto pudo salió a las millas hacia Centro Médico.

-¡Que sorpresa!, muchacho Mike, parece que fue Dios que te trajo hasta aquí.

Nos dimos el abrazo de hermanos y pasó a saludar a Lupe con mucha delicadeza; pero éste Lupe es la changa, quedó paradito derechito mirando a Mike solemnemente, con un porte de militar.

-Mande usted comandante, dijo.

Mike estuvo riendo por tres o cuatro minutos; pacientes y visitantes nos observaban como si fuéramos locos, por lo menos eso creían. Lupe no perdió tiempo, tomó la palabra y con su típico estilo mezcla intelectual- jocosa; serio y dándole fuerza a la palabra con auténtica autoridad, comenzó su fabuloso informe; cierto que la fabula surgió de un hecho que fue real.

- Mire, comandante Valle; era la fiesta de los pilotos y allí solo faltaba usted que dicho sea de paso, si usted hubiera estado presente esa noche, seguro estoy que a mi no me tocaba nadie. Allí estaba la Mosca, el Tucán, Cara de loco, Mr. Cien, Alipio y como diez o doce pilotos que no recuerdo ahora. Tenían lechón, pasteles, arroz con gandules, morcillas y arroz con dulce. Las bebidas, imagínese, desde cervezas, whisky, brandy, vinos y hasta cañita. Estábamos en la quinta de Coral, frente a Don Juan Solís, la única música en vivo era la mía, invitados e invitadas estaban gozando un montón. Mire comandante Valle, usted sabe, cada vez que yo le tocaba y le cantaba un bolerito de esos bien románticos, aquello allí se quería caer, pero los condenaos pilotos estos, dígame usted comandante, borrachos y enamoraos tos de la misma mujer, me pidieron que les cantara un bolerito bien sentimental, pero yo soy de los músicos que no me salgo de mi repertorio y lo que venía era una guarachita: el Japo Japonés. Oiga mi comandante y pa que fue eso, aquello allí se convirtió en una verdadera pista y sus muchachos creían que subían y bajaban; lo primero que hicieron fue quitarme la guitarra, Cara de loco me arrebató el sombrero. La Mosca me dio un empujón, lo demás, mi comandante fue que entre todos me cargaron al balcón, me jamaquearon tres o cuatro veces, entonces me lanzaron al espacio. Por obra y gracia de Dios salí con vida de esa terrible locura de estos "pilotitos" de tercera clase.

Cuando Guadalupe Santiago terminó su exposición, los ojos se le tornaron blancos como la tela de coco, trató de sonreír y quedó prácticamente desmayado sobre el sofá del lobby.

- Vamos a casa, dijo Mike, seguramente tienen hambre y estarán locos por llegar a Culebra.

Mike nos llevó directo a su casa en la cuarta extensión de Country Club, allí encontramos un suculento banquete el cual no veíamos hacían cinco días. Comimos, bebimos y reposamos, recobramos energías y ánimo, era raro que Lupe no se quejara y tampoco cerrara el pico, pues continuaba hablando como si tal cosa; quien no lo conocía, podía creer que el hombre estaba alucinando o había perdido la razón; pero nosotros sí estábamos acostumbrados a las arengas, cuentos y chistes del hombre.

- ¿Y la guitarra también la rompieron?

- Muchacho, esa la hicieron harina, tu sabes como estaba esa gente.

- Bien Lupe y mi querido hermano, vamos ahora para Culebra, yo mismo los voy a llevar.

- Caramba Mike, que el cielo te lo pague, es un enorme favor, de veras que estamos agradecidos, dije yo con alegría.

- No, de ninguna manera, este favor lo pago yo, gritó Lupe, haciendo un gesto con su brazo bueno y añadió:

23

comandante, sus langostitas y su buen pescao, eso viene pronto.

- ¡Si pepe!, no me pude aguantar de hacer esa exclamación.

Lupe me miró de arriba a bajo, tampoco pudo detener la risa.

- No, no, ya tu verás, a mi comandante Valle le voy a tener un saco de langostas y el mejor de los pescados.

La familia Valle permanecía seria y en silencio; Mike, quien conocía de las promesas y ofrecimientos del hombre, que en realidad era pescador diestro, ése era su oficio y de eso vivía. Eran tantas las veces que Lupe había hecho la misma promesa que el piloto Mike solo sonreía y en sus pensamientos decía: ¡si pepe! Ponte a esperar. Sin embargo, existía un gran cariño que sobrepasaba el afecto y trascendía a un verdadero amor filial entre el y aquel ser humano, quien vivía en su mundo fantasioso y disfrutaba aún en la adversidad cada instante de su vida. Mike lo estimaba como uno de sus mejores amigos; a veces le consentía ciertas cosas, con tal de que el hombre saliera con una de sus payasadas. Lupe era un cómico natural, poseía el don de la música, inventaba un chiste en el momento y era capaz de sacarle punta a una bola de billar; Mike, como tantos otros, se lo gozaban cual si fuera un Jerry Lewis auténtico, además era sano y de buenas costumbres.

- ¿De verás que te rompieron la guitarra?

- Mi comandante, eso lo lamento más que mi brazo y las seis costillas rotas, usted sabe bien el amor que se le tiene a una lira, es como el amor que se le tiene a una buena compañera, ya eso es parte de mi vida, es como la santa madre de uno.

24

- Pero ahora no podrás tocar por un buen rato.

- Sí, es verdad, pero mire Mike, me dan ganas de echarme a llorar, esa guitarra...

- No te preocupes por eso amigo, tan pronto te quiten ese yeso, tu guitarra aparecerá.

- ¿Qué usted dice comandante?, si ya le dije que la hicieron añicos y lo poco que quedó de ella lo tiraron al mar desde el muelle de Coral.

- Lupe, eso se resuelve fácil, yo te voy a regalar otra.

- Mi comandante Mike, si es que aquella guitarra para mi tenía un valor sentimental profundo, imagínese, que yo ni la prestaba, ni la vendía, ni dejaba que nadie la tocara.

- ¿Porqué?

- Esa guitarra me la había regalado tío Pablo Ayala y si usted supiera la historia de esa guitarra, también la hubiera querido como yo.

- Bueno Benjamín y amigo Lupe, vamos caminando, vamos para Culebra, luego yo volveré mas o menos dentro de un par de semanas, entonces mi querido amigo Lupe me vas a contar paso por paso y con lujo de detalles el misterio de tu adorable guitarra. Vámonos.

A las cinco en punto de la tarde pisamos nuestra querida islita nuevamente, luego de seis largos días en la eterna contienda de las cosas que nos suceden en esta vida. Apenas Mike redujo la máquina de su Cessna.

- Bajen con mucho cuidado, por favor, ya nos veremos pronto, cuídense.

- Gracias Mike, te lo agradecemos en el alma, le dije a mi hermano.

Lupe ripostó: hasta luego, mi comandante, vaya usted con Dios.

Rápido el Cessna-305D, dio un giro del paseo a la pista y en menos de los cien pies, ya había ganado suficiente altura para enfilar rumbo al aeropuerto de Isla Grande, desde donde cuarenta y cinco minutos atrás habíamos salido. Contemplando el 305-D de Mike, pasó por mi mente el "Spit Fire" del piloto teniente Maratti, lo observé con los ojos del alma, era el bombardero, pero no cargaba quinientas libras de pólvora bajo sus alas; si no algo muy especial reflejaba la avioneta de Mike, llevaba el símbolo de paz y libertad; así también lo expresaba aquel hermoso atardecer de cielo rojizo amarillo sobre las montañas de nuestra patria.

- Por Dios, Benjamín, ¿qué te sucede?

- Oh, perdón Lupe, estaba meditando.

- Pues vamos caminando que nos va a coger la noche por acá.

- Adelante, vamos pal'pueblo.

Al salir de la pista, en dirección a todas partes, pasaban decenas de carros, algo fuera de rutina. Preguntamos: ¿qué está pasando, ¿tapón en Culebra?

- Ustedes son los únicos que no lo saben señores; Don Claro murió antier, ahí bajan los que fueron a su entierro.

- Don Claro murió..., me dije, menos probabilidades tengo, volví a pensar. Bueno por lo menos dejó un gran legado, un libro de historia sobre Culebra, estoy ansioso por leerlo, debe estar repleto de información.

En la trayectoria al pueblo, surgían preguntas a granel.

- Chacho Lupe, ¿qué te pasó?

- ¿Quién te hizo eso?

- ¿Porqué tanto yeso?

Todo se contestaba, o mejor dicho, todo lo contestaba Lupe con una sola oración.

- Señores, que mal me va.

Cerca de los siete cueros, fue necesario detenernos para un descanso. Siete días sin un buen duchazo, puede sofocar a cualquiera, sentía que me estaba pudriendo, el mar olor de mi cuerpo me tenía incomodo, ganas de llegar y darme un baño de media hora. Lupe comenzaba a quejarse de fuertes dolores en todo el cuerpo y sentía ganas urgentes de ir al baño. En esa estábamos cuando pasó el Dr. Márquez en su jeep y se detuvo para que abordáramos. Lupe subió con mucha dificultad, su deseo de hacer la necesidad número dos se incrementaba, sudaba a chorros y respiraba con la boca abierta.

- Vaya muchachos... ¿cómo les fue?

- Oh, Doctor, primero que nada gracias un montón, pues el trato en el Centro Médico fue de excelencia, saludos le enviaron sus colegas. Mañana, Dios mediante, pasará Lupe por el C.D.T. y le llevará el informe completo. Ahora casi no puede hablar y tiene unas ganas terribles de ir al baño, le duelen todas las tripas. Doctor, aquí parece que ha caído un diluvio, están las calles encharcadas y la bahía color fango en todos los ángulos.

- Claro, compañero Benjamín, no creo en supersticiones, pero la verdad es que la muerte de Don Claro nos trajo un vendaval, tres días de lluvia, como yo nunca antes había visto en la isla.

Entramos al pueblito, pasamos frente a la escuela, el hotel de tío Loncho, el Rosa's Bar, de Jaime, el correo solitario, antes de doblar hacia la PRERA, donde vivía el amigo Lupe, dije: aquí me quedo yo, Doctor muchísimas gracias, ya mañana hablaremos.

Lupe me miró, apretando los dientes, casi al extremo de partirlos, con su mano sana se tocaba el vientre, buscando oxígeno desesperado. Frente a su casa, sin esperar que el Doctor frenara su jeep, se tiró el hombre como una fiera que va detrás de su presa, con la velocidad de un relámpago, pero aún así, el intento fue tardío, en toda la PRERA se percibió el olor.

- Tranquilo Lupe, cógelo suave, gritó el Doctor.

Desde la letrina resonó algo así como un eco que decía: no importa, ya estoy en casa, estoy en lo mío, hayyy...

En ese instante yo estaba bajo el chorro de la ducha, sin darle cráneo a nada de lo acontecido en esos últimos siete días. Solo pensaba en encontrarme con Juan lo más pronto posible, suplicarle que reanudara la historia. Con ese mismo pensamiento me tomé el café y las cuatro arepas que me trajo Sofia, le di un abrazo a la vieja.

- Mami, mañana le cuento.

Sofia me echó la bendición, subió a la casa de arriba y exactamente a las seis y cincuenta de la tarde, sin hacer ninguna oración, me tiré al catre y muy pronto estuve soñando con el dichoso "Tarawa".

Al día siguiente me reporté bien temprano a la factoría, estuve a punto de caramelo para que me botaran como bolsa, pero Tito Ávila pidió clemencia.

- Vete al almacén, me ordenó un supervisor.

Con la guardia baja caminé derechito y allí me encontré con Lin y Luisito, listos para llenar un vagón de "sea land", con 400 cajas de finish good.

- Sucio difícil, me dije.

- Eso es un bombito al pitcher, ripostó Lin.

- Manos a la obra muchachos, que pa' luego es tarde, dijo Luisito con autoridad, pero sonriente.

Trabajé todo el día metiendo cajas y más cajas dentro del enorme vagón. Para mi suerte era viernes y mañana dormiría hasta las diez de la mañana. Y sucedió que de regreso a mi casa ¡oh! que grata sorpresa, el corazón me latió más rápido, pues sucedió que frente a Posada la Hamaca, ¿saben con quien me tropecé?, con mi querido amigo Juan.

- ¡Juan!, ¡a esta hora tu por aquí!, ¿qué buscas por estos lares?

- Benjamín, ¿dónde rayos tú estabas?

- Ya te habrán contado, Juan.

- Ayer me enteré por tu mamá.

- Ese Lupe es tremendo, el pobre después que se cansó de cantar y tocar gratis en la fiesta de los pilotos, lo arrojaron balcón abajo. Tiene seis costillas levemente lastimadas y una pequeña fractura en el brazo derecho, no tengo la mas mínima idea de cómo se formó ese revolú, a pique que mataran ese hombre.

- Ya tú sabes..., cosas de borrachos. Bueno Ben, te veo mas tarde, voy hasta el Dinghy Dock, hay una reunión de comerciantes y quiero saber cómo andan las cosas, allá con Sofía te dejé unos papeles, revísalos.

- Gracias Juan, tan pronto como puedas tienes que continuar con la historia, ya tu sabes, no voy a estar en paz hasta el día que averigüe el secreto del Tarawa.

- Yo creía que te habías olvidado de eso.

- No Juan, de ninguna manera, tu quedaste, recuerda bien, de terminar de contarme toda la historia de Culebra, hasta llegar al Tarawa, no lo olvides.

- Benjamín, cómprate el libro de Don Claro, ahí en la ferretería de Dantes lo venden, o mejor mira, yo te lo voy a regalar, nos vemos Benja.

- Hasta luego Juan, éxito en la reunión.

- ¡Ah! Espera un momento Benjamín, ¿y la guitarra de Lupe?, me dicen que es una "tatay española", que pertenecía a Don Pablo Ayala.

- Eso es correcto, Juan, pero entérate, a esa guitarra la hicieron añicos.

- No me digas una cosa como esa, bendito sea Dios, ¡como va a ser!, Benjamín si tu supieras...

- ¿Qué te pasa Juan?, ni que fuera de oro.

- Esa guitarra es una de las piezas del rompe cabeza para llegar al secreto del Tarawa.

- Cuéntame Juan, por favor.

- Tranquilo, tranquilo; van a ser las cinco y estoy tarde, la reunión va a empezar ya.

- Pero Juan... caramba...

- Nada, el domingo hablamos, te veo, nos vemos en el hotel de tío Loncho como a las diez, adiós.

Capítulo III

Cinco años antes que el teniente Maratti arrojara las quinientas libras de pólvora sobre el puesto de observación (O.P.), Culebra estaba bajo el fragor de la segunda Guerra Mundial. Para ese entonces vi yo la luz del mundo por primera vez, de manera que la historia a continuación es producto de lo que me contaron; claro está, todo fue corroborado con mis propias investigaciones, evidencia física y lo más importante, la corazonada del espíritu, que determina en nuestras almas, que mi abuelo Luciano Pérez vivió en carne propia tal época y siempre me decía la verdad, así como el buen amigo Juan, acérrimo estudioso de la historia, en sus relatos recientes, reafirma la veracidad de estos hechos, saboreando un rico café en el Hotel Puerto Rico.

La península de Flamenco se extiende justo desde la falda del cerro del "Bongo", hasta Punta Molinos, dicha península fue escenario de mortíferos bombardeos desde 1936, con barcos y aviones de guerra. En el año 1975, más por la opinión pública internacional y por su propia vergüenza la Marina nos dejó en paz.

Desde el O.P. situado estratégicamente en una colina, para monitorear las maniobras, se divisaba cuando las balas y las bombas explotaban en la mayor parte de las veces fuera de la tarjeta indicada, por lo regular balas y bombas iban a dar contra arboledas, orillas de playa y sus arrecifes. No eran pocos los campesinos y pescadores que se "entretenían" mirando posiblemente ignorantemente, cuando los aviones

"Spit Fire" y los barcos de guerra soltaban las bombas y comenzaban a ametrallar la playa de Flamenco.

El O.P. se operaba con solo diez personas, cada cual diestro en su posición. A saber cuatro Comandantes, dos Tenientes, dos Sargentos de cocina y dos cabos para el mantenimiento regular. También en la operación obraban cinco civiles culebrenses. Este grupo dirigido por Don Carlos Fischbach se ocupaba del trabajo rudo; arreglar caminos, levantar verjas, estibar materiales, pintar las tarjetas de tiro al blanco y finalmente eran responsables del mantenimiento exterior de todo el edificio, compuesto por dos plantas y un almacén, todo fabricado en sólido hormigón, supuestamente a prueba de balas y bombas. En la planta baja estaba la cocina, muy bien equipada, un pasillo donde se resguardaban dos refrigeradores repletos de diferentes carnes y un amplio comedor, donde treinta personas podían alimentarse cómodamente. La planta superior constaba de varios cuartos para oficiales y por supuesto el área más importante, donde se monitoreaba toda la acción militar, modernos radales de la época, potentes radios transmisores, anteojos maravillosos, en fin, lo último en la avenida sobre técnica del futuro. La energía para todo este mega equipo, provenía de un par de generadores, a cierta distancia del edificio, los cuales funcionaban con gasolina. Por último y no menos importante, el asunto del agua. Este problema requería atención diariamente, para eso había una gigantesca cisterna, sin embargo, no se podía depender de la madre naturaleza, o sea a veces las lluvias no eran frecuentes, se metían unos tiempos de sequía prolongados, para eso estaba "Pancho el mexicano", su nombre era Francisco Sánchez, uno de los dos cabos del mantenimiento regular, asignado estrictamente como "water supply", era él precisamente el único responsable del abasto de agua. Consistía este asunto en manejar un camión tanque dos veces al día, desde los predios del viejo pueblito de San Ildefonso, donde solía existir otra enorme cisterna, de la cual la base de Ceiba se ocupaba de mantener llena de agua, mediante el acarreo de la misma en una bacha para ese propósito.

El cabo Sánchez, o más bien, Pancho el mexicano, porque así era como se le conocía en toda la población; un joven de unos veintidós años, alto, espigado, de ojos grandes, oscuros, pómulos sobre salientes, piel tostada por el sol, al sonreír mostraba una actitud sincera, amistosa. Era de esas personas que le roban el corazón a cualquiera, honesto, limpio y bien agradecido; hasta los perros y los gatos lo conocían en la isla, se pasaba haciendo favores, en todo cuanto pudiese daba la mano, en realidad el mexicano se dio a querer, como así también él amaba esa pequeña isla con sus humildes habitantes. El mexicano tenía tres pasatiempos favoritos; la pesca, el juego de béisbol y el baile. Durante la semana en sus horas libres se iba con sus amigos a coger jueyes, velar careyes, langostas o tirar una silga. Los sábados se iba a la casa de los Ayala, allí tomaba café, se comía un buen sancocho y luego se juntaba con Narso y Pablo Ayala a tocar y cantar; primero, música jíbara de tierra adentro y terminaba cantando sus rancheras y corridos; entonces todo el barrio se arremolinaba para escuchar a Pancho, porque todos eran locos con la música mexicana. Los domingos los dividía entre la iglesia, la cual visitaba bien temprano, luego subía al puesto de observación, se cambiaba y bajaba al parque de pelota. Cuando la sequía arreciaba y surgía pánico por falta de agua, venía en el camión tanque e iba supliendo casa por casa un poco del preciado líquido. Lo hacía de buena fe y con gusto, algunos campesinos le brindaban café y arepas.

Así era la vida en Culebra a mediados de la década del cuarenta, en ese ir y venir pasaba Pancho los días más felices de su vida, él mismo no se cansaba de decirlo. De vez en cuando recibía correspondencia desde Tijuana, lugar de su nacimiento, haciendo frontera con San Diego, cuidad de

California (USA), donde se había enlistado para servir en las fuerzas armadas de los Estados Unidos.

A Pancho el mexicano le encantaba el fricasé de carey, las arepas con asopao de langostas, el carrucho, el pulpo, el caracol, el pescado frito; cosas que nunca disfrutó allá en su pueblo natal.

- Solo allá, nos decía, comíamos tortas de maíz, taquitos y burritos.

Alimentos que él mismo enseñó a confeccionar a muchos de sus amigos.

Jugaba béisbol con el equipo de los cotorros, el mejor trabuco de la época, donde jugaban los más talentosos muchachos de la isla; Berio, Cruz Soto, Macho Pérez, Horacio Solís, entre otros, no menos cuarto bates. No fallaba los domingos a la misa del Padre Jorge. A las seis de la mañana era punto fijo, abría las puertas y ventanas y luego se encaramaba por los andamios traseros de la iglesia hasta llegar al campanario, donde hacía retumbar aquel sonido fonético eterno, que el pueblo pasaba desapercibido a fin de escucharlo por más de sesenta y cinco años ininterrumpidos. Él creyente devoto y buen cristiano, solía mencionar ciertas veces a una virgen de la Guadalupe, muy conocida en su tierra, aún así su día favorito era el sábado, cuando más reía y gozaba con su gente. Bajaba de O.P. a eso del medio día, directo a la casa de Pablo Ayala. Luego de su cordial saludo y un buen café, mezcla de hidionda y garbanzos, entregaba su guitarra a Pablo para que la afinara; una joya como instrumento, Tatay española, un hermoso regalo de sus abuelos descendientes de la "Madre Patria". Primero se acercaba la familia, luego se iban arrimando los vecinos, ese día Narso andaba por Fajardo en diligencias caseras, pero de antemano arregló con Galo Santiago, un virtuoso cuatrista de la barriada. De manera que el músico apareció temprano con su piano jíbaro, como le llamaban a su cuatro. Pasaron el resto de la tarde ensayando, a las seis un pequeño receso y antes de las ocho el baile estaba prendido, en realidad Galo era un fenómeno. En el silencio de la noche, la resonancia del cuatro; el acompañamiento de dos buenos guitarristas, palillos, güiro y la conga, al parecer se escuchaba en todos los rincones de la isla, desde el pueblito y todos los barrios se hacían llegar al "sopapo" a la casa de Pablo Ayala, para deleitarse, no solo bailando, porque en realidad la sala era muy pequeña, si no que también se disfrutaban la buena música de los tiempos. Entrada la madrugada la fiesta se iba disipando, el grupo se hacía más pequeño, hasta asomar los primeros claros de la mañana. Cuando en el batey y la casa solo quedaba la familia, Pancho y Galo ya estaban planificando para el próximo sábado; el baile pasaría a la casa de Doña Sandalia, tal vez a la de Chenché o Don Francisco, bueno, de todas maneras esa era la tradición, parte de la cultura y que conste, estábamos a mediados de octubre y las navidades estaban a la vuelta de la esquina; los frescos atardeceres, las noches estrelladas y las friolentas madrugadas así lo anunciaban.

Ya para ese entonces, aparentemente lo peor de la segunda Guerra Mundial quedaba atrás, situación normalizada. Apareció de nuevo en las tiendas de Don Chucho, Don Cruz y Don Ernesto, el arroz, café, aceite, tocino y bacalao. Los viajes entre Vieques, Fajardo y la isla, continuaron como de costumbre, solo que en el periódico "El Mundo", leíamos los estragos de la guerra. A partir de esa dolorosa experiencia, la Marina no bajó la guardia, a pesar de que se había firmado el armisticio, o sea declarado la paz, de modo que era de esperarse que las maniobras sobre la península de Flamenco, tuviesen una tregua o por lo menos se redujesen al mínimo. Falso. Todo lo contrario, pasada la segunda Guerra Mundial, continuaron las prácticas bélicas, posiblemente más intensas. Algunos isleños se disgustaban, disimuladamente la Marina suspendió sus relaciones sociales con el pueblo civil. Estas cosas Pancho las sufría en silencio, cero juegos de pelota, cero películas en el pueblo, cero fiesteritas en la playa y cero agua para los campesinos.

Un jueves a las dos p.m. se escuchó una explosión apoteósica, toda la isla tembló cual si fuera un terremoto y varios fragmentos de una poderosa bomba se precipitaron a escasa distancia de la Alcaldía Municipal. El pueblo sintió pánico, sabía perfectamente que había sido un cañonazo de un acorazado de la Marina. Las maniobras se suspendieron esa tarde, dos representantes de la Marina se dejaron llegar hasta la alcaldía, allí le informaron a la alcaldesa doña Engracia Mulero, que por error de cálculos se había zafado una bomba de unas cinco toneladas del acorazado Missouri. Es de suponerse que la alcaldesa no entendió ni papa, se sonrió y mandó a preparar café para los oficiales.

- Mucho gracias, señora Mayor, este café está rico, café rico de Puerto Rico.

Entonces pidieron excusas asegurando que un error como ese no volvería a repetirse.

- Tenga la seguridad, señora Mayor, cosas como estas no volverán a repetirse.

Con este argumento, los oficiales calmaron cuatro docenas de pescadores y a diez o doce agricultores reunidos frente a la casa del pueblo.

- Id tranquilos a casa, amigos, no volveremos a fallar.

Palabra no santa, todos los meses no dejaba de suceder, aunque en escala menor, uno que otro desliz, por parte de la Marina.

Pancho el mexicano, nunca dejó de compartir con su gente, excepto los bailes, hasta el amanecer en la casa de

Pablo Ayala, en lo demás, aunque disponiendo de menos tiempo, siempre se las arreglaba para estar presente.

Finalizaba el año 1945, ya para ese entonces los norte-americanos sabían y daban por sentado que pronto volverían a los campos de batalla.

En Corea del Norte las cosas estaban hirviendo, los gringos sabían esto, desde el mismo día que firmaron la paz con los japoneses, esa fue la razón primordial por la cual incrementaron sus prácticas de tiro al blanco.

En tierra, mar y aire, los bombardeos militares no se detenían, se aceleraba la destrucción de los arrecifes, moría masivamente la especie acuática; follajes y arboledas, en las montañas ardían como estopa. Se exterminaba la fauna y la flora, la calidad del ambiente se desmoronaba, precio muy alto que se pagaba a cambio de nada, porque en realidad con su imperio entero, jamás podrían compensar tales daños. Lo que están destruyendo es algo irreparable no tienen nada con que puedan substituirlo. Ni siquiera el tiempo que todo lo cura y hace que olvidemos podía borrar las huellas del mons-truo gigante que pisa duro. A todo el personal del O.P., esto incluye a Don Carlos Fischbach, Pablo Ayala, Carlos Cecilio, Monse Ayala y Valentín Serrano, quienes trabajaban para la Marina en la isla, se les tiene terminantemente prohibido el contacto con los militares que participaban bombardeando la península de Flamenco, marinos de barcos de guerras y pilotos. A todos estos siempre se les dice que esta isla está deshabitada; solo están los del puesto de observación con el único propósito de dirigir y tener el control de las maniobras, lo demás, iguanas y cabros.

Así pensaba el teniente Maratti y sus demás compañeros, ocho pilotos de aviones bombarderos, a quienes se les tenía un corredor específicamente para que no sobre volaran fuera de esa ruta. Para sus ejercicios despegaban de un portaviones a cuatro millas del norte del O.P., en pleno Océano Atlántico, volaban en fila india guardando medio kilómetro de distancia hasta llegar cerca del O.P., desde allí enfilaban hacia la derecha, directo a la península, donde solían estar las tarjetas, todas pintadas de color blanco reluciente, como también de igual color está pintado el puesto de observación, tal como si fuera el "white house" del presidente en Washington, D.C.

Dentro de aquel follaje verde intenso; el edificio sobre-salía reluciente y deslumbrante. Cualquier cegato era capaz de verlo a miles de leguas y reconocer que se trataba de un perfecto edificio, con puertas y ventanas y varias antenas sobre su techo.

El día que el Teniente Maratti haló a la palanca de su bombardero para dejar escapar aquella centella de 500 libras de pólvora en el mismo centro del complejo observatorio de la Marina en la isla de Culebra, faltaba muy poco para las once de la mañana. El día estaba primoroso, iluminado por un sol soberbio, tan brillante y claro como para divisar un pequeño conejo blanco, sobre la arena de una isla que no tiene ríos.

Capítulo IV

El 4 de abril del año 1996 a las diez en punto de la mañana entrábamos Juan y yo al Hotel Puerto Rico de tío Loncho, quien nos recibía mostrando su mejor sonrisa.

- Entren para acá, mis amigos, que bueno verlos por aquí, ya los había echado de menos.

- Saludos tío, y que... ¿como está la pesca?

- Buena, buena, muy buena, estamos en la corrida de la sierra y las nasas siempre cogen un par de langostas.

Siéntense muchachos, ya mismo viene el café.

- Loncho Ayala, ¿dónde está esa fuente de la juventud de la cual tú tomaste agua?

Preguntó Juan mirándolo fijamente. Tío Loncho volvió a reír entonces grito;

- Chen, Chen, aquí están los muchachos, Juan y Benjamín.

- Caramba... ¿porqué usted no se pone viejo?, habló Juan nuevamente y antes que tomaran asiento, apareció Chen y Cumedes con un servicio de café, donas y mermelada, ambas con su sonrisa eterna.

- Hoy estamos solos, Juan, así es que, mira yo traje la grabadora para que te refresques la memoria.

- Benjamín, ¿de verás que esos borrachos rompieron la guitarra de Lupe?

- No la rompieron Juan, la hicieron añicos.

- Malvados..., no era para tanto, si supieran el tremendo valor de ese instrumento, valor sentimental e histórico, magnifica evidencia.

- ¡Qué interesante! Juan cuéntame más.

- No, Benjamín, mejor vamos a seguir la historia en orden, pon la grabadora, quiero saber por donde nos quedamos.

- Deja ver si esto funciona, Juan, aunque tú no lo creas, hacen más de treinta o cuarenta años que estoy esperando por el secreto del Tarawa.

- ¡Como pasan los años!, Benjamín.

- Que mucho ha llovido, Juan.

- Ponte, ponte eso y no chaves más, la parte final desde luego.

- Sí, aquí está..., escucha: el izamiento de la bandera invasora, el pueblito quedó arrasado, no se salvó ni la iglesia, los campesinos se dividieron en dos bandos; los primeros llegaron a cierto lugar, al cual bautizaron como "El Cayo", el otro grupo en playa Sardinas.

- Hasta ahí Juan, eso fue todo, ¿recuerdas?

- Si Benjamín, el bando que se fue al cayo fue dirigido por Don Leopoldo Padrón, el último delegado en el régimen de la corona. Don Pepe Santana a quien llamaban el abogado de los pobres, por su tenacidad y su carisma como luchador, una persona así como tu tío Loncho, cooperador y defensor de los derechos humanos. Ese señor se ubicó con sus seguidores, aquí, precisamente donde estamos, en este pueblito de cinco calles, el cual se fundó con el nombre de Dewey, en honor a un magnate de la Marina, quien había masacrado todo un regimiento de españoles en aguas de las islas de Filipinas. Con la desaparición del pueblito original, al cual solo se le recordaba como "Pueblo Viejo", los paisanos que optaron por no seguir ni a Don Leopoldo ni a Don Pepe, se esparcieron por las costas, llanos y colinas por toda la isla. Mientras esto ocurría se establecía una poderosa base naval en los mismos predios donde antes estuvo Pueblo Viejo.

- Benjamín, la base sirvió como agente catalítico, un bálsamo que trajo la reconciliación entre soldados e isleños, dado el caso que directa o indirectamente quedó el pueblo entero empleado. Los que no lograron su empleíto dentro de la base, fuera de ésta se las buscaban de todas maneras. Surgió un mercado monumental, alquiler de caballos, venta de artesanías, cocos, frutas, gallinas, cerdos, cabros, reces y mariscos entre tantas otras cosas que ahora no recuerdo. Las mujeres lavaban ropa y los jóvenes limpiaban botas y zapatos; habían chavos por donde quiera, sin embargo, para esa época sus maniobras eran limitadas, solo practicaban tiro al blanco con fusiles, sin aviones, ni barcos de guerra bombardeando nuestra tierra.

- Amigo Benjamín, antes de seguir adelante con esta historia...

- Si, ya sé Juan, la grabadora no funciona.

- Olvídate de esa porquería, donde tú tienes que grabar esto es en tu memoria, para que mis palabras no vayan a caer en el vacío, mejor dicho, no vayan a ser en vano.

- Eso te lo prometo yo, querido amigo, estoy recopilando todo, o mejor dicho, absorbiéndolo todo como una esponja; ya sabes bien que el propósito es escribir un libro que sea nuestro legado a esta y futuras generaciones.

- Ok Benjamín, pero lo que te tengo que decir antes de continuar con la historia es esto, oye bien por favor; en nuestro pueblo existen dos factores que influyen en cierta manera contra nosotros mismos, me explico, primero, el exceso de hospitalidad, la verdad que eso no está en uno, pero se asoma cualquier mequetrefe por ahí y le damos hasta la vida, un favor se le hace a cualquiera, pero fíjate bien, mi amigo, en la mayor parte de las veces, muchos de estos que se arriman por aquí nos traen alas para luego comernos las pechugas. ¿Me entiendes?, te das cuenta como paulatinamente vamos cayendo en una escala inferior, mientras los mejores lugares, colinas y playas con hermosos paisajes, van cayendo en otras manos, nuestra tierra es pequeña y al ritmo que vamos ya horita estará todo bajo el control de los desarrolladores. El otro factor es peor aún, no es otra cosa que la fatalidad del olvido, que fácil y que rápido olvidamos. Así pasó, ¿recuerdas lo que te conté sobre el pueblito de San Ildefonso?, el injusto desahucio, que ni siquiera la iglesia, ni las escuelas se salvaron; los echaron a la fuerza, luego destruyeron toda la estructura física y establecieron su poderosa base militar. En un santiamén todo el mundo olvidó y fueron a parar, empleándose en la misma base.

- Un momento Juan, ¿tú no crees que eso fue por necesidad?

- Hombre no, Benjamín, si antes no había base y todos vivían muy felices.

- Las cosas cambian, Juan.

- Tienes razón amigo, las cosas cambiaron y aquí sigo con la historia: pues como te iba diciendo, hasta el gato quedó empleado en la dichosa base, directa o indirectamente todo el mundo guisaba; escucha... la transformación que sufrió la isla, luego que la base naval comenzara a todo vapor sus operaciones fue algo monumental. La isla quedó con muy pocos

Al otro lado de una empalizada, una niña jugaba con su perrito, cada vez que el can se alejaba de su lado, la niña le llamaba con dulzura; "Blackie, Blakie, come here".

Este asimilamiento marcaba el comienzo de un gran cambio en las tradiciones y costumbres de la isla.

Pero..., aguántese compay, las cosas estaban buenas, la cultura se iba a pique, ¿a cambio de que? Chinas por botellas, no mi compay, era la plata que corría por las cuatro esquinas. Avalanchas de forasteros invadían la isla en busca de lo que no se le había perdido, pero que si lo encontraban aquí con relativa facilidad. Aquí estaba su porvenir. Todos los días centenares de soldados, libres de sus tareas y entrenamientos recorrían la isla palmo a palmo, acorralados, enzorrados, sin lugares que les atrajeran para divertirse

Y pasarla bien. Se veían obligados y así lo hacían, dilapidaban su dinero en todo lo que encontraban a su paso, inclusive alquilaban caballos y pagaban por el lavado y planchado de su ropa. La oportunidad se aprovechó no solo por los nativos, si no que las avalanchas de forasteros se dedicaron a instalar cantinas, ventorrillos y friquitines; era preciso ver la cantidad de dinero que generaban estos comerciantes. La situación estaba fértil, observaban algunos hombres indecorosos, quienes se atrevieron traer media docena de "mujeres de vida alegre", asunto que no les duró veinticuatro horas porque el alcalde Don Pedro Márquez ordenó su retiro inmediatamente, ingresando a la cárcel dos de aquellos indecorosos, quienes pretendían pasarse de la raya. Y así sucesivamente, mi amigo Benjamín iban sucediendo las cosas.

- Si, Juan, ahora recuerdo lo que me contó mi abuelo Luciano, pues él también fue fundador del pueblito San Ildefonso y vivió los abusos del desahucio. Como también vendía frutas y vegetales a la base y alquiló caballos como centella a los soldados, hizo mucho dinero, pero total, ¿para que? Abuelo Luciano un día me confesó que todo ese dinero, tanto a él como a los demás, se les hacía sal y agua, era como si estuviesen cobrando por ceder sus tierras para propósitos bélicos.

- Exactamente Benjamín, tal como te decía tu abuelo, así mismo era, por esa razón cuando la base anunció el cierre, aunque la inmensa mayoría puso el grito en el cielo; nuestros abuelos agricultores bonafides, amantes de la naturaleza y a quienes esa clase de dinero nunca satisfizo, desde lo más profundo de sus corazones dieron gracias a Dios. En el 1911 desmantelaron la poderosa base naval, dicho sea de paso, la primera en su clase establecida en el caribe cuatro años después de la guerra hispano americana. Varios meses antes el alcalde había ordenado hacer un censo poblacional en el cual por carambola hubo conteo de soldados en la base, ochocientos cincuenta soldados y tres mil residentes civiles. Nunca nadie supo porque cerraron la base, cuando todas sus estructuras estaban funcionando a capacidad; la Carbonera en un lugar llamado "colorao"; el sistema de comunicación inalámbrico en la península de Flamenco; el canal construido que conectaba la bahía de Playa Sardinas con la bahía de Ensenada Honda, en fin todo marchaba perfectamente como deseaba Washington.

El progreso de la isla también era notable. Se modernizó el hospitalillo, se contaba con dos salones de clases, se ampliaron las facilidades del correo, se levantaron dos templos, uno Metodista y otro católico; se construyó una villa pesquera, se inauguró; quesería, panadería y zapatería, sinceramente la isla estaba a la par con la capital, allá en la Isla Grande. Y cuando más opulenta, animada, divertida y distraída se encontraba la muchedumbre isleña, en ese mismo ambiente, llegó la mala noticia ¡fracatán!, surgió un estado de inercia repentino, el gentío quedó inmóvil hasta poco después de digerir la sospechosa e increíble noticia y ahí fue precisamente que se revolcó el avispero.

-De ninguna manera lo puedo creer.

- Imposible.

- ¿Cómo va a ser?

- Ay, nuestra base... ¡bendito sea Dios!

Estas eran algunas de las expresiones por todos los rincones y aún aquél chicuelo no había terminado de vender el último periódico.

-¡Extra, extra! Compre el Liberal, con las últimas noticias del momento.

- ¡Extra, extra!... Washington ordena desmantelar base naval en la isla de Culebra. Ese día hubo inquietud, la nueva cayó como las bombas que arroja la misma Marina. El periódico "El Liberal" decía en primera plana: En reunión celebrada recientemente entre el presidente y el secretario de la defensa, junto a los congresistas que componen la junta para estos asuntos, se llegó al acuerdo irrevocable de cerrar totalmente la primera base naval establecida en el Caribe. Un tratado con las máximas autoridades gubernamentales de la República de Cuba, habían concedido en absoluto secreto que se trasladase dicha base a la cuidad de Guantánamo, donde se podría tener un perfecto control de cualquier actividad enemiga que pudiese surgir, etc, etc.

El artículo abarcaba toda la portada del nuevo periódico que ahora circulaba en la isla tres veces por semana. Esta noticia marcó un estado de inquietud y cayó sobre los residentes una terrible macacoa, algo así como un virus de tristeza.

Fue un día de paga que se dio tajantemente el aviso final. Solo cinco minutos le tomó al comandante de la base despachar cientos de trabajadores civiles que llevaban largo tiempo laborando, el momento fue conmovedor, cada vez que se entregaba un cheque, con el aviso del cierre, brotaban lágrimas, como cuando se llora por algo de gran valor que se pierde para siempre. Un silencio profundo arropó todo el salón de conferencias, donde estaban reunidos los obreros, mientras los empleados escuchaban atónitos a un tal Sargento William Font, dar la noticia oficial del cierre de la base y las consecuentes cesantías. Lágrimas, miradas perdidas, frustración y desesperanza fue lo que dejó este inesperado cantazo a todos aquellos responsables padres de familia, que a partir de entonces quedarían en el limbo. En el discurso del Sargento Font no se dijo nada sobre el futuro de los trabajadores o sea no se habló de compensaciones por los años de servicio.

Los empleados directos de la base, no eran los únicos consternados, si no que también hubo un tremendo revuelo entre agricultores, artesanos, fritoleros, pescadores, alquiladores de caballo y otro montón de personas que de alguna manera u otra manejaban grandes sumas de dinero, pero en si los más disgustados y los más que tronaron fueron los comerciantes que habían llegado desde la Isla Grande e instalaron bodegas, cafetines, friquitines y cuanta clase de negocios pudieron inventarse. Esos si lloraron como las nubes de mayo y no paraban de exclamar día y noche inconsolables, ¡oh santa María!, no puede ser, haz un milagro. De nada valieron sus ruegos, inútil fue todo su pataleo, las cartas ya estaban echadas. Para el primero de mayo de ese mismo año, la Marina había desmantelado la carbonera, su estación de comunicación inalámbrica, sus cañones de artillería y así sucesivamente un sin número de obras construidas por los ahora desempleados. Solo dejaron en pie dos barracas, los muelles, el puente, una casa de viviendas para oficiales y la enorme cisterna para almacenar agua potable. El día fijado para la salida de los últimos soldados, con su monumental equipo, fue declarado festivo por el alcalde Pedro Márquez, no porque se alegrara del cierre de la base, si no porque ese día el pueblo entero quería estar presente en los muelles de Pueblo Viejo, quizás por curiosidad, tal vez por agradecimiento, o como nadie puede negar, todos iban a averiguar. Entre los primeros soldados en abandonar la isla, salieron los integrantes de la banda musical, cosa que muchos lamentaron pues entre la multitud isleña habían unos cuantos músicos con sus respectivos instrumentos; allí se encontraba el conjunto del cayo, quienes tocaron varias piezas de música jíbara que tanto gustaba a aquellos soldados los cuales en su mayoría procedían de los rincones más pobres de los Estados Unidos. Prácticamente muy pocos sabían bailar las mazurcas, seis chorreaos o danzas, pero de todas maneras se lo gozaban a saciedad dando brincos a izquierda y derecha, hacia el frente y hacia atrás. De súbito estalló un estrépito ulular de sirenas, seguido por siete violentos cañonazos, disparados al aire por el barco patrullero "Bear" (AG29) uno de los siete vapores anclados en la bahía de Ensenada Honda. Inmediatamente todas las chimeneas expulsaron grandes y negras bocanadas de humo, como si fueran las hogueras del mismo infierno. En ese momento decenas de bachas terminaban de transportar todo el equipo y soldados a dichos vapores y como si hubiese sido un simulacro, estado de emergencia o ataque enemigo, los molinetes se activaron y las anclas subieron como por arte de magia, hubo repicar de campanas, ruidos escandalosos de silbatos, sonidos como de claves misteriosas. Surgió un corre y corre de marinos sobre la cubierta de sus destinados barcos. Todo este revolú alteró de forma drástica la hermosa bahía con sus predios; garzas y turpiales fueron las primeras aves en remontar vuelo y a continuación miles de palomas turcas también huían despavoridas, sin rumbo, desorientadas; pitirres, gorriones, canarios, reinitas y falcones, sin echar al olvido que hasta el temible devorador de polluelos, también se unió al masivo desfile de la juyilanga. Las jareas y las picúas saltaban por todos lados cual si estuvieran jugando peregrina, falso, había turbación en toda la bahía, gaviotas, tijeretas y pelícanos, alitas pa'que te quiero. Los barcos de guerra enfilaron proa hacia otros horizontes, en un breve lapso de tiempo, solo se observó la última señal de humo, siete columnas grises esfumándose ya bien lejos de la bahía. Desaparecieron los buques por donde mismo entraron. La muchedumbre reunida allí, donde una vez fue ubicado su pueblito, contemplaba en silencio todos los rincones, tratando con ansiedad de encontrar algún vestigio o referencia que les recordara su querido pueblo viejo. Nada, absolutamente nada, todo había sido destruido el día de la invasión y en los años subsiguientes de acciones militares. Solo quedó intacto, seguramente por la gracia de Dios, el cementerio. Nadie se explica porque no lo desaparecieron, algo espiritual se lo impidió, de hecho, eran intenciones calculadas por los norteños, pero las cosas sagradas son intocables, aún para los más poderosos. Ese santo lugar respetado por el rumor del mundo, esa última morada donde dormimos y descansamos en espera de la resurrección prometida, donde los blasfemos e impíos tienen que inclinar sus cabezas y los humildes en espíritu levantan las suyas.

En ese momento penetró la oscuridad de la noche, el gentío caminaba pensativo, el momento de alegría había concluido, la comparsa desapareció totalmente. Ahora las tinieblas se adueñaron de toda la isla. Entonces surgió la silueta de un paisano, descendiente alemán por cierto; como si fueran sombras enigmáticas ejecutando unos balanceados movimientos. ¡Caracoles!, era Mr. Paul Fischbach, hombre serio, recto y civil; había quedado contratado por la Marina para fungir como celador, de las pocas pertenencias que habían dejado atrás. Sin ningún formalismo bajó la bandera americana, se la tiró por encima y tanteando en la oscuridad, tarareando el himno de la Marina, hizo rumbo a su casa, muy feliz de haber sido el único elegido para laborar con los gringos...

- ¡Caramba!, Juan, esa Historia está brutal; con razón me decías que todo esto tenía pies y cabeza.

- Ahora te das cuenta Benjamín, si hubiésemos pasado las páginas, como tú pretendías, imagínate, se pierde la historia, la buena historia de Culebra.

- Bueno Juan... hum, hum.

- Sí, ya sé, estás cansado y ese asopao de langostas que trajo Chen y Cumedes, te tiene bostezando, te estás durmiendo.

- De todas maneras ya son las cinco de la tarde. Ya es hora de echar...

Tío Loncho, quien pasó parte de la mañana y toda la tarde escuchando con una atención especial aquella elocuente narración histórica de su gran amigo Juan, dijo:

- Mis hijos, la historia de Culebra es conmovedora, créanme, que así tal como lo ha dicho Juan, sucedió; yo también soy parte de..., recuerdo mucho.

- Si tío, usted nació en San Ildefonso, ¿verdad?

- No Benjamín, yo nací en Flamenco, cinco años después del desahucio.

En ese momento Juan sacó su libreta de cheques, escribió: Hotel Puerto Rico, puso la fecha y la cantidad de $50.00, luego tuvo que insistir para que tío Loncho lo aceptara.

- Nos vemos pronto Benjamín, muchacho van a ser las seis de la tarde, dos encuentros más como este y llegaremos al Tarawa, ya verás lo que pasó.

- Gracias Juan, es mucho lo que te agradezco, tu historia no será un vano.

- Hasta luego tío, adiós Chen, Cumede, hasta horita.

- ¡Ah! Un momento Benjamín, ¿estás seguro que la guitarra de Lupe se hizo añicos?

- Juan por Dios, esa es otra historia que tienes que contarme.

- Nos vemos, ¿qué día es hoy?

- 4 de abril; ¿qué pasa?

- Tiene que ver algo con el Tarawa...

Capítulo V

El final de mayo había sido lluvioso y friolento, junio entró reverdecido y pintoresco. La primavera se dejaba sentir en su mejor esplendor; fauna y flora se combinaban para darle realce a la isla. Millones de mariposas luciendo sus vivos colores se divertían volando de flor en flor, junto a sus amiguitos los inquietos zumbadores saboreando el polen y jugueteando de planta en planta. Era año de elecciones y hacía un buen rato la barahunda estaba montada. Las caravanas y los mítines estaban a dos por chavo, la agitación política aparentaba ser violenta, pero na', gracias a Dios todo se quedaba en dimes y diretes, jamás llegó la sangre al río. Después de todo en un pueblo de muy escasa actividad social, donde la diversión y recreación se la tiene que inventar uno mismo, cualquier insulto que se safe en medio de la campaña se puede pasar por alto.

- Ya horita esto pasa, decían los electores, se acaba la repartición, maderas, dinero, parcelas. Vamos a aprovechar estos meses que luego hay que esperar, con mucha paciencia, cuatro largos años, para que vuelvan los banquetes, lechón asado y cerveza gratis.

En junio le quitaron el yeso a Lupe, el brazo quedó en el hueso. Cuatro meses llevando esa cosa tan pesada ¡imagínese!, el hombre se sentía raro como si le faltara parte de su cuerpo; pero rápido tenía que pescar, tocar guitarra, estaba en la prángana, sin un solo centavo. En su alacena no quedaba ni siquiera un pote de salsa. Juan se había enterado de su situación y le quiso ayudar. El lunes, como a eso de las seis

53

y media de la tarde, se apareció Juan a la PRERA, donde vivía Lupe, llamó tres veces a su puerta y rápido el hombre se asomó por una de las ventanas.

- ¿Quién llama? ¿Qué desea?

- Vamos hombre, soy yo Juan, pareces un mismo fantasma, lo único que se te ven son los dientes.

- Fantasma no, yo soy Guadalupe Santiago Navarro, buen músico y pescador honrado.

- Ya lo sé, yo soy Juan, el de Resaque, aquí te traigo una comprita.

- ¡Ay bendito! Muchacho échala pa'ca, mira como está esa nevera, la alacena, las tablillas, aquí no hay nada..., parece que fue ese Padre Celestial el que te envió. Chacho Juan, la semana pasada vino Mike por ahí, mira pa'ca lo que me trajo ese hermano. En eso Lupe abría la puerta y mostraba una guitarra; Juan se acercó, entregó la comprita y tomó la guitarra en sus manos.

- hombre Lupe, de esto mismo te quería yo hablar, ¿qué pasó con la otra guitarra?

- ¿Cuál guitarra?

- muchacho, la que usaste el día que te tiraron balcón abajo en la casa de Coral.

- Ah no, ese caso se lo dejo yo a Dios, esa gente estaban borrachos, por poco me matan, yo olvidé eso y no quiero saber mas ná.

- Sí, sí, ya lo sé, pero ¿qué pasó con la guitarra?

- Bendito Juan, todo el mundo sabe que la guitarra se hizo trizas. Aquí estuvo "la mosca" y "cara de loco", vinieron a pedirme disculpas a nombre de todos ellos; yo les acepté las

54

disculpas, pero les dije que no olvidaran que marinos somos y en el mismo barco andamos.

- Entonces la guitarra se fue ajuste y el caparazón ¿dónde está?

- Tu sabes que yo salí de allí en la ambulancia, gracias a que llamaron al hospital para que me vinieran a recoger y gracias a Benjamín que se fue conmigo hasta el Centro Médico, imagínate, yo solo con tres costillas rotas y este brazo astillado, me hubiera comido un caballo americano.

- Y eso de caballo americano ¿qué quiere decir?

- No me hagas reír, Juan, tú sabes más que eso, ¡ah! Y también gracias a Mike y a su familia y a todo ese personal del hospital y al Doctor Márquez, por supuesto.

- Bueno Lupe, definitivamente los restos de la guitarra desaparecieron ¿nadie sabe dónde están? Caramba, caramba, caramba...

- Mi Juan, lamentablemente eso es así, ahora yo no me atrevo darle la cara a tío Pablo, ya sabes que él fue quien me la regaló, con la condición de cuidarla y conservarla siempre.

- ¡Que lástima!, Guadalupe Santiago, si tu supieras..., esa guitarra era de pancho el mexicano, el único marino que se salvó, cuando el bombazo del O.P., esa guitarra podría valer un dineral; pero no es cuestión de dinero, el valor es mucho más que dinero, valor histórico. Valor sentimental, un recuerdo, una gran evidencia.

- ¡Ah Juan! Ahora comprendo porqué tío Pablo lo pensó tanto y me hizo tantas advertencias; pero mira, esa, me la trajo mi gran amigo Mike y hasta se parece.

- Son cosas distintas, con enormes diferencias, hasta luego mi amigo, toma, guarda esa guitarra y cuídala.

- Gracias por la compra Juan, nos vemos. ¡Hey! Un momento Juan, tú no te puedes ir de aquí sin afinarme esta lira.

- ¿Quién te dijo que yo...

- No, no, yo sé que tú también le sometes a las seis cuerdas; y lo bonito que tocas, yo te he escuchado muchas veces.

- Bueno sí, pero ahora no puedo, no tengo tiempo, déjalo para el jueves.

- ¡Que se va a hacer! El jueves entonces, ya estoy loco por empezar a guarranchar.

- El jueves a las diez, frente al correo.

Juan propuso y Dios dispuso, esa misma noche le notificaron que el próximo jueves desde las ocho de la mañana tendría clases de aviación. El es un amante de la música y mostró mucho interés por ayudar al hombre caído, pero su pasión por la aviación, era de mayor prioridad. Por todos los medios trató de contactar a Lupe inútilmente; de manera que con los primeros claros del día de ese jueves Lupe llegó exhibiendo su nueva guitarra y se plantó frente al correo. Dieron las diez, las once, las doce y Juan no daba cara. Lupe se desesperaba, miraba a todos lados y el afinador no aparecía.

- Que se va a hacer, se dijo, paciencia.

En ese instante todo Culebra se había enterado del magnífico obsequio de Mike. A las seis de la tarde, cansado de esperar, bañado en sudor, tirando y recibiendo chifletas de quienes entraban y salían del correo, se propuso dar un discurso, aunque tuviese que hablarle a las calles desiertas, no eran cosas de loco, eran cosas de un cómico, cosas para que la gente se riera, cosas para que le dijeran algo, cosas de Lupe y como él en estas cosas, no había otro en la isla.

- Vivir no es vivir, si no es saber vivir, el viernes hice el pega 3, ayer me pegué en los caballos, hoy llevo trescientos pesos en billetes.

Culebra entero lo conocía, indagaban con él, solo para que inventara, porque así era Lupe, las bateaba todas. También era escurridizo y muchas veces se tornaba invisible, se escuchaba por allá, pero nadie lo veía. Poco resignado, guitarra en mano, dirigió sus pasos a la PRERA.

- Este Juan me falló, mañana es otro día, me voy a coger fresco bajo el quenepo.

Para Juan, el día transcurrió de otro modo a base de su propia historia que contó a su instructor sobre los años que había vivido en Santa Cruz y San Thomas. Martínez se hizo llegar a ambas islas; primero a Santa Cruz donde solo aterrizaron para abastecerse de combustible y comer par de emparedados. Luego volaron a San Thomas; Juan tuvo la oportunidad de charlar, saludar y compartir con viejas amistades. De vez en cuando sus pensamientos volaban a Culebra. Como no pudo excusarse con Lupe presentía que el hombre estuviese allí, frente al correo, con su guitarra en sus manos, en ese asunto Lupe era muy recto y muy fiebrú. Alzaron vuelo nuevamente, Juan continuaba pensando en el pobre Lupe, mirando a todos lados y preguntando por su paradero. El instructor le explicaba algo y Juan se desconcentraba, para ese instante tenía la mente en blanco. El instructor lo notó.

- ¿Qué te sucede amigo? Te veo un poco intranquilo.

- No, nada, estaba pensando...

- ¿Pensando? ¿Pensando en que?, tu mente tiene que estar aquí en estos controles y relojes.

- Tienes razón, pero estaba pensando en como afinar una guitarra.

- ¿Eres músico?

- De vez en cuando me gusta rasgar las cuerdas de una buena lira.

- ¡Que casualidad! En mi casa toda la familia estamos en esa.

- ¡Oh! que bueno, yo no sabía, pues cualquier rato de estos compartiremos una bohemia.

- ¡Claro que si, como no! Así yo me traigo mi guitarra y nos cantamos par de buenos boleritos del ayer, todo no puede ser trabajo, tenemos que sacar un rato para divertirnos.

- Muy bien y en algo que nos gusta; la música del ayer; ¡ah! Mire Martínez le había dicho que estaba pensando, sí, pues mire, hoy precisamente había quedado de afinar una guitarra, pero apareció su llamada, no puedo estar en dos sitios a la misma vez; tampoco logré excusarme con Lupe, el muchacho de la guitarra, pensaba en lo desesperado que debe estar, tu sabes Martínez, Lupe es un apasionado de la música y está loco por estrenar su nuevo juguete que le regaló Mike Valle, la semana pasada.

- ¿Sabes algo Juan? Conozco a ambos, Mike es de la vieja guardia, casi empezamos juntos en esto de la aviación y al loco de Lupe, hace años que le compré langostas y pescado.

- Pues..., que se va a hacer; le fallé y ese hombre debe estar endemoniado, quedé mal con el, supuestamente hoy a las diez me esperaba al frente del correo, para que le afinara su nueva guitarra, comprenda Martínez, estas clases de aviación son para mi más importantes y como ya le he dicho se me hace imposible estar allá y acá a la misma hora.

- Mira Juan, apenas son las cuatro de la tarde, vamos a aterrizar en tu querida Culebra, toma, encárgate de los controles; ya mismo vamos a afinar esa guitarra. ¿Dónde vive Lupe ahora?

- En la PRERA.

Media hora más tarde llegaba Juan y su instructor frente a la casa de Lupe. La tarde caía lenta y silenciosa. Encontraron a Lupe indignado, machete en mano, inquieto, desesperado y rabioso. Estaba sin camisa, descalzo y echando chispas como una fragua dislocada. Estaba poseído, el coraje era tal que de su boca salía un abundante espumero. Comenzó a hablar cosas indescifrables, dialectos raros y jeringonzas, él mismo no se entendía. El 4 x 4 frenó cerca de su casa, para suerte de Juan logró verlo antes.

- ¡Vámonos, vámonos Martínez! Mira que ese hombre se ha vuelto loco.

- Tranquilo, Juan, por favor calma, ya tú verás, yo sé quién es él, una vez le compré langostas y pescado. Ahora vas a ver.

- Santiago, Santiago...

- ¿Qué le pasa a usted señor? ¿Quién rayos es? ¿Qué quiere?

- Amigo Guadalupe Santiago Navarro, soy yo, Martínez, el piloto. Necesito un quintal de langostas, te las voy a pagar por adelantado.

Fue como si le hubiesen echado un balde de agua fría por la cabeza, como el mejor acto de magia realizado, el hombre cambió de semblante, se tranquilizó, se rió a carcajadas, tiró el machete hacia un yerbasal, pestañeó seis o siete veces, se llevó la diestra a la frente, miró de reojo, como escudriñando de vista y se transformó en la persona más pacífica del mundo, entonces grito: Hay bendito, si es Martínez.

- Sí, soy yo, ¿cómo está usted, amigo?

- Pues sepa usted mismo, aquí mirando a todo el que sube y baja, hoy pasé un mal rato, me dieron ganas de...

- Tranquilo Lupe, sabes quien te envía saludos..., tu amigo Mike Valle, el que te regaló la guitarra nueva.

- ¡Ay Martínez! Esa guitarra...

- ¿Qué sucede Lupe?

- No, nada, que Mike es más que mi hermano. ¿Cuándo vendrá pa Culebra?

- No lo sé Lupe, pero mira, aquí está Juan.

- Juan, ¿Qué Juan?

- Pues Juan, el de Resaque, el que te iba a afinar la guitarra, pero Lupe, tú sabes, uno pone y Dios dispone; Juan tuvo un día terrible, muy fuerte, tuvo una emergencia, pero, aquí estamos, búscate la guitarra, la vamos a afinar. Como perro que lame su amo, en sumisa actitud, menea el rabo y obedece al pie de la letra, así actuó Lupe, buscó la guitarra, le dio tremendo abrazo a Juan, mientras decía:

- Este es un músico de verdad, de los "old times", buena gente.

Juan pensó excusarse y también pensó que no valía la pena.

- Toma, pruébala..., dijo Martínez.

- ¡Ay bendito! Como el piano de Liberachi, gracias muchachos.

- Hasta luego Lupe, no vaya a olvidar las langostas.

- No, eso viene y sepa Juan que usted es mi hermano, yo no tengo ningún coraje con usted.

- Vámonos Juan, llévame al aeropuerto, ya van a ser las siete de la noche, el mes entrante, volvemos a volar. ¿Qué tú dices?

- veremos a ver, como están las cosas.

- ¿Y la bohemia?

- Hablamos...

- ¡Ah! Pero recuerda, tenemos que invitar a Lupe.

- ¿Qué tú dices?

- Que tenemos que invitar a Lupe.

Juan sonrió levemente, sacó su chequera y escribió: Pil. Manuel Martínez, puso la fecha, la cantidad de $250.00 dólares, desprendió la hoja y estrechando la mano de su instructor le entregó el chequecito.

- En la bohemia nos vemos, dijo Martínez.

- En la bohemia; contestó Juan.

Y permaneció Juan en el aeropuerto hasta ver desaparecer la avioneta de Martínez en la oscuridad de la noche con rumbo directo al oeste.

El día que Mike trajo la guitarra, Lupe estaba melancólico, lo consumía la tristeza, tanto tiempo viviendo como un prisionero. Recordó cuando estuvo en Atica N.Y., solo, sin un cristiano que lo consolara; apenas se aseaba, ni se alimentaba, se creyó olvidado por el mundo exterior. Cuando Mike tocó a su puerta, el hombre lo pensó tres veces para abrir.

- ¿Quién es? ¿Qué desea? Preguntó Lupe, mientras abría la puerta de sopetón. Cuando estuvo frente a Mike, no se pudo contener, se echó a llorar con tal sentimiento, que hasta el mismo Mike se le saltaron las lágrimas.

- Bendito, Mike, dijo mientras se daban un abrazo.

- Llevo tres meses con esta cosa, Mike, ¿Cuándo me van a quitar este yeso?

- Mañana, mi amigo, mañana viene el Dr. Márquez y ya serás un hombre libre, te traje algo, espera un momento.

En eso fue Mike al carro, buscó la guitarra y dijo: "promesa hecha, promesa cumplida"...

Lupe dio cuatro saltos, se mondó de la risa, volvió y abrazó a Mike, entonces dijo: "Mi comandante, usted si es un amigo de verdad, ahora sí tengo una verdadera compañía, oiga... Mike se lo agradezco en el alma, gracias, gracias muchas y que ese Padrecito celestial me lo cuide donde quiera que vaya".

Pasaron las elecciones y con ellas las marejadas de chismes y hasta ciertas estupideces, que siempre vienen arrastrando los fanáticos; algún día llegaran a entender que los políticos son todos iguales. Canteras de promesas y bienandanzas que se quedan en las tribunas y en el olvido; mi hermano ya usted debe conocer este negocio, los políticos que se trepan, no cumplen, ni tampoco le recuerdan de cómo hay que fajarse en esas campañas, abandonando familia, multiplicándose los enemigos, para que luego sea uno marginado y lo miren con indiferencia. Esa es la verdadera política en nuestro país, pero el que nace para pez, siempre encuentra la puerta de la trampa, amigo, me refiero a los fanáticos incondicionales.

El primer domingo de diciembre, el compañero Juan y yo volvimos a reunirnos con el mismo propósito; tratar de darle jaque mate a la historia de la historia. Ciertamente Juan no quería dejarme en suspenso, había tomado esta tarea como un compromiso, no solo conmigo, si no que estaba muy interesado en que los culebrenses conocieran algo de sus simientes. Ahora Martínez, su instructor de aviación y buen músico le visitaba esporádicamente, no para volar, si no para cantar viejas melodías bajo los húcares en el jardín allá en Resaque. Juan se gozaba en grande, tanto así que la fiebre de la música lo contagió.

- Benjamín, vamos a ver si acabamos de una vez esta historia, tengo mucho que hacer en todas partes y necesito tiempo para despejar un poco la mente.

- Tranquilo Juan, ya tu sabes uno se va y el trabajo se queda.

- No es cuestión de trabajo amigo, lo que pasa es...

- Sí, ya sé, es que los intelectuales están en huelga y a ti te toca mantener la isla funcionando.

- Ja,ja... déjate de cosas, vamos a la historia.

- Adelante Juan, estoy listo; decías la última vez allá en el Hotel Puerto Rico de tío Loncho, que Mr. Paul Fischbach, hombre serio, recto y civil, de descendencia alemana, había quedado contratado por la Marina para fungir como celador de sus pertenencias en la isla. El alemán estaba que no cabía en sus pantalones, feliz y orgulloso de haber sido el único elegido para laborar con la Marina.

- Exactamente..., continuamos... 1911; la base se desmanteló, entonces la isla rejuveneció, los mares guardaron silencio y el cielo quedó más cerca de la tierra, la isla respiró limpio, el sol brillo con todo su esplendor, pero tibiecito y placentero. La luna sonreía tiernamente, con menos fuerza de gravedad de la que en sí misma poseía. Por último los mares en su silencio, aliviados se endulzaron y las estrellas en el infinito aplaudieron. Así de esta manera se manifestó la maravillosa obra de Dios, su asombroso prodigio, su creación divina, sobre la isla, bañada por el mar Caribe al sur y acariciada por el inmenso Océano Atlántico al norte. Nuestra querida isla de Culebra, nombre de reptil, pero que suena dulce y agradable en nuestros corazones.

Amigo, el cierre de la base continuó sintiéndose por mucho tiempo, hasta que lentamente todo volvió al buen sistema del medio vivir con el sudor de la frente, agricultura y pesca, verdaderos símbolos de armonía y felicidad en la isla. La movida de la base fue algo traumático, aunque ya de antemano existían los rumores del cierre; no es lo mismo pensarlo que vivirlo. La histeria los arropó, la inseguridad y el pesimismo los consumió, durante la estadía de la base fue una época donde corrió el dinero como nunca antes, ni después, todo el mundo pensando en villas y castillas, cuando de pronto todo se hizo sal y agua. La gallinita de los huevos de oro se murió, también la vaca sagrada. Se desató una tormenta mental, no hubo compensaciones para nadie, ni siquiera donde ir a reclamarlas. Buena excusa para no pagar mercancía obtenida a base de crédito en la Isla Grande (P.R.) de manera que esos días se convirtieron en un periodo lleno de demandas, presiones e incertidumbre. Los demandantes recurrieron a Mr. Paul Fischbach pero en realidad el hombre estaba fuera de ese asunto.

- Tengan, fe, dijo y añadió: "caramba algún día la Marina volverá; palabras con luz, así fue varios años después.

Durante casi tres meses, luego de cerrar la base, estuvieron las cosas en un ambiente económico más o menos generoso. A fines de agosto, quienes no pudieron administrar bien sus ahorros se quedaron "pelaos", sin un solo centavo. Para esos días no quedaba un solo ventorrillo, ni negocios ambulantes, ni piezas de artesanía, ni quien alquilara un caballo, ni soldados que pagasen por el lavado y planchado de su ropa; solo permanecía en pie un pequeño colmado en el pueblito del cayo y dos bodegas en Playa Sardinas, como se le llamaba al pueblito de "Dewey".

Los pobres isleños habían edificado sobre la arena, más cuando llegó la inesperada tormenta muy pronto se vieron en la ruina. Sus ilusiones se desvanecieron, pero nada, borrón y cuenta nueva, nuestro salvador cayó tres veces y tres veces se levantó; a empezar de nuevo con el mismo amor. Los que salieron de oro en toda esta transacción, fueron los grandes terratenientes; no se conformaron con las tierras otorgadas por la corona española, prácticamente regaladas, si no que también como un acto ilegal, movieron sus palizadas sobre el terreno que la Marina había arrebatado como botín de guerra. Extendieron sus colindancias como gusto y gana les dio; aunque en realidad un gran número de familias fungía como agregados en tierras baldías del también botín de guerra.

En los años siguientes la forma de vida fue más o menos llevadera, nadie echaba de menos a la base, ni a los soldados, ni siquiera el lapso de derroche, la formidable situación económica; todo lo contrario, los agricultores volvieron a ordenar sus plantíos, repararon sus guardarrayas, limpiaron sus pozos, mejoraron sus caminos, entonces sus animales volvieron a pastar y procrear en un ambiente de paz y tranquilidad. Los pescadores también celebraban la conquista de sus mares libres de barcos de guerra, ahora sus nasas estaban más seguras y no desaparecían con tanta frecuencia. Los curiosos, gente menuda, niños, jóvenes y ancianos, volvían a reunirse bajo el frondoso árbol de jagüey, donde confraternizaban en absoluta libertad, no solo los pormenores que suceden en la isla, si no que también se discutía en todos los niveles de la sabiduría; asuntos del exterior cosas que acontecen en la Isla Grande, como también las del resto del planeta. De repente el grupo quedó inmóvil, todos prestaban suma atención al

lector, quien leía en la primera página del Liberal lo siguiente:
El barco más grande del mundo, el crucero Titanic, supuestamente chocó con una colosal montaña de hielo, provocando lamentablemente que naufragara en las profundas aguas del Océano Atlántico. Aún no se ha podido verificar el número de las victimas, pero es de suponerse que sobrepasen los quinientos. La tragedia sucedió el 12 de mayo del año en curso, etc, etc...

- Con tu sagrado permiso mi querido Juan, ¿Qué tiene que ver esto del Titanic con nuestra historia?

- Benjamín, ¿tú me vas a decir a mi que esto del Titanic no es parte de nuestra historia?

- No lo creo, pero si tú me lo explicas, a lo mejor puedo comprender.

- Esta vez no te voy a explicar, te voy a ilustrar.

- Pues ilústrame, entonces.

- Amigo, ¿Qué es la historia para ti?

- Hermano Juan, según lo aprendí en un viejo diccionario, que hace muchos años me regaló Cuco; historia es, narración y exposición verdadera de los acontecimientos pasados y cosas memorables.

- Muy bien, amigo Benjamín, pero eso es solo una mínima porción de su significado, el significado de historia es prácticamente infinito, o sea que no tiene fin, debemos conocer al dedillo nuestro pasado, ¿Quiénes somos? ¿De dónde venimos?, nuestro nacimiento como pueblo (origen), como fue su desarrollo, tiempos de apogeo, épocas de decadencia, amigo, la historia es algo bien compleja; tiempos de gloria, tiempos románticos, áridos, etapas de vicisitudes por la cual ha pasado nuestra isla. Historia son los sucesos, hechos o manifestaciones de la actividad humana; descripción de las producciones de la naturaleza en sus tres reinos; animal, vegetal y mineral. Historia universal, la de todos los tiempos y pueblos del mundo.

- Que mucho tú sabes, Juan, ahora entiendo porque hay que incluir ciertos acontecimientos que de alguna manera tienen relación con nuestra historia.

Sigamos..., el Titanic era un trasatlántico inglés, los ingleses atacaron a Culebra, saquearon nuestra madera y masacraron centenares de aborígenes, ¿quieres saber algo más, amigo Benjamín? A mi me parece que no leíste el libro de Don Claro, el mismo que te regalé hacen más de cinco años.

- Sí, ya sé por donde vienes, ahora recuerdo.

- Vamos a ver.

- Juan, el primer nombre de esta isla fue, "Isla del Passaje", lo leí en ese mismo libro y después lo comprobé haciendo mis propias investigaciones, ¡que interesante! la historia es algo serio.

- Tienes razón, también es interesante, preciosa, conmovedora, triste, suspensa.

- El naufragio del Titanic, es parte del precio de las muchas barbaridades que cometieron los ingleses con nuestra isla.

- No precisamente, amigo, pero podría haber algo místico; el día que los paisanos leyeron la noticia bajo el frondoso árbol de jagüey en Playa Sardinas, los niños, o los jóvenes, no; pero todos los ancianos recordaron con indignación los abusos de aquellos piratas, llenos de tatuajes y borrachos, con mejores armas bélicas, como demolieron los últimos taínos sobrevivientes aquí en la isla.

- Entiendo, Juan, dale pichón al Titanic y adelante con tu historia.

- Benjamín, cuídate de las vulgaridades.

- Perdona, voy a tratar de ser más cauteloso, eso de dale pichón al Titanic se me zafó.

- Te das cuenta, Ben, no puedo perder el tiempo ilustrándote frente a un público, bien sean estudiantes, paisanos, turistas y te pongas en esas, no me vuelvas a salir con semejante baja expresión, porque aquí mismo se acaba la historia.

- Por segunda vez, Juan, te pido mis excusas, perdóname hombre..., a propósito aquí no estamos en el Hotel Puerto Rico y mi vieja que siempre nos traía su cafecito hacen tres meses que murió; yo mismo voy ahí a la cocina a preparar un buen desayuno, ya vuelvo.

Juan aprovechó ese instante para dar una ojeada de todo el lugar donde estaba y sus alrededores. Puerto Palos se ha convertido en algo muy bonito, pensó y siguió pensando, pero mas que bonito, interesante, cualquiera diría que este Benjamín tiene cosas de loco; no, el hombre es curioso y tiene sus buenas ideas, se pasa la vida inventando. Juan caminó hasta el muellecito, observó la derecha el "Kunta Kinte", el barco pesquero de Héctor Pérez; a la izquierda la "Rosalyn" la yola de Quique y mas al fondo amarrada de una estaca con dos pelícanos pardos posando sobe su saltillo, la "Yaboa", esa es la de Benjamín, se dijo, lleva un nombre taíno y está pintada de los colores del ave. Una leve movida de Juan y los pelícanos alzaron vuelo, remontaron unos cuarenta, casi cincuenta pies de altura, se lanzaron de picada sobre las aguas de la "Laguna Lobina". Pobres animales, pasaban todo el día repitiendo las mismas jugadas, tratando de capturar sardinas, eso era lo único que hacían desde su nacimiento hasta el día de su muerte. Juan continuaba en su profundo pensamiento, se alejaba de Puerto de Palos y viéndose a sí mismo a la edad de nueve años, desde un lugar secreto, contemplaba con indignación, los "Spit Fire", bombarderos del portaviones

"Tarawa", como dejaban caer toneladas de pólvora y dinamita sobre la hermosa playa de Flamenco y mas abajo, la Península con sus verdosas montañas y sus tiernos y lindos corales, importantísimo hábitat de millones de seres vivientes. Desde su secreto lugar, el copo de un gigantesco árbol de mangó, también divisaba el puesto de observación, todo pintado de blanco, el color de los ángeles y también el color de las tumbas en los tétricos cementerios. Eso mismo parecía el O.P. una lápida común, porque su tamaño, así lo ameritaba. Juan pensaba que podía ser una fosa para una multitud de cadáveres, no era imaginación para un niño de nueve años de edad. Posiblemente esto lo integró a su consciente varios años después... continuó meditando el hombre, ahora veía que uno de los bombarderos estaba fuera de formación, volaba directo hacia el puesto de observación... ¡Oh Dios! ¿Qué le pasa a ese piloto? ¿Qué va a hacer? Al pasar exactamente sobre el O.P., algo se desprendió del aeroplano. ¡Oh, no, no, no! Alcanzó a gritar Juan antes de que toda Culebra temblara.

¡Oh, si, si, si! Gritó Benjamín para que pronto se le metiera mano a aquel apetitoso desayuno al estilo Puerto de Palos; pescado y arepas fritas, café y queso de bola, ese rico queso que viene de Holanda, porque precisamente hace mas de veinte años que Don Cosme Peña cerró su quesería, y ese exquisito producto, queso prensado, hecho con leche de vacas culebrenses, el mejor queso del mundo pasó también a ser parte de la historia. Jamás Don Cosme reveló el secreto de su elaboración, jamás nadie en ningún lugar del planeta logró imitarlo.

- Está sabroso ese pescado, dijo Juan, ¿son colirrubias verdad? O tal vez ¿Salmonete, boqui colorados o arrayao?

- No amigo, te equivocaste del cielo a la tierra, son cojinúas, las cogió José ayer en los "dátiles", no con chinchorro, porque ahora eso está prohibido por estos nuevos intrusos, creyentes de la extinción.

- Y ¿Cómo rayos los cogió? ¿De cordel?

- No, de un solo tarrayazo.

- Ese padre tuyo es una autoridad en cuestiones de pesca, salió a Luciano, tu abuelo.

- No solamente en cuestiones de pesca, él sabe hacer de todo; menos volar un avión o programar una computadora, me parece que en lo demás...bueno, imagínate Juan, que hubo una época aquí en Culebra que Don José Pérez Belardo, mi querido padre era quien lo hacía prácticamente todo. Pintaba letras, dibujaba, componía relojes, radios, planchas, tostadoras, y cuantos enseres eléctricos o mecánicos se descompusieran venían a parar a sus manos; carpintero de casas y de barcos, ebanista, albañil y artesano profesional. Dios lo bendiga...el hombre es una chavienda, abuelo no era capaz.

- Ya lo sé Benjamín, yo lo conozco mejor que tu, y ¿por qué tu le llamas José y no le dices papá, papi? dime...porque eso me choca un poco, ¿me puedes explicar?

- Sencillamente amigo, desde que tenía tres añitos me enteré que mi padre es un héroe, quiero decir, tremendo ser humano. Fue el quien terminó de criar a Carlos y a Mike, dos de los muchos hijos que tenía Sofía cuando se casó con José. Haydee y Nito se fueron a Cabo Rojo con su papá, Don Cayetano Valle, pero también visitaban la vieja todos los años en sus vacaciones. Todos se encariñaron con José y aprendieron a quererlo como a su propio padre, pero claro está, nunca le llamaron papá o papi, así fue como Héctor y yo internalizamos el nombre de José, que para nosotros significa papá; sin embargo mis demás hermanos, Cuca Kelly, Quique y Nydia le llaman papá o papi. El fenómeno que se da en Héctor y en mi es a base de tanto escuchar a Carlos y a Mike decirle José a nuestro querido padre, claro él no era su padre biológico.

- Caramba, se cambiaron los papeles, ahora eres tu quien cuenta la historia, es mejor escuchar que contar, ¿verdad?

- Negativo, es solo una aclaración a tu pregunta, el historiador eres tú.

- Entiendo Ben, eso es parte de tantas cosas raras que suceden en esta vida.

Y desde allí, desde el muellecito de Puerto de Palos, donde terminaban de ingerir no un desayuno, sino un sólido almuerzo, con queso de bola y café como postre, vieron pasar entre otras tantas embarcaciones, canal abajo, a Lupe Santiago, como parte de su faena, buscando el pan de cada día, el feliz hombre iba de pesca, sonriente y hablando en voz alta, las mismas jeringonzas de siempre.

- Va en busca de langostas para Mike; dije en tono de broma. Juan ripostó: ¿Para Mike?, serán para Martínez, el instructor de aviación.

- También le ofreció langostas a algún piloto, caray, entonces ese Lupe es la changa, a cada santo le debe una vela, que Dios lo cuide.

- Seguro que si, ¡Caramba Benjamín! Tú debes conocer a Lupe mejor que yo, apenas lo veo; sin embargo, tú pescas con él, juegas pelota y participas de toda la barahunda que inventa el negro con su guitarra y sus cuatro canciones de siempre.

- Son un éxito, contesté en forma de broma, especialmente "El japo japonés"

- Si, ya lo sé, en su fan club tiene miles que le aplauden y vitorean.

- No tanto como miles, pero por lo menos entretiene, tú sabes como es Culebra, no hay para donde tirar. No hay farmacia, no hay cine, no hay esto, no hay lo otro, pero que mas da, tenemos al gran guarachero, rumbero y bolerista Don Guadalupe Santiago, que saca la cara por la juventud.

- Exactamente como la sacó el día de los pilotos, cuando después de jamaquearlo tres veces lo lanzaron al vacío.

- ¡Que barbaridad, amigo! No me atrevo decir a ciencia cierta que fue un abuso conociendo yo a esos pilotos..., mira cara de loco es un alma de Dios, Alipio es como un bebé, el Tucán no se diga, la Mosca no mata una mosca y Mr. Cien ni tira piedra, ni vela al guardia. Ahora bien, mi amigo, el licor y las mujeres...

- No me digas Ben, estaban como tuerca, pero de todo eso, una sola cosa me interesa.

- La salud de Lupe...

- Muy bien, por eso me alegro, pero Benjamín, lo que en sí me interesa de verdad es recuperar aunque sean los escombros de lo que fue la guitarra de Lupe.

- Despreocúpate por eso, si el hombre ahora tiene juguete nuevo; la guitarra que le regaló Mike, mi hermano, que dicho sea de paso, Lupe mismo me dijo que tu y un tal Martínez se la habían afinado, hombre me dijo que quedó como el piano de Liberachi.

- No mi hermanito, por favor, estoy hablando claro, me refiero a la guitarra que usó en la fiesta de Coral.

- Tú mejor que nadie lo sabes, la hicieron añicos.

- Y los añicos, ¿Dónde están?

72

- Lo voy a investigar, Juan, te lo prometo. Pero ahora debemos continuar con la historia, nada de estos temas están en la agenda.

- Tienes muchísima razón, el naufragio del Titanic, nos trajo todo este torbellino.

- Sin embargo la próxima tertulia celebrada bajo las sombras de jagüey en los arenales de Playa Sardinas (1913), no se le dio importancia a ningún otro tema que no fuera el asunto de la guerra. Las opiniones divididas dieron un toque de interés a la prolongada polémica; por lo general quien tomaba la batuta no gustaba de soltarla, hablaba por largo rato hasta agotar todos sus argumentos. Es muy posible que era el más que sabía del tema o el más que leía. Luego se escuchaba otra voz que lo mismo refutaba o se hacía eco del sabio deponente; el resto de los congregados se delei-taba contemplando y escuchando a eruditos amantes de la lectura y de la historia, en realidad eran virtuosos en el arte de discutir en voz alta y al aire libre. En algunas ocasiones estos debates se caldeaban de tal manera como si fuera a esta-llar un motín, nunca estalló, pero lo que si estaba por estallar fue lo que más tarde se conoció con el nombre de la primera guerra mundial. A partir de ese día hubo intranquilidad y nerviosismo, surgieron especulaciones a granel, sobre lo que iba a suceder en la isla nuevamente; el regreso de la base, por ejemplo, así pensaban los culebrenses, mitad alegre y mitad rogándole a Dios porque no volviese la base.

La semana siguiente cuando el muchacho de los perió-dicos vociferó: "extra, extra, aquí está el Liberal", con solo dos centavos, se puede enterar de lo que está pasando en el mundo. No tuvo que volver a anunciar su producto, todos los ejemplares fueron vendidos bajo el mismo árbol de jagüey. Los lectores quedaban en absoluto silencio, solo murmura-ciones y expresiones en sus rostros. Realmente la tierra se sacudía, el continente Europeo se convirtió en un inmenso campo de batalla. Las grandes potencias europeas, se han alineado en dos grupos rivales, un apoteósico conflicto bélico resonaba al otro lado del planeta, era inminente el espantoso choque. Te digo Benjamín, por esa época fue la compra venta de nuestras tres vecinas islas; San Thomas, San John y Santa Cruz; sabemos que pertenecían al reino de Dinamarca, y Washington, que hasta entonces estaba neutral en cuanto a la guerra. Se aprovechó hasta la saciedad de la confusión y la turbación existente, usando toda su astucia y malicia (Servicio Central de Inteligencia) se valió de la oportunidad, entregó unas migajas al gobierno de Dinamarca por sus tres islas del Caribe. Fue un golpe brutal para los ciudadanos Daneses, no querían dar crédito a lo que leían en el Liberal. En medio de la confusión y el temor los Daneses cometieron un tremendo error, entregaron por unos cuantos dólares, tres joyas, que según los mejores peritos e intelectuales en esta materia, poseen un valor incalculable, entendiendo haber sido una desgracia fatal, digna de lástima, el ceder tan fácil a una nación sedienta de poder, tan valioso tesoro. Este asunto de la venta de estas tres islas, lo traigo a colación, Ben, porque nuestra historia quedaría huérfana, si no mencionamos lo siguiente: desde la misma fundación del pueblito de San Ildefonso llegaron a nuestra isla en son de paz y buena voluntad, media docena de daneses y un par de madamas de la misma tierra. Las ocho personas estaban establecidas en San John, Santa Cruz y San Thomas, pequeñas colonias del reino danés.

Fue por esos días que el gobierno español sumido en una terrible decadencia, había abandonado a su propia suerte el primer contingente de paisanos fundadores del pueblito. Sony, Vunuha, Maruma, Bruley, Jacob y Mr. Daguerty eran personas muy conocidas y por ende de grandes influencias con el gobierno danés; tanto así, que sirvieron de contacto para que las islas vecinas, establecieran un intercambio de productos con Culebra. Sus goletas, llegaban repletas de ropa, calzado, herramientas de labranza, medicinas y materiales de construcción, de aquí para allá, subían cargadas de toda clase de mariscos, pescado, carrucho, careyes, langostas, etc., también llevaban viandas, vegetales y frutos menores, cabros, cerdos y ganado vacuno. Por muchos años este negocio funcionó en buena lid y a capacidad, hasta que llegaron los americanos en el 1902 y le dieron jaque mate, poniendo como excusa, que las islas eran puerto libre y que muy pronto pasarían a ser parte de su propiedad; imagínese mi amigo Ben, la isla quedó a la deriva, pero como de todo golpe, siempre hay que levantarse, Culebra volvió a echar pa'lante, aunque un poco cuesta arriba.

Lo primero que dijeron aquéllos buenos daneses: aquí nadie se va a morir de hambre, este pueblo ya tiene una base sólida; la pesca y la agricultura serán suficiente para mantener la economía en una efervescencia espléndida. Mientras los varones metían mano en el desarrollo de la isla, las madamas, Agustina y Josefina se dedicaban a la industria de la harina. En el pueblito del cayo tenían sus hornos, allí elaboraban pan sabroso, bizcochos y dulces con todos los sabores, indiscutiblemente estos daneses le dieron un enorme impulso al progreso de la isla. Llegaron jóvenes y aquí envejecieron ganándose el respeto y cariño de todos. Con el correr de los años, Sony murió y en su honor se le dio el nombre a un sector al noreste de la isla. Mr. Daguerty y los demás se marcharon a su tierra. Hoy también existe un precioso lugar a la misma entrada de la bahía, con el nombre de "Dakity" en su honor. Las madamas están descansando en paz, en nuestro campo santo. Definitivamente nuestra historia sería otra sin la interacción a nuestra comunidad de estos humildes seres, que muy desinteresadamente aportaron sus ideas, fuerzas y gran parte de su amor al bienestar de nuestra querida isla.

Los días siguientes al sepelio de las madamas fueron seguidos de gratas e ingratas sorpresas; esas muertes marcaron una prolongada sequía y cuando el sol apretaba sus clavijas, tratando de romper el centro de la tierra, surgían fuegos esporádicos en los montes y llanos, entonces solo eran piedras y troncos quemados sobre la superficie de la tierra. Las reses, bestias y burros se desplomaban inmisericordemente, caían al pavimento en cuero y huesos. Los agricultores hacían malabares, aplicaban toda su astucia para encontrar el preciado líquido, tenían que discurrir con ingenio para que el agua apareciera durante ese tiempo seco de larga duración. Primero ante la insistencia de la sequía, tanto en los pueblitos del cayo como en Playa Sardinas y demás barrios de la isla; se organizaron impresionantes rogativas. Las mismas se efectuaban en horas de la noche, los paisanos portaban imágenes religiosas, cruces, jachos y velas encendidas, simultáneamente se marchaba en todos los sectores de la isla, al frente de los participantes iba el líder vociferando y cantando algunas letanías, atrás el coro contestaba.

- Amigo Juan, esto está cool, nuestros abuelos, ¿creían mucho en las supersticiones?

- Claro que si, Ben; esa es nuestra historia en blanco y negro y ahora tú verás. Seguramente por la humildad de estos feligreses, por su profunda y genuina fe, por esa gran devoción con que se imploraba, pero más bien por la misericordia de Dios; días después de estas rogativas las nubes rompían su huelga, primero unas apremiantes lloviznas, luego iba arreciando lentamente, hasta desgajarse un diluvio formidable, una excelente manifestación de la divina naturaleza, a partir de entonces se metían estaciones de agua por tiempo indefinido. Nuevamente la isla recobraba su colorido y la agricultura volvía a ser esplendorosa y abundante. Los terratenientes brindaban con su mejor whisky, los humildes campesinos visitaban las iglesias para expresar su agradecimiento al ser supremo. Una tibia tarde de aspecto triste, plomiza y cubierta de nubarrones grises, llegó la mala noticia. Eran aproximadamente las seis y quince cuando una fragata militar, procedente de las Islas Vírgenes (ahora U.S.A.) arribó a uno de los muelles de lo que fue la base en pueblo viejo; Mr. Paul Fischbach, por supuesto como celador de las propiedades de la Marina, sabía de antemano lo que venía. El objetivo de la inesperada visita era nada mas y nada menos que reclutar el máximo de voluntarios, para llevarlos a pelear a la primera Guerra Mundial, que ya para esos días Washington se había metido de lleno en el negocio de la guerra. Aunque fueron muchas las especulaciones sobre cuál fue la chispa que encendiera la desgraciada guerra. Las razones son las mismas de siempre, los cuatro impulsos soberbios del hombre: rivalidades militares, política, economía y racismo. Corría la sangre en el viejo continente y no era para menos, los norteamericanos aprovechaban para continuar practicando su deporte favorito, el conflicto bélico. Mr. Paul Fischbach con sus oficiales logró enlistar 25 jóvenes escogidos para pelear, fuertes, ágiles y sobre todo valientes. Entre los nuevos reclutas estaba Indalés Ayala, el hijo mayor de don Julián y doña Felipa. Aquella noticia le partió el alma a la triste madre que lloraba desconsolada, don Julián quedó cabizbajo y pensativo, personas de principios cristianos, con una dignidad inigualable.

Indalés no estaba de acuerdo, de ninguna manera quería ir a la guerra, no quería mancharse las manos de sangre y mucho menos morir fuera de su islita. El próximo viernes vendrían por los nuevos soldados, la salida estaba pactada para las siete de la noche. En la casa de don Julián, a la una de la tarde, el calor era insoportable, el león guardián estalló en ladridos dolientes; ladraba incesantemente, como si también estuviese clamando por justicia. Don Julián se puso muy nervioso y fue hasta su corral, donde no lo encontró, lo buscó por todos lados, hasta llegar al jardín, donde todas las flores se habían tornado negras y violetas. Allí estaba el león guardián muerto, con sus patas tiesas y sus ojos mojados. Don Julián miró al cielo, buscando alivio en su creador, en eso sintió unas manos que lo acariciaban, era su querida esposa, quien lo había espiado en todo momento. Le propuso algo a su esposo y no titubeo, ambos sonrieron y estuvieron de acuerdo.

- Si nuestro hijo no va a la guerra, cumpliremos esta promesa al pie de la letra, mientras Dios nos dé un álito de vida.

Así fue, nadie sabe como, ni porque, pero lo cierto es que Indalés no participó en la horrorosa guerra; ninguno de los restantes jóvenes jamás pudieron descifrar el resultado macabro que causó la inútil desavenencia y rompimiento de paz en la alborada del siglo XX. Después de todo, los veinticuatro muchachos que salieron para Francia, iban felices; por mucho tiempo habían trabajado en la base y siempre mantuvieron la fiebre y la pasión por la milicia, por lo tanto, se le hizo relativamente fácil a Mr. Paul, su reclutamiento, pues los conocía todos como la palma de sus manos. Y desde entonces, año tras año, para todos los meses de mayo, en la casa de los Ayala, se cantaba por una semana completa, los rosarios de cruz, en cumplimiento fiel a la promesa hecha, con mucho agradecimiento porque su hijo mayor se libró de las garras de un monstruo, que dejó mas de tres millones de cadáveres tirados en las trincheras de la incomprensión.

- Caramba, Juan, mira como se me paran los pelos, ¡uy! Que cosa tan terrible.

- Bueno Ben, eso también es parte de la historia.

- La parte triste, insólita, la que consterna, la que da rabia...

- Si supieras amigo, de aquéllos 24 mozalbetes, solo regresaron 12, la otra mitad aunque no murieron en la guerra, prefirieron el exilio donde encontraron un mundo diferente, con un mejor porvenir, más prometedor que el de su propia islita.

- Benjamín, por esa época de la guerra, sucedieron tres grandes acontecimientos, que de una forma u otra forman parte de nuestra historia; uno de ellos fue el violento terremoto en la parte oeste del país, luego la terrible epidemia del cólera que se llevó a miles de puertorriqueños, la inmensa mayoría, por lo peligroso de la situación, fueron sepultados en fosa común y por último, ya tu sabes...

- No, dime tú, ¿qué pasó? ¿Cuál fue el otro acontecimiento histórico?

- Bendito Ben..., en el 1917 la dichosa ciudadanía americana.

- Tienes razón, ahora recuerdo, me parece que hubo algo así como un referéndum, o sea una consulta y la gran mayoría optó por hacernos gringos.

- Así es la historia, luego todo siguió en paz y tranquilidad, todos viviendo como una sola familia. Un pueblo de gente sencilla, hospitalaria, la isla siempre lucía viva y animada; pescadores en sus faenas llegaban de la mar y vendían el mero y cabrilla a dos centavos la libra, langostas a un centavo la libra, el resto de los mariscos por ser tanta la abundancia eran gratis, cada cual los encontraba en la primera orilla de playa que se arrimara. En el sector agrícola era lo mismo, las viandas, frutas y vegetales estaban a tres por chavo; también existían los macelos, donde se conseguía carne fresca de res, cabro y cerdo; gallinas, en todas las casas había un reguerete y por ende los huevos estaban a patás. La vida cotidiana era buena, se vivía en común felicidad, también había espacio para Dios; ambas iglesias, católica y metodista tenían extensos programas, tanto para niños, jóvenes y mayores, todo bajo un inmaculado manto de fe, con devoción, respeto y un inmenso amor al prójimo.

Eran años de gloria, reinaba la paz en todo el sentido de la palabra; que nadie se quejara con un ¡ay, me duele aquí! Porque aparecían cien manos para socorrerle. Todo el mundo se conocía, todos estaban reconciliados, se perdonaban los unos a los otros y lo más importante, todos se amaban con un amor fraternal, sincero y espiritual. Los niños disfrutaban su niñez hasta un poco más allá de la adolescencia, un aura de inocencia y cero malicia; era como si los ángeles guardianes los protegieran en todo juego, estudio y reposo. Los niños también eran felices, aunque de vez en cuando se les exigía su buena aportación en las tareas domésticas de la familia. Casi todo el mundo gozaba de una buena salud, la gente estaban fuertes y ágiles; no existían los triglicéridos ni el colesterol, los paisanos se fajaban de verdad, sudaban la patria, trabajaban honradamente, sin que gobierno alguno les chantajeara, con programas de beneficencia, entiéndase cupones o alguna que otra migaja. Benjamín, como es la orden del día, ahora en nuestros tiempos, no en aquélla época, todo el mundo tenía que esforzarse, enrollarse las mangas y no mirar atrás, esa era la consigna. Si alguien se enfermaba, se le curaba con plantas medicinales o llevándolos a darse un buen chapuzón en alguna de nuestras lindas playas. El que más y el que menos, sabía preparar sus cataplasmas, sus jarabes y sus tisanas; si alguno se torcía un pie o se lastimaba un brazo, aparecía quien aplicara sus técnicas de entonces, para remediar la situación. Dicen que un tal Don Balbino Monell era el perito en cuestiones de espasmos, huesos y convulsiones; para el dolor de muela se preparaba un té de ajo o el mismo Don Balbino extraía las piezas haciendo uso de un alicate. Sobre las nuevas criaturas que nos aumentaban el censo poblacional, esto era algo maravilloso en realidad, veían por primera vez la luz de este mundo con relativa facilidad. Yo siempre creo, Ben y no dudo que eso era un don muy especial que Dios le concedía a ciertas mujeres en especial, el lugar de las comadronas es único, tienen manos santas, la taza de mortalidad para entonces era prácticamente cero, difícilmente se perdía un nuevo infante. Ahora vamos a la educación..., existía una sola escuela, con un par de magníficos profesores; durante la mañana acudían niños de seis a nueve años y durante la tarde niños de diez en adelante, la asistencia no era la mejor, ciertos obstáculos lo impedían. El primero de ellos era la apatía al sistema, segundo las distancias kilométricas que tenían que realizar diariamente estos alumnos desde los lejanos campos y tercero y más triste, por la falta de interés especialmente de los padres, quienes desconocían cuan importante es una excelente preparación académica. Estos humildes padres de familia, tenían la bien cuajada percepción de aquél feliz ambiente y entendían en realidad que sus hijos no necesitaban saber tanta matemática, ni ciencia, ni historia, ni nada, para terminar exactamente como ellos; levantando guardarrayas, sembrando y pescando para llevar el pan nuestro de cada día a sus hogares. En cuanto a la vida social, Ben, te diré que era extremadamente alegre, se disfrutaba en grande. Don Juan Solís tenía su propio conjunto, compuesto por todos sus hijos e hijas; era música de cuerda con su magnífica resonancia y percusión. En el barrio Flamenco estaban los Ayalas, hombre..., hasta tu tío Loncho, que para esos días estaba en la plena adolescencia, era un músico de respeto. Allá en mi barrio de Resaque, estaban los Rojas con Calaco, su director, que eso había que decirle usted y tenga; el talento era inmenso, baile en los montes de Resaque, baile en Playa Sardinas, baile en Flamenco y baile en el Cayo. Se pasaba bien y todo con respeto y disciplina.

Otro enorme entretenimiento lo era el deporte y la recreación; aquí sí que hay mucha tela que cortar, vamos despacio y por partes. El deporte favorito para esos días lo era el béisbol, la fiebre por la pelota caliente estaba en todo su apogeo. Lo habían aprendido cuando estaba la base naval y de ahí en adelante ni se diga..., todos los barrios tenían su equipo. "Los Cotorros" de Playa Sardinas, "Los Tiburones" de Flamenco, "Los Queneperos" del Cayo y "Los Comecoco" de Resaque; todos luciendo sus espléndidos uniformes confeccionados por las costureras de sus respectivas comunidades. Los hacían con los sacos donde venía la harina; así también los artesanos construían las bolas, guantes y bates; todo con la materia prima local. Todos los años, desde febrero, un día después de la candelaria, comenzaba la tan reñida serie, la cual se extendía hasta el mes de agosto; cuando se metía de lleno el invernazo o sea la caliente temporada de los huracanes. El pueblo se divertía en grande, eran cuatro magníficos equipos, pero los Tiburones de Flamenco, con un escuadrón como los hermanos Ayala arrancaban alante, terminaban alante y de nuevo eran campeones. Todos los barrios se unían en la Playa Flamenco y pasaban todo el fin de semana celebrando, ¡imagínese, mi hermano!

En agosto se celebraban las fiestas patronales, una semana de buen compartir, juegos pueblerinos, concursos, competencias, paso fino, regatas de barcos de vela, bailes, trovadores y música por todos lados. Kioscos, comidas típicas; desde Vieques y Fajardo se dejaban llegar centenares de visitantes, entre los cuales habían buenos músicos y competidores. El último día de la fiesta se celebraba una gigantesca marcha por todas las calles de Playa Sardinas; al frente varios feligreses cargaban una imagen de la virgen del Carmen, la patrona de la actividad, seguida por un conjunto de cuerdas, seleccionado para la ocasión; luego las batuteras y atrás decenas de carrozas simbolizando diferentes entidades. Mas atrás los zanqueros; otros grupos musicales y en la retaguardia, la muchedumbre saltando, gritando, cantando, vociferando, sudando la gota gorda; expresando el verdadero objetivo de estar vivos, ese estado de ánimo que se complace en la posesión de un bien. Al día siguiente entre todos limpiaban las calles y ponían las cosas en orden. El resto de año a trabajar duro, en la siembra, la pesca, rogando y velando siempre el rumor de la tormenta.

Llegaba diciembre con un clima fresco y rejuvenecedor, nuevamente el pueblo celebraba con fervor y contentamiento las "matutinas", una vieja tradición en la cual decenas de paisanos, se reúnen en cierto lugar acordado, a eso de las cuatro de la mañana, recorren las calles del pueblito tocando y cantando aguinaldos y villancicos al niño Jesús, a la virgen María y a los tres reyes magos. El 24 finalizaban las matutinas y al son de arroz con gandules, lechón asado y pasteles, reciben la noche buena. El 25 abarrotan las iglesias, para rendir culto y honor al Dios Todopoderoso, a través de su hijo Jesucristo. El 31 de diciembre, alguien se disfraza de viejo y se pasea por todo el pueblo, hasta que el reloj marca las doce de la noche y el viejo desaparece y surge una dama mostrando un niño recién nacido; simbolizando el comienzo del nuevo año. Luego llegaba el tan esperado seis de enero, más bien se le podría llamar el día de la renovación de los seres humanos. Los chicos se revolcaban en un lodazal de felicidad, ¡que ganas se sienten de ser buenos hasta la muerte! Desde la víspera no cabían en sus ropitas, sus pensamientos eran únicos sobre: ¿qué me traerán los reyes? Ciertamente los reyes llegaban el seis de enero, trayendo regalos a todos los chicos, quienes días antes sus madres aprovechaban...

- Si no te portas bien, le diré a los reyes magos...

- No madre, no, le haré todos los mandados, limpiaré el corral, le echaré maíz a las gallinas y comida a los cerdos, haré las asignaciones y me portaré como un verdadero angelito.

Así era el bembé, Benjamín, tal como lo oyes, eran años de inocencia y grandes ilusiones, los niños jugaban sin comprender, no como ahora Ben, que nacen sabiendo ¡Dios mío, como el mundo ha cambiado! El día de reyes, los jóvenes y mayores lo esperaban con muchísima ansiedad, era el día de lucir su mejor ropa; aquéllos tiempos eran encantadores. Desde meses antes preparaban sus buenas potrancas, engordaban sus caballos y alineaban sus yeguas. Justo a las diez de la mañana, cuando los chicos comenzaban a dar muestras de cansancio de tanto retozar y divertirse con sus regalos, obsequiados por los reyes; salía la numerosa cabalgata, al frente Toñita Monell, quien lidiaba el enorme batallón compuesto por más de doscientas bestias con elegante montura, hermosos vestuarios y sombreros al estilo "cowboy". Visitaban los campos y en ciertos lugares indicados echaban "vivas" a los reyes, luego se detenían para el recesito. A las seis de la tarde, agotados, bañados en sudor, pero muy felices, desfilaba la tropa rumbo a sus humildes hogares. Un buen lavado de gato, un rico sancochito y a la cama, puesto que la tradición era continuar la cabalgata al día siguiente, lo que ellos llamaban las "octavitas" y la celebración no terminaba ahí. Los reyes magos no era una cosa cualquiera, sino que para esa generación su significado era algo muy serio, de gran valía y profundo respeto. Los reyes cabalgaron desde muy lejanas tierras, siguiendo la estrella de Belén hasta llegar a un pesebre, rodeado por sencillos pastores y pacíficos animales, porque ellos también querían adorar al niño Jesús y obsequiarle algunos presentes; de manera que había que celebrar sus días con bombos y platillos, se lo merecían. El día antes, 5 de enero, seis, siete, ocho y nueve, veneraban estos paisanos con verdadero entusiasmo y regocijo. Al día ocho le llamaban el "resbalón" y al nueve, el "tropezón", ya para entonces no quedaba ni las pezuñas del lechón; solo caballos

ciente que se reflejaba cada vez con más fuerza. Los pescadores supieron lo que era un "tiger shark", un blue fish o
un white sailor. Los agricultores hablaban de "big pumpkin",
black bull, little farm y sweet potatoes. En la escuela los niños
cantaban y gritaban: pollito, chiken, gallina, hen, lápiz, pencil
y pluma, pen.

¡Qué horror!, comentaban con indignación los ancianos,
que solían pasar sus últimos días, caminando arriba y abajo,
por las calles de fango y piedras; algunos apoyados en sus
bastones terminaban su andanza bajo la sombra de un mons-
truoso árbol de jagüey, plantado en los arenales de Playa
Sardinas, cerca del muelle Municipal. Desde allí se deleitaban
observando los balandros y goletas que surcaban esos mares
entre Vieques y Culebra.

Su mayor sufrimiento, comentaban los viejitos, era cuando
escuchaban música folklórica, salir con un ritmo desentonado
de unos instrumentos exóticos, que tocaban y soplaban los
integrantes de la banda americana de la reciente base naval;
pero más grande era su aflicción, cuando escuchar el conjunto
de cuerdas del pueblito del cayo, sorprendían entonando en
forma rara y curiosa, un fostrot, música norte americana en
boga y para colmo del desastre, que es como estar muerto
y a la vez sentir el dolor de la tortura, con profunda tristeza
expresaban los viejos, la humillación que experimentaban
viendo los jíbaritos con sus jíbaritas salir a bailar jubilosos y
sonrientes semejantes composiciones.

Por donde quiera que asomaras la cara, aparecía la
influencia gringa, en el mismo momento en que los ancianos
disolvían la reunión de un día más; frente a su pelotón pasaba
un jinete al galope, evitando que su terco caballo accidentara
uno de los viejitos, el hábil vaquero tiró rápido del freno,
mientras muy orgulloso y Jaco le gritaba: ¡stop, stop, stop!

pescadores y agricultores, pues ya te he dicho que la base absorbió casi en su totalidad la fuerza trabajadora, allí quedó empleado un setenta por ciento de los nativos. Oye esto, al principio los obreros trabajaban rígidos, tensos y tímidos, como conservando distancia, poco a poco todo fue echado al olvido y las cosas volvieron a caer en su sitio, el dinero ciega y cierra bocas. Para esos días los isleños se hallaban espar- cidos por todas partes de la isla, inclusive Cayo Norte, Luis Peña y Culebrita, los barrios iban siendo bautizados según el hallazgo sucedido, forma del lugar, algún animal o árbol de frutas, etc. Flamenco, por las aves patilargas vistas en el área, Tamarindo por los árboles del mismo fruto que abun- daba allí, el pueblo Dewey por lo que ya hemos dicho, sin embargo, nunca nadie le llamó por tal nombre, si no, que se le conoce siempre por Playa sardinas.

Benjamín mira a su amigo y le interrumpe.

-Seguramente fue por tantos millones de sardinas en la ensenada, cardúmenes y más cardúmenes.

- Exactamente, pero no me interrumpas más, no quiero salirme de la secuencia.

Así mismo registraron calles y escuelas con nombres que nadie sabe, no porque no estén rotulados, si no porque quien caramba sabe quien es William Font, Salisbury, Clark y así sucesivamente, milagro que la calle principal lleva el nombre de Pedro Márquez, primer alcalde en el gobierno norteño.

Pronto la influencia gringa comenzó a echar raíces, se dejaba sentir rápidamente en todas partes; en las calles, escuelas, deportes y hasta en los animales, penetró profunda- mente los aires del nuevo cambio. Se escucharon por primera vez palabras con significados pornográficos. La jerga beisbo- lera se puso de moda: strike, pitcher, foul, out, fly, etc. La pobre cultura isleña soportaba dócil la transformación incony yeguas aliviados y relinchando de alegría, pues su dura jornada concluía y de nuevo estarían libres, pastando bajo los cielos de una isla fascinante.

- Se acabó la navidad, señores, se acabó la fiesta, todo el mundo a trabajar y a producir, que la tierra está fértil.

En ese instante desde Puerto de Palos se escuchó un estruendo al otro lado de la laguna; alguien hablaba en voz alta, como si estuviese discutiendo, cochando reses, previniendo alguna tragedia, insultando o simplemente amedrentando a los humildes. Algo raro estaba sucediendo, el alboroto venía como de la villa pesquera a la orilla del canal. Juan y yo caminamos hasta el muellecito, con la intención de escuchar mejor de qué se trataba.

- Alguien se está matando por allá, dijo Juan, señalando hacia la villa pesquera.

- ¡Caramba Juan! Oye bien... ¿no te parece la voz de Lupe?

- Ese negro parece que está envenenao.

- Puede estar discutiendo algún asunto de pelota, política, que se yo...

- Mira, ahí viene Héctor en el Kuntaquinte, viene de allá.

- Pregúntale Juan, mira a ver que pasa.

- Nada muchachos, ése hombre se ha quedao con to', la villa cogió un "mero guasa", como de quinientas libras y se ha vuelto loco, contando la hazaña.

- Ya sabía yo..., tenía que ser Lupe.

- Despúes de todo, ése Lupe es...

- Si, ya sé, no me lo digas.

- Lupe lloró en el vientre de su madre, una guasa de 500 libras, no crees que debemos felicitarlo.

- Si, vamos, vamos a la villa pesquera. Ese hombre volvió a batear de cuatro esquinas.

Guadalupe Santiago Navarro, le tiene terror a las culebras, no es un truco, pueden tenerlo por cierto.

Capítulo VI

En la primavera de 1946 hacía un fresco agradable, exuberante, oscurecía en la isla de Culebra. El sol se había ocultado, pero aún sus potentes rayos lanzaban una luz multicolor hermosísima. Tenía esa majestad transparente que el creador ha puesto en el ocaso del trópico. Al final del horizonte se reflejaban figuras inverosímiles, dibujados al fondo del firmamento; a veces se sueña imitar tales visiones y en el curso de los años, muchas veces sucede, que se tornan realidades. Pancho el mexicano, se gozaba contemplando la escena; esa tarde estaba encaramado sobre el techo del O.P., como presagiando que muy pronto su vida cambiaría, de ninguna manera profetizaba, pero tampoco era una falsa la corazonada. Algo espantoso va a suceder, pensaba. Volteó su mirada al norte y allí estaba el imponente portaviones el "Tarawa", a cuatro millas de distancia, pero su tamaño era monumental. Pancho creyó estar viendo una mole de acero sólido, era el especial del día siguiente. Correspondía al Tarawa, hacer sus prácticas de rutina, echar al aire sus bombarderos, como también lanzar bombas con sus propios cañones. El tiempo estaba tranquilo, par de horas antes Pancho había aceitado su camión tanque, porque le esperaba un día muy agitado. Antes de bajar las escaleras, miró al cielo e hizo una breve oración y recordó a la Virgen de la Guadalupe; entonces dirigió sus pasos directo a su barraca, un largo edificio anexo al puesto de observación, para soldados de rangos menores. Esa noche no bajaría al pueblo, aunque ciertamente apetecía un buen plato de sancocho, de los que seguramente, sería el menú en la casa de su buen amigo, Pablo Ayala, estaba cansado y quería aprovechar la ausencia de sus compañeros para escribirle una carta a su mamá. Su presentimiento se incrementaba, estuvo en el baño unos minutos, salió listo para escribir y luego tirarse a su catre sin contemplaciones.

"Querida mamá, me alegraré que al recibo de ésta, usted, papá y mis hermanos, estén gozando de buena salud. Yo, por acá, ya usted sabe, cumpliendo con mi deber patriótico, aunque sea en las fuerzas armadas que no representan los intereses de nuestro grandioso México, tierra que amamos con nuestros corazones. Yo estoy muy bien por acá, esta isla donde presto mis servicios, es encantadora, la gente me quiere mucho y cuando estoy fuera de servicio, me paso compartiendo con ellos. Juego béisbol, pesco, pero lo más que me gusta es cantar y tocar guitarra en la casa de Pablo Ayala, donde me tratan como a un hijo de la familia. Madre, mañana empiezan unas nuevas maniobras; frente a mi barraca queda el Océano Atlántico, donde yace un enorme barco de guerra del cual saldrán aviones a bombardear la península de Flamenco, un lugar extremadamente bello, de vegetación agreste, playas de finas arenas y corales hermosísimos. Madre, es una lástima, esto es algo inconcebible, si usted pudiera ver estos paisajes, por lo menos a mí, me parecen incomparables; no he visto playa más hermosa en otro lugar. No tiene explicación el porqué los nativos de esta isla no protestan, permitiendo que sus tierras sean quemadas y destrozadas por las bombas de esta Marina. Hoy bombardearon de mar a tierra, mañana le toca a los aviones, aire a tierra; todo esto se estremecerá, la fauna y la flora sufrirán daños irreparables. Madre..., pero usted tranquila, no piense que a su hijo le sucederá nada. Mañana, mientras los oficiales estén observando la lluvia de balas y bombas que dejaran caer los bombarderos; su hijo estará al otro lado de la isla, alejado del peligro, sin tener que observar el daño a la madre naturaleza. Saldré temprano a buscar agua y en la distancia quiero distraerme mucho, de manera que cuando

regrese ya todo se haya consumado. Sin otro particular, su hijo, quien desea verla, abrazarla y besarla, más que escribirle.

Abril-03-46- Culebra

Pancho.

Con mucha delicadeza, como si fuese algo tenue, una rosa delicada, metió la carta en su sobre, pegó una estampilla de cinco centavos, entonces la colocó junto a las llaves del camión.

- Para que no se me olvide- se dijo, mañana me dejo llegar hasta el correo primero que nada, la vieja y la familia van primero.

Apenas eran las ocho de la noche, agarró su guitarra, recordando una vieja ranchera, la cual desde su niñez había estado fuera de su mente, rasgó las cuerdas y entonó:

"Que lejos estoy del suelo
donde he nacido, que triste nostalgia
invade mi pensamiento
y al verme tan solo y triste
cual hoja al viento
quisiera lloraaaaar
quisiera moriiiiir
de sentimiento.
¡oh tierra del sol!
Suspiro por verte
aquí en el dolor".

Pancho el mexicano no pudo continuar, en realidad lloró, la nostalgia lo mordió profundamente, echó su guitarra a un lado y se tiró boca abajo en su catre. Minutos después sin poder conciliar el sueño, salió de su barraca y se puso a vigilar las estrellas, sobre aquel compacto fondo de tinieblas, la luna también había salido, pero triste y opaca. Eran las mismas estrellas y la misma luna, que ahora estarían engalanando los cielos de México, pensó. Por un momento regresó a su catre, para beneficiarse de la soledad que le acompañaba. Sus compañeros de barraca, el otro cabo y los sargentos de cocina se hallaban por el pueblo, disfrutando de un pequeño pase, al cual él también tenía derecho y rehusó. Deseaba estar en paz por varias horas, escribir la carta a su mamá, cantar una triste canción; observar la luna creciente y los millones de estrellas. Abajo, también millones de seres vivientes, expresaban alegrías y pesares, chillando, silbando, maullando, ladrando, ¡válgame Dios! Según su especie y su dotación. De reojo, había mirado hacia la península de Flamenco, solo de reojo, porque allí estaban en gran lamentación los antiguos campesinos bregando con sus conucos sus animales y como lo hacían los discípulos de Cristo, echando sus redes, buscándose la vida en el viejo oficio de la pesca; pero su dicha fue breve, su expropiación de la península, coincidió con la llegada de Pancho a la isla, de manera que también fue o es testigo estrella de este cruel desalojo. En aquel área, los campesinos vivían encantados, felices, libres como el viento, las nubes y los mares; pero llegó la Segunda Guerra Mundial y ellos también tuvieron que ofrendar toda esa felicidad, solo a cambio de los caprichos de una nación extranjera, que a modo de empujar con toda su fuerza, porque no tienen otra razón, solo sus cañones y dinamita, desahuciaron una comunidad entera. Una comunidad establecida por más de cincuenta años, donde habían nacido chicos buenos, ya convertidos en padres y abuelos, de donde habían salido distinguidos ciudadanos, magníficos culebrenses y grandes celebridades en el deporte de béisbol. Pancho llegó a conocer los integrantes de "Los Tiburones de Flamenco". Lamentablemente, quizás una desgracia, o quién sabe si fue para su bien, la inmensa mayoría de estos peloteros, se marcharon a Islas Vírgenes en el más grande de los éxodos que se ha dado en la Isla de Culebra.

90

Años más tarde, injustamente también liquidaron los barrios de Resaque y el Cayo, donde realizaban simulacros terrestres entre sus mismos soldados. Así es que cuando recesaba esta artillería de fuego cruzado, muchos paisanos, entre ellos niños y jóvenes recorrían todo el monte de Resaque, el cual conocían a ojos cerrados, buscando raciones, gorras o cualquier otra cosa que olvidaran los soldados. Fue así como el adolescente de dieciséis años, Áureo Peña, encontró la muerte; murió destrozado por una granada, de las muchas municiones sin detonar, que olvidaban las tropas en su frenesí de la falsa batalla. En otra ocasión, Vicente Romero e Isaac Espinosa, también fueron mutilados, en casos aislados, por la negligencia de estos reclutas extraviados. Este era el buen uso que le daban estos bandidos a nuestra isla. Este era el precio a pagar en aras de la defensa nacional; aquí se entrenaban, de aquí salían a otras tierras, listos a matar o tal vez morir. Desde cierto punto de vista, nosotros también fuimos cómplices, por lo menos mientras estuvimos de brazos cruzados o con el cuerpo inerte, esperando el milagro; posiblemente, hablando muy en serio, existían razones de peso mayor, de manera que no se puede juzgar la ignorancia de un pueblo humilde, con una sólida base fundada en el cristianismo, respetuosos de los diez mandamientos; después de todo el pueblo también se beneficiaba al mínimo, de la presencia del tío Sam en la isla.

Esa noche Pancho soñó disparates, soñó que estaba celebrando su último día con la Marina, en la casa de Pablo Ayala se hizo un baile de despedida, tocó y cantó para todos; recibió regalos de sus mejores amigos y amigas entonces llegó la hora de marcharse, quizás para siempre, llorando inconteniblemente gratificó su guitarra a Don Pablo. Inocentemente Don Pablo estalló en un mar de risa, así era él, por todo se reía, pero con limpia y sana sonrisa, como lo haría un ángel. Pancho, quien lo conocía como si fuese su padre, comprendió, más tuvo que insistir demasiado para que aceptara tan valioso regalo;

- Cuídela viejo, consérvala y cuando rasgue sus cuerdas, acuérdese de mi. Ni a usted, ni su familia, ni a este tan agradable pueblo olvidaré jamás.

Se abrazaron, los ojos de los presentes se inundaron de llanto, todos quedaron mudos.

- La guitarra es suya, es como si fuera parte de mi vida; Pablo, hasta luego, te quiero mucho.

Esta vez don Pablo no pudo apelar al truco de la risa, sino que también se desgajó en un llanto incontenible y cuando creyó que Pancho había desaparecido, caminó a su cuarto, destempló la guitarra, la metió en un baúl y la cerró con llave.

Contemplando al viejo Pablo Ayala, cuando guardaba su guitarra en el lugar donde seguramente tenía todas sus cosas más importantes, despertó Pancho el mexicano con cara de "yo no fui". - ¡Que sueño tan hermoso! Se dijo, luego caminó al baño, donde pasó quince minutos bajo la ducha.

Fuera de la barraca, justo al amanecer, se escuchaban unos cantazos brutales, sonidos secos, con una violencia descomunal, como si fueran dos trenes repitiendo un choque bestial.

¿Qué pasará allá afuera? se preguntó Pancho, cerró la ducha y salió disparado, dado a la gravedad del caso. Siguió con prisa, sus demás compañeros, quienes corrían fuera de sus barracas, fusil en mano. Los cuatro soldados quedaron asombrados. Entre la cisterna y la empalizada de la finca adyacente había un impresionante desafío a muerte; era un toro cebú de Don Cosme Peña que se batía en un espantoso duelo contra el toro blanco de Don Luis Santaella.

- Retrocedan muchachos, ordenó desde las escalinatas del segundo piso del O.P. el comandante Flaker, luciendo en sus manos una poderosa arma de fuego, entonces caminó perezoso hasta cerca de la planta de luz, que aún el generador estaba apagado, se paró firme e hizo solamente dos disparos; dos toros enormes cayeron patas arriba; dentro del puesto de observación se escucharon montones de detonaciones, retumbando monte adentro. Los cinco oficiales, quienes seteaban radios y radales en el área de monitoreo; salieron corriendo asustados, creyendo que el O.P. se les estaba cayendo encima; el comandante Flaker se rió a carcajadas, señalándoles el lugar donde estaban tirados aquellos dos animales del tamaño de un elefante mayor. - Esta tarde, luego que el Tarawa termine sus maniobras, los quemaremos. Pancho pensó sugerir que los dieran a los campesinos.

- No, mejor no opino nada, que hagan lo que les dé la gana con los búfalos esos, seguramente esa carne estará como suela de zapato.

A las ocho de la mañana terminó el desayuno, se izó la bandera americana y se inició la primera comunicación con el portaviones: "Big mary, Big mary", para el C.V. 40, cambio. Rápidamente hubo la contestación: - C.V. 40 para Big mary, todo en orden, todo listo. Esperamos sus órdenes, cambio.

El comandante Flaker pasó revista: Cabo Smith, Cabo Sánchez, Sargento Miller, Sargento Hougety, Teniente Lee, Teniente Shomaker, Comandante Radford J.R., Benson, Willard y este su servidor Flaker, quien se persignó y volvió a decir: "en Dios nosotros confiamos"; todos a sus puestos ordenó. Sargentos a la cocina, limpieza y preparativos para el almuerzo y luego la cena; Cabo Smith mantenimiento al generador y otros enseres en el puesto. Cabo Sánchez al camión tanque, los oficiales todos a la cabina donde se dirige el bombardeo, todo listo ya para comenzar. Ahí fue cuando llegó Don Carlos Fischbach con sus cuatro peones, quienes tenían por tarea ese día, pintar la planta baja del O.P. por la parte exterior.

- ¿Qué es esto?, preguntó el comandante Flaker.

- Los muchachos vienen a pintar, contestó Don Carlos luego de saludar civilmente.

Faltaban quince minutos para las nueve de la mañana; los "Spit Fire" del Tarawa, estaban en el aire, dando vueltas en giros de 360 a varias millas al norte de la isla.

- No, no, no por favor Mr. Fischbach, hoy no, el Tarawa es un barco peligroso, va a tirar con los cañones de popa y me parece que usted sabe la historia; fue de los pocos barcos que salió ileso cuando el ataque a Pearl Harbor. Todavía tiene su mismo capitán el distinguido J.A. Griffin, además va a tener ocho bombarderos con pilotos visoños, se van a entrenar por primera vez, al mando del teniente Maratti, un veterano de la segunda Guerra Mundial. Por favor Mr. Fischbach váyanse a casa, tómese el día libre, estos pilotos reclutas son capaces de cualquier cosa; ¿entendido?...

- Muchas gracias comandante Flaker, contestó Don Carlos triste y cabizbajo, entonces como nunca antes lo habían hecho, se dieron un fuerte abrazo; luego el comandante muy sala-mero chocó su mano uno por uno, con los buenos peones, quienes ninguno se atrevió a mirarle la cara; con el mismo amor, pero sin la alegría con que habían bajado de la guagua, las pailas, rolos y brochas, volvieron a montarlos y salieron jalda abajo, cantando La Borinqueña, pues esa era la única forma de expresar su coraje, porque ciertamente su deseo era haberse quedado en el O.P., raspando y pintando todo el día y observando de vez en cuando los cañonazos que arreme-tían contra la península de Flamenco cómo explotaban aquéllas bombas al chocar con la montaña, parecían erupciones de volcanes gigantescos. Tras la guagua de los trabajadores iba el camión tanque. Pancho pensaba:

Primero llegaría hasta el correo, él mismo quería depositar la carta para su mamá. Antes de ir por el agua, se dejaría llegar hasta la casa de Pablo Ayala, traía su guitarra en el camión, se la dejaría a Don Pablo para que la destemplara y la guardara en un lugar seguro. Nunca antes había dejado su guitarra algarete, pero él mismo no sabía porque y para que estaba haciendo esa maniobra con su querida guitarra.

- ¡Ah cará! Reflexionó el hombre..., por el sueño de anoche..., eso es..., ahora recuerdo perfectamente, he actuado como un autómata; no, que se entienda mejor, creo que estoy soñando todavía. Tomó el último sorbo de café, se despidió feliz de la familia Ayala, encendió su camión y enfiló directo a Pueblo Viejo, donde se ubicaba la vieja base naval, donde está la enorme cisterna para almacenar agua potable.

El último sábado de enero del 1999, me reuní con Juan nuevamente, esperando con certeza que por fin concluyera la historia de Culebra y divulgara de una vez y por todas el tan lacrado "secreto del Tarawa". El pasado diciembre nos habíamos puesto de acuerdo en una noche de bohemia, celebrada en los predios de su casa en Resaque. Allí se encontraba, Martínez el instructor de aviación con una de sus hermanas y su hija menor de veintisiete años. El gran ausente a la bohemia lo fue Lupe, da mucha pena decirlo, pero en verdad por esos días, el negro estaba descarriado en pasos que no eran buenos; él mismo declaraba: "la cosa no está en mí, es un ser que me persigue". Aún no lo habían despedido, pero estaba más caliente que el presidente Nixon, cuando el revolú de Watergate. Lupe trabajaba con la Marina en el cerro Matías, en la Isla de Vieques, donde también tenían ubicado otro puesto de observación, con objetivos similares al local. Se cumplían 29 años del cese al fuego de cañones en Culebra; mientras en Vieques arreciaban y multiplicaban sus bombardeos. ¿Casualidad? también habían pasado veintinueve años del cese al fuego en el continente Asiático, la guerra de Vietnam había llegado a su fin. Ahora, en Vietnam la coca cola era producto de primera, los Mc' Donalds y Kentucky 24 horas al día en todas las esquinas. No se puede negar que el turismo norteamericano le dio un fuerte empujón al país en ruina; ruinas que surgieron producto de cientos de años de resistencia a los diferentes imperios que probaron suerte en la República de los búfalos de agua. Menos mal que el último de los imperios que dejó caer su metralla, ha querido reivindicar uno de sus grandes errores; pero que se sepa bien claro, que los norteamericanos no lo hicieron por cuestiones de conciencia, ni tampoco por remordimiento, reivindicaron simplemente, porque negocio es negocio. Coincidencia. Vietnam ganó la guerra, los gringos salieron en escapada de película, dejando atrás pertenencias, soldados heridos, cadáveres y una estela de recuerdos imborrables sálvese quien pueda.

Culebra también triunfó en su guerra, a partir de 1975 no se escuchó más el cañón de la Marina. También salieron en escapada, pero muy diferente a Vietnam; sin preocupaciones, sin dejar atrás soldados heridos, no cadáveres, dejaron sus pertenencias bien aseguradas, con la interrogante del pueblo de que estos militares pueden regresar en cualquier momento. Dejaron atrás, en el cementerio municipal seis muertos sepultados a principios del siglo XX, que hasta el sol de hoy absolutamente nadie sabe qué causó su muerte, quienes murieron demasiado jóvenes. Ni Don Claro, ni Don Cosme, ni Domingo, ni Juan, ni yo, ni nadie ha logrado averiguar un ápice de esto; otro secreto tan hermético como el misterio del Tarawa.

En el transcurso de sus 73 años de estadía en esta pequeña isla de Culebra, esa presencia militar, hablando en serio y con honestidad, fue algo así como una película de largo metraje, donde; menos cielo y gloria, hubo de todo; amor, odio, muerte, vida, paz, guerra, llanto, dolor, fiesta, baile, trampa, engaño, fuerza, abuso, alegría, rabia, entradas y salidas, política y secretos, pérdidas y lamentos, dinero y males, por último, perros calientes y coca cola, la película es en inglés y traducida a nuestra lengua materna.

- Juan, el tema está demasiado interesante, han llegado todos los invitados, la gente está ansiosa porque comience la bohemia.

- Te das cuenta Ben, uno se embolla en ese tema y siguen apareciendo cosas.

- Juan, el tema de la Marina en Culebra es interminable.

- No te preocupes Ben, tan pronto pasen las navidades, es más, en enero nos vamos a reunir aquí mismo, te voy a relatar el final de la historia y luego escucharás toda la verdad de lo acontecido aquel trágico cuatro de abril de 1946.

- El secreto del Tarawa.

- Ni mas, ni menos, con todos sus detalles, tal como sucedió.

- En enero, aquí mismo, si así Dios lo permite.

En ese momento salió a la tarima improvisada, Lydia Esther Martínez, guitarra en mano, justo a las ocho en punto de la noche, rompió el hielo. Dijo algunas palabras de apertura, presentó a su papá y a su tía, dio las gracias a Juan y familia, saludó a la visita y comenzó cantando un romántico bolero del trío Los Panchos. Aplausos. Correspondió el turno luego a la hermana de Martínez, quien también arrancó calurosos aplausos. Cantó Juan,

"Mujer, abre tu ventana
para que escuches mi voz
te está cantando
el que te ama
quien en esta noche
te dice adiós"...

La bohemia fue todo un éxito, Martínez, mejor músico y cantante que piloto, según dijo Juan, quien había quedado sorprendido escuchando viejos boleros, guardados en su subconsciente, desde su niñez. Así entre fuertes aplausos, brindis, entremeses y cerrando la linda bohemia con un reviviente asopao de "gallinas del país"; pasaron todos un buen rato, donde hubo emoción, risas, sus chistesitos desde luego y también hubo quien derramara algunas lágrimas. ¡Caramba!..., la buena música conmueve y transforma.

- Que se repita pronto, decían, mientras se despedían de sus anfitriones; de Juan, el dueño de la casa y su bonita familia. Una hermosa luna llena, estuvo iluminando toda la terraza durante la actividad, dando realce de alta calidad y complementando un ambiente donde casi todos volvieron a ser jóvenes, se sintieron nuevamente enamorados y desearon ser buenos, buenos hasta la muerte, en verdadero renacer espiritual.

Llegó la navidad, es un toque existencial, que me crea la sensación de que toda la vida es navidad. Esa alegría que se siente, la muchedumbre en el bullicio de la preparación, el semblante del prójimo, la reconciliación, el perdón y olvidar para siempre la maldad, que nos lleva directo a interrumpir esa dicha y felicidad, inventadas para ser eternas y a conse-cuencia de nuestros propios hechos, se nos desvanece en las narices. La navidad siempre es joven, es renovación, es la esperanza de que sigamos adelante sin rendirnos, es la fe de lo que esperamos, es el gozo de soñar despiertos, es creer que pronto llegará el gran día de la victoria, el día en que el amor prevalezca sobre el resto de todo lo creado. La navidad es el niño Jesús, que nos quiere mostrar el camino. Quizás cualquier cosa en tu conciencia ilustre mejor lo que quiero decir, llega el último año del siglo XX, año de cumplir limpiamente nuestras resoluciones.

Entró enero de lleno, radiante y vibrante, se acababa de cumplir cien años de la invasión y todavía pisamos y no arran«camos. Cien años de soledad en el estruendo más prolongado de un país que se considera nación, sin entender que somos la colonia clásica más vieja del mundo, palabras con luz, con sentido patriótico, no lo dudes. Culebra, jardín de flores, isla de amor, tierra de encanto, de noble gente que dan su corazón. Te amamos Culebra y te defenderemos con uñas y dientes, hasta el final de los tiempos, sin descanso, sin reposo, hasta ver concluida la jornada. Así también piensan y se sienten los viequenses, nuestros vecinos, quienes atraviesan ahora por el peor de los caldazos, entre el fuego cruzado del cañón y la bala; por fin se decidieron combatir al enemigo, las circunstancias les acorralaron, Vieques está en el ojo del huracán, está recibiendo doble porción del amargo veneno al cual se le rindió culto en el pasado. «Ni una bala más» es la nueva consigna Isabel II está de pie.

- Juan, me alegro y para allá voy como un zepelín, mejor dicho vamos; va Filí, Flores, Luisito, Porfirio y Domingo Padrón, va Dolly y Digna, vamos a estar una semana marchando y piqueteando frente a los portones de camp. García. Te digo Juan, que enero ha entrado caliente y esta vez sí los viequenses se van a dar a respetar..., ni una bala más.

- Cuídate Ben, recuerda lo que decía Mr. Nazario, "de los buenos quedamos pocos y de los malos, no se puede esperar nada bueno".

99

- Gracias, mi hermano, me cuidaré, pero tú mejor que nadie sabes que si caigo preso o muerto, el sacrificio no será inútil. Solidaridad...

- Bien Benjamín, ahora voy a preparar dos tacitas de café, dos buenos pedazos de bizcocho de chocolate y daremos curso a lo que vinimos; mientras tanto ahí tienes el Vocero para que te entretengas un poco, termina de llenar el crucigrama, que eso está más enredado que un pote de spaghetti.

Como muy bien habían planificado ambos compañeros, amantes de la historia culebrense; trataban de recopilar datos y memorias del pasado, escribir una excelente narrativa, para que así prevalezca en el recuerdo de los presentes, nuevos retoños y nuevas generaciones. Nuestro nacimiento, desarrollo, apogeo, decadencia e inevitable muerte, estos son los cinco ciclos de la historia, sin embargo, quienes bien los conocen, personas responsables pueden evitar una triste decadencia y tener una muerte feliz. Enfermar y morir no podemos determinarlo, pero sí creciendo se adquiere sabiduría. Echar a un lado todo aquello que nos perjudique, lo negativo como la maldad e injuria, gozarnos en orden, cumpliendo con nuestros deberes, con honestidad, es decir siempre con la verdad y haciendo lo correcto es la mejor forma de combatir las enfermedades, llegar a la espiritualidad y ya sabemos que el espíritu nunca muere.

- Café y bizcocho de chocolate, amigo Ben, ¡Ahh! ¡Qué rico!

- Sabes Juan, recuerdo la bohemia del mes pasado, no tengo palabras para expresar como me conmovió.

- En realidad yo no sabía que esa familia Martínez son profesionales en ese género especialmente, están fuera de serie.

100

- Sinceramente me transportaron al Edén, antes que la maldita lengua de la serpiente sembrara cizaña.

- Son excelentes románticos y patriotas.

- De verdad que sí lo son.

El último sábado del mes de enero de 1999, no solo víspera de un nuevo siglo; sino también un nuevo milenio comenzaría. Ese último enero del siglo XX, a las nueve de la mañana, continuaba Juan con su cátedra de historia. El barrio de Resaque estaba frío, bien nublado, las golondrinas surcaron los cielos frente a la casa de Juan, luego trazaron su rumbo al sur. Los pitirres permanecieron toda la mañana ingiriendo mariposas, las palomas turcas fabricaban sus nidos, otras aves hacían lo suyo, no logré ver un solo guaraguao, con razón gallos, gallinas y pollitos disfrutaron despreocupados toda la mañana, picoteando piedrecitas en el amplio jardín.

- Listo, Ben.

- Listo, Juan.

Pasados aquellos grandes acontecimientos: la Primera Guerra Mundial, el terrible temblor de tierra en Mayagüez, murieron montones de personas y los daños materiales se estimaron en millones de dólares. Luego en el país hubo pánico con el paso del cólera, una horrible plaga que también cobró miles de vidas puertorriqueñas; recuerda Ben, par de años antes, ya gozábamos de la ciudadanía americana, la cual se nos concedió por el mandato del pueblo, un pueblo que estaba ansioso por ser algo; porque la verdad aunque amarga, es amiga verdadera. A partir de entonces dejamos de ser botín de guerra, categoría que habíamos adquirido a partir de la guerra hispanoamericana, "ahora sí podemos caminar con la frente en alto". Somos ciudadanos de la nación más poderosa del mundo, total ná, como todos los imperios y muy especialmente el imperio Romano, el más gigantesco y terrible también se derrumbó.

- Bueno Ben, dime la verdad, ¿qué tú hubieras votado? Si o no.

- Querido Juan, esa pregunta está fuera de tiempo, seguramente me hubiera embarcado en el paquete del montón, aquella época era muy diferente, fíjate..., entre ser botín de guerra a ser ciudadano americano hay una enorme disparidad. Vamos escalando peldaños; indígenas, españoles, botín y ahora americanos, el próximo paso será a la puertorriqueñidad. ¿Qué tú opinas?

- Tienes toda la razón, amigo, pero en lo que se consiguen los bueyes, tenemos que seguir arando con las vacas.

- Así es mi hermano, ese título de ciudadanía es algo simbólico e hipotético, somos puertorriqueños, no importa el tirano que nos trate con la fuerza; con bandera o sin ella, Puerto Rico es nuestra patria.

- Y sobre tu pasaporte, ¿qué me dices?

- Amigo, en lo que el hacha va y viene, tenemos que bailar al son que nos toquen. Algún día nos darán la libertad, déjalos que brinquen y salten.

- No entiendo compañero, explícame.

- Mira mi hermano, de todas maneras somos terrícolas, somos del planeta tierra, no se porqué tanta chavienda con eso de fronteras y ciudadanías.

- La incomprensión de los seres humanos, el egoísmo, hablando en términos generales, somos insaciables, sin capacidad para amarnos los unos a los otros.

- Perfecto amigo, ese es el problema.

- Dejemos la ciudadanía a un lado y continuemos con nuestra historia. Luego de estrenar este nuevo "carimbo", no porque fuera ironía del destino, sino porque la suerte estaba con Culebra, llegaron años de dicha, paz, tranquilidad; la isla estaba de plácemes; hermandad, progreso, abundancia, compartir, este era un pueblo de puertas y ventanas abiertas. Pueblo cristiano de mucha fe, honradez y seguridad, se vivía en plena alegría, ausencia de tristeza. Culebra era una fabulosa isla, un rinconcito en el planeta donde aún quedaba aire puro, libre de contaminaciones, con las playas más hermosas del Caribe, de paisajes difíciles de encontrar en otro lugar. Con llanos y montañas primorosas de tierra que produce viandas, vegetales y frutas jugosas, dulce como la miel de nuestras abejas, con árboles frondosos y saludable yerba de guinea para alimentar miles de cabezas de ganado, centenares de caballo y media docena de burros, todos con sus crías. El mar brinda sus ricos mariscos, toda especie de aves se regocijan en los cielos, ¡oh Culebra! De claras madrugadas, ubicada en el centro de la tierra, flotando entre el Océano Atlántico y el Mar Caribe. Amaneceres tranquilos, aromáticos, llenos de la gracia Divina. Cada mes nos brinda su agradable perfume, obsequio de la naturaleza, enero: olor a sudor de caballos parranderos, gritería de los niños estrenando juguetes nuevos y allá en la jalda, en Resaque, vuelven a colgar la guitarra y el cuatro en el seto de la casa, enero; nuevo año, nueva vida. Febrero: fragancia de leña quemada, humo y llamaradas, es el mes de la candelaria, piras de la tradición que purifican el alma. Marzo: surge un vaho silatroso, viene de la parte norte, los rebosos se repiten, la mar se embravece y las playas se llenan de zalgasos. Abril: el alegre regreso de las gaviotas desde las islas Galápagos; es el mes de las aves marinas, los pelícanos, tijeretas y rabo de juncos, se zambullen gozosos en medio de los cardúmes, hay sardinas para todos, cobra vida la isla, hay movimiento en el cielo y los pescadores a la mar, es la corrida de la sierra, ¡gloria a Dios! Mayo: se cumple la

103

promesa en los montes de Flamenco, hubo rosarios cantados en la casa de los Ayala, humildes estudiantes, se graduaron del sexto grado; homenaje a mamá. La flora renace en todo su apogeo, las colinas se engalanan de brillantes colores, flores que brindan el dulce néctar a zumbadores y mariposas y millones de seres vivientes que polinizan las plantas para que surja el producto, en el mes de mayo, el aroma de las flores perfuma y embriaga a todos los culebrenses en su alegre caminar día y noche por las calles del pueblito a cayo Yerba todos, llegó la zafra, busquemos huevos de bubies. Junio: mes de la leche fresca, cae la lluvia precipitada, comienzan las vacaciones, Mr. Nazario se desprende de su lacito y tira al lado su chaquetón, ahora viste a la usanza, se va de visita para los campos; Resaque, el Cayo y Flamenco, ayuda a pastorear la vacada. Los campesinos le preparan los más ricos manjares, cabro en fricasé, arroz con gallina, carne frita, viandas con bacalao y para postre frutas a escoger. El Mr. Regresará con unas libritas adicionales. Junio: mucho ojo, da comienzo la estación de los temporales. Julio: olfato a fiestas patronales, mes de la tregua, se olvidan penas y lamentos, salpicadas de júbilo por doquier, repican las campanas de los templos; antes del jubileo habrá servicio religioso, hay que orar y no es fácil, pero hay que dar gracias a Dios por tanta abundancia, por la felicidad de un pueblo unido en amor fraternal, gracias por todo lo vivido, gracias por Culebra, nuestro idilio, la isla soñada, quien la vio no la olvida, quien no la ha visto, la sueña, se incrementa el bullicio, hay un fuerte olor a fiestas patronales. Los artesanos se las inventan y los kioscos en julio hacen su agosto, buena música típica llega de Vieques y Fajardo, es un reto para los nuestros, competencias de trova- dores, juegos pueblerinos, a celebrar y a despojarse de la rutina del sudor, del trabajo, vamos a festejar todos unidos en una sola familia echemos atrás las tenciones. Allá viene Mapey con las piraguas de frambuesa, tamarindo, de coco y ajonjolí, para niños y mayores. ¡Oh julio! No te vayas tan pronto, dejad que los chicos también retocen, que jueguen y se diviertan en su divino mundo y fantasía sin maldad ni malicia que les aceche, mas no les impidan acercarse a Cristo, porque de los niños es el reino de los cielos. ¡Que vivan las fiestas patronales!

Agosto y septiembre: meses respetables, rumor de la tormenta, entró de lleno el invernazo; allá en África, Cabo Verde, la cosa está que arde, el Océano Atlántico se ha calentado, la isla está saturada de un pesado aroma de frutas ¡uh! Guayabas, mango, pajuiles, aprines, anones, multas y calabreñas; frutas culebrenses ricas en vitamina c. Están los pájaros campeando por su respeto especialmente los truches golosos dándose banquete de reyes; en fin la cosecha es enorme, dicen los ancianos que la tormenta es inminente, para eso hay tormenteros listos, por si acaso; desde el catorce cuando San Nicolás; no ha azotado ninguna, hace exactamente diez años que pasó ese huracán, hablando del rey de Roma y la cabeza que asoma...la noche se ha metido en lluvia, es un diluvio, comienza a soplar unas ráfagas violentas, relámpagos y truenos infernales. Se apagan las velas y se encienden los faroles, los viejos se persignan, están atentos. Se escuchan aullidos de perros a lo lejos. ¿Vendrá o no vendrá? No vendrá, de hecho, ayer no hubo barrunto, ni se vieron las hormigas, las aves marinas estuvieron tranquilas, es solamente una borrasca de paso para limpiar el ambiente. Así fue, el día amaneció en calma, sereno, el agua corría buscando salida al mar, a la laguna, todo siguió normal. Septiembre ya va de paso, gracias a Dios. Octubre: mes de preparación y revisión, se reparan los potreros, la empalizada, los corrales de cerdos, los pescadores revisan sus equipos, pintan sus yolas y veleritos, también se les da mantenimiento a las casas, se raspan y se pintan las paredes. Por último se amontona leña y buena madera para levantar las hogueras y elaborar el buen carbón, indispensable para el diario vivir, luego tranquilo, todos en espera de las calmas de noviembre. La calma que traen los muertos, homenaje póstumo para todos los que se marcharon, ahora descansan en paz. Esta noche se encenderán velas por el eterno descanso de los difuntos que ya no volverán a dar un tajo más. Los sobrevivientes continuarán la lucha, el espectáculo tiene que continuar; hay que seguir pescando, sembrando, respirando hasta que Dios así lo permita. Mientras tanto se aprovecharán las calmas de noviembre, para visitar Cayo Norte, Culebrita, Botella, Bola de Funche, Cayo Lobo, Lobito, Cayo de agua y por supuesto Cayo Yerba donde anidan los bubies, los que ponen huevos pintos y que se recogen por latas para complementar el almuerzo. A la subida hay que atracar en Luis Peña, donde pastan las reces de Tomás Mulero; una vez en el Cayo, a la buena sombra de la uva, freír pescado y arepas en un fogón de tres piedras y leña seca, lueguito colar un poco de café y echar una deliciosa siesta, tirado sobre la fresca arena, recibiendo la suave brisa tropical, aire puro al susurro de los pacíficos marullos al chocar suavemente con las rocas de la orilla, sentir el chirriar de las gaviotas en el silencio de una tarde placentera. Se queda dormido cualquiera y hasta puede soñar con pajaritos en los aires. Más tarde en el seno del hogar, con el hambre saciada, justo al oscurecer echarse por encima dos cubos de agua dulce, recogerse en la sala para rezar el Padre Nuestro, recibir la bendición de los viejos y tirarse de cabeza en la hamaca o el catre. Diciembre: los días son friolentos, en las calles se agita la movida, los compadres planifican, me parece que los lechones están temblando. Por fin llegaron las navidades, las fiestas reales de nuestro lar, a mediados del mes comienzan las parrandas matutinas en la madrugada; las calles y las casas destellan colores brillantes, símbolo de alegría, en todos los corazones, guirnaldas, pesebres, se espera una gran sorpresa, hay ganas de ser bueno, hay mucha fe y esperanza. Se espera la llegada del Mesías, una estrella en el oriente sirve de derrotero. Culebra también quiere seguir la estrella, es el camino hacia la verdad; se conocerá y entonces si habrá libertad. La tradición es hermosa, hay solidaridad, renace el amor. Diciembre, olor a manzanas frescas, a turrones, a tarjetas perfumadas, a juguetes nuevos, arroz con dulce, arroz con gandules, pasteles, lechón asado, a pascuas, a Reyes Magos. Diciembre huele a felicidad, a oportunidad, a renovación, a todo lo positivo huele diciembre; menos a heno ni estiércol de animales, ni a sudor de humildes pastores, ni tan siquiera a pesebre, estos últimos olores pertenecen al pasado, al olvido de quienes tomaron la lección y caminan en buen ritmo, el niño nació, creció, murió, resucitó por ti y por mi, fragancia exquisita que no solo se da en diciembre si no en todos los meses del año.

Capítulo VII

Y como muy bien dice el refrán, no existe dicha completa; aconteció que cuando mejor marchaban las cosas, algo así como el realismo mágico de García Márquez; cuando la felicidad arropaba la isla y se vivía en un verdadero idilio; (junio de 1924) irónicamente el día de los padres y ¡vaya que regalo! La isla quedó conmovida en medio del asombro, continuó Juan narrando la historia; Benjamín con las orejas paradas para no perderse un solo detalle, apenas dio las gracias por el café y bizcocho de chocolate. Silencio en la amplia terraza de su buen amigo Juan en el pintoresco barrio de Resaque...

Pues sí, Ben, tenía que ser el día de los padres, se alborotó el gallinero y cómo; de tal forma fue el corre y corre, como si todos se hubiesen vuelto locos, confundidos, despavoridos ¿qué estaría pasando?, los que no lo habían notado preguntaban y se asustaban, los pobres isleños querían asegurarse de que no estuviesen viendo un espejismo.

- ¡Es la flota del Atlántico! Gritó con gran emoción Mr. Paul Fischbach, quien ese día andaba de compras por Playa Sardinas en una yegua con un par de banastas grandísimas.

- Ahora sí es verdad que nos chavamos, gritó un pescador temblando de miedo, mirando y señalando centenares de barcos de guerra con sus cañones afilados hacia la isla, acorazados, destructores, cruceros, barre minas, submarinos y porta aviones. Bastante preocupación en torno a esta inesperada sorpresa, en efecto la isla estaba rodeada de un interminable ejército marítimo. Durante cinco días no hubo contacto con nadie en la isla, cuatrocientos doce vapores americanos bloquearon a Culebra, no hay quien entre, no hay quien salga, es algo cruel, los pescadores quedaron de brazos cruzados, el alcalde estaba nervioso, impaciente, cinco días mirando con su gente la flota del Atlántico, cinco días de tristeza y desesperación.

- ¿Qué se podrá hacer? Dios mío, esperar, esperar que a estos canallas les dé la gana de hacer lo que quieran con nosotros.

¡Zas! Al fin se decidieron desembarcar varios oficiales, después de haber circundado la isla cinco veces, estudiando el sistema de marejadas, las corrientes y los vientos; entonces arrimaron a tierra y decidieron comunicarle sus propósitos al alcalde. Atracaron al muelle de Playa Sardinas en una p.t. boat especial para personal de alto rango en la Marina. Los paisanos miraban de reojo, los oficiales también observaban con curiosidad, saludaron con las manos sin pronunciar palabras. Caminaron frente a la pescadería, miraron, pasaron la quesería de Pedro Romero, volvieron a mirar, saludaron a don Martín Pérez y luego a Roman Hotch, vecinos del litoral. A la izquierda la antigua casa de la vieja Doña Mena, la vieja miraba desde su ventana con asombro de quien descubre algo extraño en la isla. Puso los brazos en cruz, se persignó y escupió con actitud negativa, - ¿qué se traerán estos bonitillos?, pensó, ahí salió corriendo a la cocina, las habichuelas se estaban quemando. Los hombres de la Marina continuaron su marcha seguidos de un par de docenas de niños, no traviesos, pero sí fascinados por el olor, la elegancia y el carisma de aquellos nueve oficiales que prácticamente ya habían tomado posesión de la isla; como dueños y señores, sabiendo que estaban pisando en terreno conquistado. A la derecha se toparon con un árbol de quenepas, los chicos les mostraron el secreto de saborearlas y así fue que aunque dudando un poco, los americanos probaron las frutillas por primera vez, chupaban y largaban las pepitas sin pelusa, bien peladitas. Unos pasos más y comenzaron a subir las escaleras directo a la alcaldía, los pocos empleados abrieron paso, hasta escoltaron al pequeño pelotón a la oficina del alcalde, justo en el preciso momento cuando el primer dignatario, quien también tenía que fungir varias obligaciones municipales, como juez de paz, celebraba un juicio por asunto de gallinas robadas; también hacía turno una parejita de jíbaros del Barrio Flamenco, para unirse en casamiento. Al mismo tiempo registraba en el libro demográfico, dos nuevos nacimientos. Don Claro Feliciano no muy a gusto, apeló a su paciencia y no encontraba que hacer; nueve cocorocos de la Marina le procuraban con carácter de urgencia, fue necesario echar su agenda a un lado.

-Que esperen un segundo, gritó y rápido procedió; primero absolvió los rateros de gallineros, a los novios les recomendó que se fueran tranquilos, celebraran su luna de miel y regresaran dentro de tres o cuatro semanas, solo logró registrar para el record, las dos nuevas criaturas que aumentaban el censo poblacional, ordenó que se limpiara su oficina pero antes de que la conserje terminara de barrer la tropa había dicho presente.

- Are you want some coffee? Fue el saludo del alcalde. Se sorprendió del buen español que hablaban aquéllos hombres blancos, altos, uniformados inmaculadamente de los cuales brotaba una fragancia a sun block. Aceptaron el café, tomaron en sus manos las gorras con sus brillosas insignias de anclas y águilas.

- Siéntense, por favor, dijo el alcalde, pero ellos prefirieron hablar de pie, y sin chistes ni introducción, fueron directamente al grano, sin pena, ni miramientos, dijeron: - venimos a reanudar los entrenamientos militares, esta isla es

111

uno de los mejores lugares del mundo, para realizar estas maniobras.

- ¿Por qué Culebra? Interrumpió el alcalde un poco nervioso.

- Esta isla se presta para todo tipo de acción, mar, tierra y dentro de poco, aire. Usted debe tener bien claro Sr. Mayor Feliciano, la Primera Guerra Mundial todavía está viva en estos países enemigos, ¿no cree usted que en algún momento podría estallar otro conflicto bélico; no cree usted mi amigo, que debemos estar preparados? Sonrió el alcalde, prosiguió el oficial, mañana vamos a activar las barracas de la vieja base, allí tendremos cuatrocientos soldados, estos simularan ser el enemigo de los que arrojemos en barcazas, por diferentes costas de la isla.

Don Claro cambió de semblante, se puso pálido, entonces logró pronunciar: - ok, ok, oficiales, necesitamos tiempo para informar al pueblo, puede haber peligro en esas maniobras.

- Despreocúpese Mayor, nuestro guarda bosques el señor Fischbach, a quien usted conoce muy bien se ha encargado de todos los pormenores, mañana vamos a la carga, ¡viva América!

Terminó la reunión sin que se hablase de un solo beneficio para la isla, lo demás fueron comentarios y conjeturas. Según iba pasando la noticia, la situación pública, se tornó incierta y absolutamente nadie tuvo al ánimo de salir a protestar, de modo que la Marina contó con el ambiente propicio, para hacer lo que les diera la gana, como si nunca se hubiese cerrado la base.

El alcalde calificó la presencia de estos seudos militares como una injusta provocación y apenas se habían marchado, abrió la última gaveta de su escritorio, sacó una botella de ron barrilito, se metió cuatro palos, porque ya a esa hora no podía controlar sus nervios, despachó todo el personal para sus casas; observó nuevamente el reguerete de vapores frente a Playa Sardinas, se empinó la botella de barrilito, suspiró profundamente; entonces dijo: - que sea lo que Dios quiera. Se puso el chaquetón, se colocó el sombrero y abandonó la alcaldía, silbando una dulce melodía que había aprendido en la escuela en sus años de infancia.

Un jueves temprano en la mañana, observaban los residentes del pueblito del Cayo, los movimientos de los soldados en la vieja base. Tres años habían transcurrido del bloqueo a la isla por la flota del Atlántico, aquella segunda invasión también dejó sus huellas bien marcadas en todos los rincones de la isla. Se cometieron tantos abusos como en aquellos días tristes cuando expropiaron de San Ildefonso; nadie había aprendido la lección y la historia volvió a repetirse. El turno fue para el barrio de Resaque, las prácticas de artillería con balas vivas, usando cañones de seis pulgadas. Los pobladores de Resaque en constante peligro, tenían que desalojar en plena madrugada sus viviendas, dejar algarete animales y demás pertenencias, para refugiarse en los lugares que les fueran designados por los soldados a cargo del entrenamiento para la guerra. Fue por esta época la primera vez que voló una máquina aérea sobre la isla; el estruendo de aquél aparato causó pánico, no solo a hombres y a mujeres, sino que también los animales se fueron en una violenta estampida y aún la embestida fue algo más colosal, no quedó una sola guardarraya que no se fuera al suelo. El aeroplano cruzó el espacio de norte a sur, luego de este a oeste. Por cinco días corridos hubo correteo de bueyes, bestias, cabros, cerdos, mamíferos y reptiles, aves silvestres y domésticas, todos unidos en causa común, afirmando y creyendo que eran los últimos días del hombre sobre la tierra; aunque otros alegaban que era un pájaro gigantesco procedente del continente africano. Los intelectuales juraron haber visto pasar dos veces sobre la isla, un murciélago enorme enviado desde el planeta Venus para demostrarle a los terrícolas su gran adelanto en la ciencia. Al fin y al cabo lo que pasó fue un aeroplano militar, marcando el comienzo de los muchos años que iban a estar arrojando sus bombas para destruir fauna y flora sin importarle un comino. Los residentes de Resaque no resistieron los abusos y atropellos de la Marina, vendieron, intercambiaron, regalaron y los más abandonaron sus pocas pertenencias y en contra de su voluntad se fueron de Culebra, buscando paz en otro lugar.

Fue precisamente en el Barrio Resaque, donde se detonaron las primeras bombas de alto calibre. En el grupo de los pocos resaqueños que no se acogieron al éxodo, fueron los abuelos de Juan.

- Aquí nacimos y aquí morimos, dijeron.

Luego de aquella injusta desmantelación del Barrio Resaque, hubo alrededor de ocho años de paz y tranquilidad en toda la isla. La infortunada isla no fue creada para que fuese escenario de tantos hechos vandálicos, pero la Marina, por medio del pentágono, justificaba sus acciones, como preparación para la defensa nacional. No consideraban los isleños para nada. Fue por esos días que se escuchó por primera vez la palabra «democracia» nadie sabía su significado; pero los gringos dicen que en nombre de la democracia, se llevarán por delante a quienes se opongan a su política. Según su observación, los campesinos entendían por democracia: fuerza y poder.

- Bueno, mi compadre, parece que se cansaron, como que nos han dejado tranquilos. En efecto, ahora la isla lucía serena, los cañones estaban paralizados, el juego a la guerra cesó en Culebra. Alegría y placer en todos los corazones, pero que nadie vaya a creer que la Marina no vuelve, "mientras más lejos se va el chivo, más grande es la cabezá". Tampoco pensaron que en su tercera venida, implementarían nuevas tácticas. No le pasó por la mente a ningún culebrense, las nuevas estrategias y nuevos métodos de tiro al blanco. En ese lapso de tiempo, de cero bombardeo en la isla, sucedieron algunos eventos importantes, a saber: en 1928 azotó el temporal San Felipe, dejando cuantiosas pérdidas a todos los isleños, aún no existía la radio en Culebra, de manera que solo el pueblo se enteraba de los fenómenos naturales a base de su intuición. A partir de San Felipe surgió una devastadora depresión económica en los Estados Unidos, la cual afectó de manera bestial la nación puertorriqueña y por supuesto la isla de Culebra. El pueblo no se resignó, algunas familias pasaron las de Caín, unas fritangas de plátano maduro con un huevo frito y "a volar que el sol cambea"; entre otras cosas se comía tres rueditas de pescao con dos arepas, cuando no una pelota de funche de harina de maíz. La cosa fue que no se pasó hambre y la situación se capió con voluntad y sabiduría. Casi se podía decir con certeza que los culebrenses no salían de una cuando ya estaban embollados en otra; no bien pasó aquella horrible depresión, se recibió el descomunal cantazo de San Ciprián, aquello daba grima, en realidad las noches de tempestad le meten miedo a cualquiera. San Ciprián fue despiadado con Culebra; lo devastó de tal forma que solo quedaron seis casas en pie. Para favor del pueblo existían los buenos tormenteros, sin ellos el caos hubiese sido apoteósico. Cuatro personas fueron víctimas del terrible huracán; una niña, una adolescente y dos lobos de mar que a la hora de la verdad se hicieron simples grumetes y perecieron en las violentas marejadas que causó la tormenta. Tres años tomó la isla en volver a levantarse, tres años comiendo garbanzos con bacalao, obsequio de la Cruz Roja Americana, tres años tomando agua salobre de pozo, recogiendo escombros y durmiendo a la intemperie, tres años sin celebrar las fiestas patronales, sin navidades, la semana santa se prolongó todo ese largo tiempo, hasta que por fin se vio la luz al final del túnel. Entraba el año 1935 y con él llegaba el progreso a la isla, la gente se fascinaba viendo por primera vez en su vida, la luz eléctrica; poco antes se había inaugurado la radio, maravillas que el pueblo recibía entre la duda y el asombro. El servicio de guardacostas asignó unos guardianes permanentes para que se le diese mantenimiento al faro de Culebrita. A estos nuevos guardacostas se les bautizó con el nombre de torreros, su labor fue aceptable por los isleños; restablecieron, limpiaron y pintaron el faro. Su potente luz resplandecía y destellaba como nunca lo hizo en tiempos de España. Luego construyeron un muellecito debajo del puente, a un lado del canal para las entradas y salidas de su lancha. Ubicaron bollas identificadas por colores y números frente a todos los carrizales. Instalaron banderotes en lugares de poca profundidad, todo esto para la seguridad de los navegantes. Levantaron otro muelle de cemento y grandes piedras en la parte oeste de Culebrita, allí también construyeron un almacén para uso general. Por último unos ingenieros al servicio de la Guardia Costanera, trazaron los primeros mapas no solo de Culebrita, sino de toda la isla y cayos adyacentes.

Cuatro meses después, los isleños volvían a experimentar los mismos temores, el mismo pánico, el mismo estremecimiento, ciertamente cuando ya la isla se recuperaba de la peor depresión económica y de los estragos del huracán San Ciprián. Un domingo de fantasmas en el pueblo, en pleno mediodía, cuando los seres humanos y animales se hacían invisibles y los colmaditos cerraban sus puertas y todo el mundo seguía la tradición española de echar su buena siesta en el silencio de la tarde, el largo periodo de relativa calma militar se quebró de súbito. Se volvieron a tensar las cuerdas de la Marina. El lunes siguiente con los primeros claros de la mañana, rompía la lucha por la existencia; hombres, aves y animales se daban a la batalla, cada cual usando su mejor método para conseguir el pan de cada día. Los niños a la escuela, los jóvenes que aún no habían emigrado buscando su futuro, trabajaban en los quehaceres de sus padres, se tenían que desempeñar bien sea en la construcción, la pesca o la agricultura, pero hoy estaba todo el mundo intranquilo, de hecho, ya se habían escuchado rumores de guerra.

Ayer una bacha había traído desde un vapor anclado al sur de Cayo Luis Peña, cuatro jeeps y seis camionetas pintadas de gris con unas letras en sus puertas que leían: U.S. Navy y ciertos números de serie, esas mismas letras estaban escritas en la popa de la bacha, la cual estaba amarrada en uno de los muelles de la antigua base. Este convoy visto en la isla por primera vez, llegó hasta frente a la Alcaldía, surgieron sobresaltos y agitaciones, por los paisanos que se arremolinaban mirando con curiosidad. El Alcalde, que para esos días, ya no era Don Claro, recibió los soldados efusivamente, invitándolos a pasar al salón de conferencias, porque en su oficina no cabían todos.

- ¡Bah! Como cuando llegó la Flota del Atlántico, se van ahorita; decía el alcalde y se reía.

Para esa fecha el Departamento de la Marina, había conseguido, haciendo movidas extrañas, por compra y venta y expropiación a los terratenientes, cientos de cuerdas de tierra, donde ya tenían planeado eregir varias obras militares.

- Ahora si es verdad, que venimos para quedarnos, dijeron los oficiales, pero el Alcalde sonrió sin creer en sus palabras; y de inmediato dio órdenes para que se prepararan jugos y café. A esa hora de la tarde, Mr. Paul Fischbach, su único contacto en la isla, había rendido todos sus informes y supuestamente la cosa estaba planchada para dar comienzo a su nuevo bastión militar.

Fue así como miles de robustos y frondosos árboles de húcares, fueron derribados uno tras otro a golpe de hacha y pico, sin que se usase equipo mecánico alguno.

Ahora existía la amenaza de una Segunda Guerra Mundial, se husmeaba por todas partes, pronto comenzará una guerra salvaje, penetraba el olor a pólvora por todos los rincones. Exactamente esto fue lo que trataron de explicar los oficiales al Alcalde; allí mostraron unos planos con todo lo que interesaba realizar en la isla la Marina; número uno, la construcción de una pista de aterrizaje y un enorme edificio de dos plantas, que sirviera como puesto de observación (O.P.), hacer buenas carreteras, colocar en el área reservadas para maniobras terrestres, navales y aéreas, un sinnúmero de tanques de guerra inservibles, para usarse como tiro al blanco. Se haría un muellecito de piedras y cemento en la playa Flamenco y por último activarían dos barracas en la vieja base. La casa de los oficiales y la cisterna, estructuras que el terrible huracán San Ciprián había dejado en pie. Antes de dar por finalizada la reunión, el Alcalde, en un aparte, habló algún otro asunto con dos de los oficiales de más alto rango; quizás nadie sabe de qué se trató ese intermedio, pero lo cierto es que Mr. Paul Fischbach fue despedido de su cargo y en su lugar, se nombró en una mini dinastía, a su hijo Don Carlos Fischbach. Solo hubo un simple juramento y quedó Don Carlos como nuevo celador de las propiedades y asuntos de la Marina. Mr. Paul no chistó, aceptó el veredicto de los oficiales, les dio las gracias y abrazó y felicitó a su hijo, entonces dijo: Ahora me voy tranquilo a jugar billar de carambolas y tomar algunas cervezas, en los cafetines de mí querida isla. Mr. Paul llegó a viejo, fuerte, colorado y saludable, así partió de este mundo, una tibia tarde de septiembre, justamente cuando terminaba de leer el editorial del periódico El Imparcial, en el cual se narraba los últimos acontecimientos sobre la Segunda Guerra Mundial.

La Segunda Guerra Mundial estaba ya a ley de cualquier tontería para que estallara. Esta fue la razón primordial para que apareciera la Marina nuevamente. El pueblo se vio acorralado, pero tenían una salida, había que aplicar la regla de: «cuando no se puede combatir al enemigo, hay que unírsele» triste, pero cierto, como en los buenos tiempos de la base, habría donde ganarse el sustento para que la familia no se muriera de hambre. Nuevos y grandes proyectos comenzaban en la isla; primero que nada, la Marina necesitaba con carácter de urgencia, la construcción de un campo de aterrizaje, (un aeropuerto). Apresuradamente comenzó la obra, rápido se reclutaron 300 trabajadores, y en un son de taca y taca, sin mirar atrás, bajo un sol picante, se dieron en cuerpo y alma a realizar su tarea, dirigidos por ingenieros militares. La misma consistía en la tala de árboles de húcar, el drenaje de toda el área y la nivelación del terreno.

La jornada no era fácil, pero aquellos valientes obreros estaban decididos a llevar el pan de cada día a sus hogares, aunque tuvieran que cruzar los siete mares. Unas veces a buen paso, otras un tanto lento iban cayendo desgraciadamente los hermosos, milenarios árboles; aquella inmensa y espléndida selva de frondosos árboles, creación de la Divina Naturaleza. Servía de refugio a millones de aves silvestres, solo Dios sabe cuantos miles de seres vivientes quedaron huérfanos de su hábitat. Ahora aquel sector se había convertido en una pista de aterrizaje, mejor conocido por "El Llano".

Dos años habían transcurrido; sobre una colina mediana, mirando hacia el mar, a la derecha de la Playa Flamenco, se exhibía un majestuoso edificio de dos plantas, todo pintadito de blanco, de un blanco reluciente. Antenas y radales coronaban su techo, abajo en la playa, el muellecito estaba listo para sus diferentes usos. Mirando del O.P. a la izquierda, la península estaba aladrillada de tanques de guerra desechados, ubicados en diferentes posiciones, para ser usados como tarjetas de tiro al blanco; para ese entonces, el ambiente en la isla había cambiado considerablemente, se respiraban aires militares; pero en términos generales, el 98% de la población, no solo estaban de acuerdo con la Marina, sino que se experimentaba irónicamente, cierta alegría.

Mientras tanto, la prensa de la época; la radio y el periódico El Imparcial, solo hablaban de los grandes estragos que estaban sucediendo al otro lado del mundo. Tal como pasó en la Primera Guerra Mundial, la isla también aportó su buena cuota de hombres, destinados a rifar sus vidas en el campo de la batalla en otra guerra incierta.

- Allá se fueron a la guerra, salud y mucha suerte, fueron estas las palabras de Don Carlos Fischbach, el nuevo custodio de la Marina; con la diferencia que no estaba solo, sino que ahora la Marina había reclutado cuatro campesinos, la mucha labor, así lo exigía. Carlos Cecilio, Valentín Serrano y los hermanos Pablo y Monserrate Ayala; los cuatro se habían fajado de sol a sol, durante las dos grandes obras de la Marina, o sea la construcción de la pista de aterrizaje y el puesto de observación. Ahora estos cuatro caballeros serían los responsables de mantener el andamiaje de la Marina funcionando; reportándose siempre a su jefe inmediato, Don Carlos, hombre de íntegra confianza. No hubo nada que esperar; primero se creó el décimo distrito naval de la isla de Culebra, comandado por un vicealmirante, desde la base naval de Ceiba.

La función especial de este décimo distrito naval, sería salvaguardar todo interés de la Marina, orden ejecutiva del Presidente Franklyn D. Roosevelt; se declaró zona de defensa naval a toda la isla.

- Y aquí, mi querido Benjamín, nos conectaron otro terrible golpe.

- Qué desgracia, Juan, ¿qué pasó ahora?

- Ben, estos hijos de putas ..., bajo miles de promesas y ofrecimientos que ni ellos mismos se lo creían, expropiaron y trasladaron todo el Barrio Flamenco a un sector cerca de Playa Sardinas. Nadie chistó ni gritó, en realidad los paisanos estaban cansados y más que eso sentían temor, la mitad de las familias aceptaron una parcela en su nueva barriada, bautizada como "Clark", ya tu sabes, en honor a otro de sus cañoneros, nunca se le llamó Barriada Clark, sino Sopapo, a causa de una trifulca que se formó en el primer baile en la sala de una casa, el mismo día de la inauguración.

La barriada Sopapo cobró notoriedad a partir de aquella noche, todos los sábados se celebraba un pimentoso baile en una casa diferente, de algún alegre campesino.

La otra mitad de las familias expropiadas de Flamenco, fletaron dos balandros y abandonaron la isla, en busca de sensibilidad.

Los marinos ahora vivían en el nuevo puesto de observación, los isleños le llamaban "Loupí", pronunciamiento tomado de los soldados que en inglés, por sus siglas le llamaban O.P.

Para entonces las barracas de la vieja base estaban inservibles, solo se le daba uso a la casa de los oficiales, donde moraba Don Carlos Fischbach y su familia. Los días transcurrían, las maniobras de la Marina estremecían la tierra, las casas de cemento se craqueaban como galletas de soda, los pocos visitantes que pisaban la isla, creían haber llegado a los campos de Europa, donde la guerra se incrementaba más y más.

- Ben, qué cosas tiene la vida, en solo varios años, las cosas habían cambiado drásticamente, el censo poblacional seguía disminuyendo, la isla se moría de pesadumbre, era algo así como una pesadilla, las calles se veían tristes y solitarias, aquellos felices encuentros de los paisanos bajo el árbol de jagüey en Playa Sardinas, terminó sin que nadie se diera cuenta. En las misas del padre Jorge no se tocaba el tema, tampoco los evangélicos mezclaban la religión con el Estado. Dos policías, únicos asignados a la isla, Gelí y Quintana, daban más vueltas que un trompo, sin que nadie se querellara, terminaban en uno de los dos cafetines dándose la cervecita con los gringos. El Doctor Colón se moría de morriña, esperando algún paciente, por esos días nadie se quería enfermar. Por esos meses fue que se construyó la P.R.E.R.A, ocho casas al norte de Playa Sardinas, para los últimos expropiados del Barrio Flamenco.

Ni los niños, ni los jóvenes morían en la isla; solo morían los ancianos, ya cuando pasaban del centenar de años, de manera que los sepelios se veían cada tres o cuatro años.

Así estaban las cosas por acá. Allá en el año 1941 Pearl Harbor fue bombardeado exactamente una mañana de clamor a Dios, un domingo solemne, de recogimiento espiritual; los soldados norteamericanos lucían sus uniformes blancos inmaculados, había un servicio ecuménico para orar por la paz. La mañana estaba agradable, tranquila, se escuchaba música sacra, sin que ningún otro ruido interrumpiera con la devoción del día. Saludos fraternales en todo el recinto, barcos y aviones de guerra, inertes, como si ya todo hubiera pasado, sin embargo, ahora empezaba todo.

- Hermanos en Cristo, Dios les bendiga, solo esas palabras llegó a pronunciar el pastor de aquella enorme manada de ovejas. Un poco más y fue el derrumbe total; la gigantesca e impresionante base militar de Pearl Harbor, se había convertido en chatarra, humaradas y cementerio, algo indescriptible, pérdida total.

- Esto lo van a pagar con creces; dijo Franklyn D. Roosevelt, el Presidente, en una rabiosa actitud de venganza.

Sus palabras se cumplieron sin que tuviese o correspondiera a él dar esa orden; sino que fue el presidente Harry Truman, quien tuvo la desgracia de estrenar el nuevo juguete, dejado caer dos veces sobre tantos miles de seres inocentes de toda acción bélica.

La explosión que produjo la bomba atómica dejó ver una dantesca nube en forma de hongo que se elevó a miles de millas hacia la atmósfera, observada por la tripulación del avión B-29, llamado Enola Gay, piloteado por el Coronel Paul W. Tibbets Jr., quienes solo pudieron exclamar con acento adolorido: «Dios mío», ante la infernal escena.

Un año después de la Segunda Guerra Mundial, cuando el mundo no hallaba cómo recuperarse de los estragos, en Culebra la cosa era diferente, los muchachos participantes regresaron; unos mutilados, nerviosos, otros no regresaron nunca, jamás se supo su paradero, los demás buscaron distraerse en los cafetines, escuchando al bohemio de la época Felipe Rodríguez; tomando cerveza India, que pagaban a quince centavos, tratando de olvidar aquella insólita pesadilla.

Fue por esos días que llegó el cabo Francisco Sánchez a la isla, venía a prestar sus servicios, asignado al O.P. como buen soldado de la Marina. Arribó con la cabeza en alto y sonriente, alegre porque ya la guerra iba de paso. Quienes lo vieron al llegar, sintieron curiosidad. Un marino con una guitarra, ¿qué es eso? Ya no se usan fusiles, éste o está loco o le pica el casco; pero el hombre sin dejar de sonreír, se presentó muy amable y explicó que ya el ejército se estaba liberando.

- Soy Pancho, dijo, Pancho el mexicano, para servirles, ya nos veremos ahorita, ahora tengo que reportarme al Puesto de Observación.

- Umjú..., exclamaron los curiosos presentes, ese marino parece buena gente.

De momento Juan miró de reojo el reloj en la pared, rápido se puso de pie, respiró profundo, se estiró un par de veces y en su buen estilo, bien escueto dijo: caramba Ben, no te estoy botando, pero ya son las ocho de la noche, arranca y vete, que yo me voy a acostar.

- Buenas noches Juan, Dios te cuide mucho, muchísimas gracias por la historia, aquí la lucha ha sido cuesta arriba en todo momento.

- Así es Ben, se va el año, entra un nuevo siglo y un nuevo milenio ¿qué será de nosotros?

- Juan, Culebra es Culebra. Buenas noches.

Capítulo VIII

Hay quienes viajan como ejercicio agradable y solo lo hacen por placer, para disfrutarlo, pero hay quienes viajan de otra manera; hablo de muchos culebrenses, los del primero y segundo éxodo, que por razones diversas abandonaron su isla, sus familias y en no muy pocos casos sus espíritus, todos en busca de un mejor porvenir para ellos y los suyos. Entre los viajeros que soñaban o mejor dicho que creían que al llegar a New york, se le daba una patada al primer matojo que encontraran y ahí estaba la plata, dinero por donde quiera. Uno de estos era Guadalupe Santiago Navarro (Lupe); para él no hubo planificación placentera, tampoco un presupuesto sólido. 1955, diferente a otros que salen con rumbo incierto y se desvanecen pensando en el ¿qué pasará? Lupe se marchó loco de contento, viajó con una vieja maleta que alguien le había regalado para la ocasión y dentro de ésta su trapera, aún más vieja que la misma maleta. Iba soñando con pájaros preñados; supuestamente allá lo esperaba un tal Guindarín, su hermano mayor, a quien otros familiares le habían abierto puertas mucho antes. A las diez de la mañana bajó Lupe del aeroplano y para suerte o desgracia nadie lo esperaba en el aeropuerto como se había convenido. La temperatura estaba en 48°, el negro se echó un viejo abrigo por encima y aun así temblaba de frío. Viendo rostros desconocidos y sin saber hablar inglés, rápido sintió la hostilidad, discrimen, el rechazo; entonces se vio rodeado de una incertidumbre dolorosa. Lupe, el inmigrante, había cambiado chinas por botellas. Pensó un poco asustado y nervioso en el sueño americano, aunque lo deseara, brincara y saltara era impo-

125

sible regresar; había invertido los ahorros de toda su vida para dar ese viaje, queriendo conocer New York y las maravillas que le habían contado. Recordó con tristeza uno de sus muchos refranes: «donde hay gente no muere gente». Se dijo así mismo como tantas veces repetía en Culebra: «vivir no es vivir, sino saber vivir», «un viejo soldado nunca muere» y por último dijo:«la peor diligencia es la que no se hace». Ahí fue cuando sintió que alguien le tocaba la espalda y el grito que se echó, retumbó en todos los rincones del aeropuerto.

- ¡Ay mi madreee, me matan! Trató de correr pero...

- Tranquilo Culebra, nada te va a pasar, soy yo, Mono bravo, vine a traer a mi sobrino que sale para San Juan a las dos de la tarde.

- Mono bravo..., caramba..., me suena.

- Sí, Mono bravo, nacido y criado en la península de Flamenco, bien abajo en la parte que le llaman Punta Molino, frente a los cayos del guayo y colorao, hace años que vivo por acá y me va lo más bien, te saqué por la pinta, tu eres de los Navarro, ¿verdad?

- El hijo de Doña Isabel, para servirle.

- Hombre cuéntame, ¿cómo está eso por allá?

La plática estuvo muy amena y se extendió por un largo rato; hacía mucho tiempo Mono bravo no se encontraba con un compueblano, hablaron y cubrieron docenas de temas. Lupe lo puso al día, Mono bravo halló gracia en sus ojos y eso bastó para que el hombre perdido y sin aliento una hora atrás, ahora sentía que estaba en buenas manos y ya podía dar por sentado que tenía trabajo asegurado.

Lentamente pasaron los años, los ángeles guardianes de Lupe lo cobijaban de manera especial. El primer año lo pasó en un apartamento, propiedad de Mono bravo, entre las calles Dicard y Lewis en Brooklyn; allí su buen amigo le enseño a tocar guitarra, los viernes y sábados se lo llevaba a Las Vegas, un enorme salón de baile. Así Lupe fue conociendo poco a poco, la gran manzana podrida, le cogió el piso a Nueva York, se hizo de su propio apartamento, prendas de plata y oro, ropa cara, perfumes y por supuesto también tenía su chilla, Elizabeth Mc Follon, según él mismo me lo contó muchos años después; decía: mi señora Mc Follon, italiana. Lupe fue feliz en la urbe niuyorkina, tan feliz fue que por largos años olvidó amigos y familia de Culebra, el hombre vivía su mundo a las anchas.

Cierta noche Lupe y su señora Mc Follon. Fueron invitados, pero sépase que se le estaba pagando un dineral. El negro y su blanca tendrían a cargo el espectáculo en los regios salones del Club Cabo Rojeño, donde se reunirían por lo menos de cuatro a cinco mil personas. La pareja Santiago – Mc Follon eran los cantantes exclusivos de la noche, así estaba anunciado por todo Brooklyn. Esa noche Lupe y Elizabeth fueron un torbellino de pasión sobre el escenario, en la enorme tarima del Club; el culebrense y la italiana cantando juntos por primera vez en español. Mc Follon lo dominaba a perfección y se sabía de memoria todo el repertorio de su compañero. Todas las entradas se vendieron más rápido que el pan caliente. El público vibró de principio a fin con el show de Lupe quien cantó con exagerado romanticismo; sus éxitos que para ese entonces estaban en el hit parade. Su dominio escénico fue deleite de todo su auditorio, que incluía, peloteros de grandes ligas, políticos, negociantes, actores, cantantes y desde luego toda la plana mayor de Brooklyn que se dieron cita para la ocasión. Sin duda alguna el momento de mayor emoción lo fue, cuando cantó el Japo Japonés; poco faltó para que el techo del Club, se viniera abajo. Para cerrar el show, el negro cantó: "en la

139", entonces tomó su compañera en brazos, retirándose de la tarima al son de aplausos, pitos y gritos.

Era innegable que Lupe había prosperado, su labia y talento lo llevaron a la fama.

En sus primeros años en N.Y., por medio de Mono bravo, su contacto era solo con culebrenses y su vida, tranquila y llevadera. Mono bravo le enseñó varios tonos en su lira, le regaló un método y el hombre poco a poco fue dominando su instrumento, se aprendió de memoria decenas de boleros y guarachas, él mismo llegó a componer algunas piezas musicales. Una vez ya más suelto, conoció la italiana y a partir de entonces comenzó su estrellato. Se cambió el nombre porque todo artista, tenía nombre de artista; se le conoció por "chocolate", así desaparecieron los encuentros con sus compueblanos y aparecieron los contratos en salones de baile y clubes nocturnos. Mucha ropa fina, gabanes caros, chalinas, sombreros, prendas, perfumes y por supuesto se incrementó la bebida y el tabaco y otras mujeres ajenas a su querida italiana. El dinero y la fama, cuando se le tiene amor, nos ponen una venda en los ojos y tratamos con indiferencia al humilde; cuando nos creemos que somos superiores e independientes, cometemos errores gravísimos. El dinero y la fama nos llevan de cabeza al vicio y éste se va multiplicando más rápido que la luz, de manera que todo esto tiene un precio alto. Solo hay tres formas de pagar y las tres son dolorosas, tanto para el sujeto como para su familia. Para su favor el negro se libró de la primera, o sea no cayó enfermo, ni herido, de modo que no visitó el hospital; se libró de la tercera, la segura muerte que al fin y a la postre nos devorará a todos. De la que no se pudo escapar y como ratón goloso detrás del queso, quedó atrapado en la del medio. El pobre Lupe fue derechito al calabozo, en el presidio de Atika, estado de N.Y.; allí le esperaba, con toda la paciencia del mundo y el tiempo necesario para enderezarse de nuevo o acabarse de ir por el abismo de

128

la perdición; fríos terribles, pestilencias, alimentos mediocres, oscuridad, soledad y tristeza.

La Sra. Mc Follon echó el resto tratando que su viejo amor, su negrito del alma, fuese puesto en libertad, aunque fuera condicionada; pero a su negrito lo habían cogido con las manos en la masa, tres kilos de una sustancia prohibida. Lupe lo negó, sin embargo, la evidencia fue contundente, había videos y testigos. Mrs. Mc Follon arrasó con todo lo que pudo en su lujoso apartamento, antes de ser confiscado; dentro de la guitarra también se halló media libra de pasto. Volvió a negarlo, así como negó lo de la 45; una pistola alemana encontrada en uno de sus chalecos. Condenaron al hombre a veinte años de cárcel por un testigo que le imputó; justo a los diez años este testigo falso, aceptó que todo fue una fabricación.

Inocente, a Guadalupe Santiago Navarro le archivaron los cargos, luego de una década de luchar por su libertad. El negro de 35 años, nunca perdió la fe y entró a la cárcel con la frente en alto; pero ahora salía de la misma con la frente abajo, sentimientos invertidos de la forma que debió entrar y al hacerse justicia, salir con la frente en alto. No, el hombre salió cabizbajo; no porque en realidad se sintiese culpable, si no porque diez años de cárcel amortiguan al hombre más fuerte y así se encontraba Lupe, sin espacio en su mente para trazarse un nuevo rumbo. Nueva York le apestaba; en Culebra, el qué dirán, no conocía más lugares, pero el negro era de casta y tenía que regender, le robaron diez años de su vida productiva, cuando fue sentenciado a veinte años de cárcel por varios delitos que no cometió. Perdió su preciada libertad y casi todo en su vida. En ese transcurso carcelario se enteró de la muerte de su madre, a través de unos amigos que siempre creyeron en su inocencia. Al final la verdad brilló, se comprobó que había sido víctima de un caso fabricado; entonces el departamento de Justicia pidió que le archivaran los casos y así pasó. Guadalupe está alegre, volvió a nacer, pero también está triste, su credibilidad estará en tela de juicio por buen tiempo.

Tras el calvario que pasó con solo la muda de ropa que llevaba puesta, 24 dólares y un pequeño crucifijo, fijó sus pasos al único lugar de quien creyó siempre que lo podría recibir con los brazos abiertos, su buen samaritano, Mono Bravo.

Mono Bravo lo recibió con gran regocijo:

- Mi hijo Lupe..., ¡Bendito sea Dios! Mi hijo pródigo; entra, ven y cámbiate de ropa, ponte calzado nuevo, vamos a preparar banquete; llegué a creer que jamás regresarías, Atika es la peor cárcel del mundo. Dice la historia que allí se entra con solo el "ticket de one way", no hay regreso.

- Fue un milagro, o mejor dicho remordimiento de conciencia, cuatro falsos me imputaron los delitos, pero ese padrecito celestial tan bueno, le tocó la conciencia a Luis Cotto, apenas faltando tres meses para cogerse la silla eléctrica, habló y delató a los verdaderos culpables.

1969: cuatro meses después, una vez el negro se repuso físicamente en el gimnasio del boxeador Jack Demsey, no lo pensó más, se despidió de sus pocos amigos.

- Hasta luego, chocolate; te deseamos la mejor de las suertes.

- Adiós chocolate, algún día nos veremos de nuevo.

- Chocolate se va para Puerto Rico; any how, está tranquilo, ya no toca guitarra, ni janguea por los barrios, se ve triste.

- Pero imagínate brother, ese Lupe lo perdió todo, un hombre que estaba en las papas, solo le faltaba sarna pa'rascarse y de la noche a la mañana se quedó pelao como un puerco en noche buena.

- Dicen por ahí que Elizabeth Mc Follon se fue a Italia con todas sus ganancias.

- Quien sabe, en esta vida no se puede creer todo, pero tampoco se puede dudar nada.

Un jueves a las once de la noche se despidió de su mano derecha, de su tutor, a quien podía decirle "papá", con toda la confianza del mundo. Esa noche derramó lágrimas por primera vez en N.Y. Nunca supo el verdadero nombre de Mono Bravo, aquél ser bondadoso que el socorrió desde el primer día de angustia y tristeza, hasta la misma hora que lo montó en el jet de retorno a su nación. Mono Bravo también lloró, pues el cariño y amor por su complueblano era bonafide, llegó a quererlo como al hijo que nunca pudo engendrar; así que ambos lloraron y se abrazaron, sin poder pronunciar una sola palabra, hasta después que el avión tomó altura; entonces Mono Bravo en un monólogo de congojas decía:

«Ese negro me ha robao el alma, aquí siempre tendrá las puertas abiertas. Dichoso el que ha logrado regresar a la patria; triste de mi, ¿qué puedo hacer a los setenta años?, este suelo frío y hostil, seguirá siendo mi lugar hasta que Dios quiera»

En el aeroplano a 36 millas de altura, Lupe sollozaba, daba gracias a Dios y ahora solo planificaba que hacer de su vida en Culebra.

- ¿Cómo estará mi gente, las playas, la pesca, Salolo y Rafael, mis queridos hermanos; bueno veremos a ver que pasa, voy peor que cuando salí, pero así es la vida. Primero voy al cementerio, ver la tumba de mamá y luego..., luego qué, el señor dirá.

En eso quedó dormido como palo, pensando nuevamente en Mono Bravo, meditando que todavía quedaba gente buena en esta vida.

Dicho y hecho, lo primero que hizo al llegar al Culebra, fue ir derechito al cementerio, a la tumba de su mamá, para que desde el cielo supiera que había podido probar su inocencia. Luego visitó a Salolo, uno de sus hermanos, quien le dio apoyo hasta el mismo día que su otro hermano Rafael (un libre pensador) le entregara una casa medio destartalada en la P.R.E.R.A. la cual Lupe con la ayuda de sus amigos reparó. Pocos sabían la trayectoria del hombre en N.Y.

Guadalupe Santiago comenzó de cero, pero el negro tranquilo y sereno y sin alardes, como nueva criatura iba viento en popa, tenía casa. Félix Amaro se lo llevó de grumete y pescador y también tenía en perspectiva a la Srta. Mariíta Santiago como su futura esposa.

Fue precisamente por esos meses que había estallado la revolución en Culebra, el pueblo se hastió de tanta bomba y metralla. Como siempre y de la misma manera, por debajo de la mesa, la Marina había traqueteado con los pasados gobernadores, Muñoz y Vilella; con todos los hierros trató de que los habitantes de la isla fueran mudados como reces a un lugar para tales propósitos en el pueblo de Ceiba. Muñoz meditó sobre el asunto, le pareció una locura, un abuso de alta categoría; ¿y los respetables difuntos? ¿Cómo?, se preguntó. Pensó: «Esto no se puede tolerar, fue más lejos en sus pensamientos; luciendo encolerizado, en fuertes términos, pero usando palabras correctas, dirigió correspondencia al Presidente; señalando de abusivo e inmoral las estúpidas pretensiones de la Marina. – Eso no va, afirmó.

Años más tarde, bajo la administración de Vilella, volvió a repetirse la insolente petición; este nuevo e indecoroso plan: La Marina descaradamente ofrecía una compensación de

10,000.00 dólares en efectivo a cada jefe de familia que diera el primer paso; abandonar su querida isla para que fuera bombardeada día y noche por el cañón americano. Vilella también rehusó endosar tan macabro plan. Luego continuó la insistencia con el nuevo gobernador Luis A. Ferré, a quien le presentaron una nueva estrategia. Siendo este un régimen de extrema derecha, volvía a aparecer la injusta propuesta de la Marina. Esta vez trataron de ser más astutos, ante la tenaz oposición del pueblo, que para entonces había tomado total conciencia de que: La patria es valor y sacrificio como muy bien había dicho Don Pedro Albizu Campos. Los pescadores, agricultores, intelectuales, rojos, azules y verdes, los blancos y los negros, católicos y evangélicos, el pueblo en general marchaban de protesta en protesta dirigidos por los grandes líderes: Mr. Vincent, los compañeros Filí, Flores, Porfirio y Luisito. La Marina planificó una buena celada, pero el pueblo dijo: «Si los yankees no se van, en Culebra morirán».

Estalló la revolución, en su vigente propuesta, la Marina no solicitaba el desalojo total de los habitantes, como pensaron anteriormente, si no que su nueva artimaña consistía de un cambio de tierras por tierras. La Marina ofrecía entregar ciertas áreas en el sureste, lugares que no le pertenecían, a cambio de continuar expropiando miles de cuerdas, con el propósito de hacerle la vida imposible al culebrense, para ver si la misma población gritaba que los mudaran a algún sitio fuera de Culebra. Puesto que todos estos gobernadores puertorriqueños, se opusieron a estos caprichos contra el pueblo, era de suponer que la Marina bajara la guardia, o por lo menos redujera la presión, nonina, ahí fue que templaron sus cañones al máximo; mientras tanto la guerra de Vietnam se incrementaba y seguían llegando cadáveres de hermanos boricuas al suelo puertorriqueño.

Ante la firme decisión del pueblo de llevar su lucha hasta las últimas consecuencias y ahora con la opinión nacional e internacional a favor, la Marina no dejaba de buscarle la vuelta al asunto; qué no se inventó, en su bélico anhelo; juguetes para todos los niños, películas al aire libre, raciones, hot dogs, coca colas, visitas a sus barcos de guerra y ya por último, tratar de comprar la conciencia ofreciendo empleos de coge el chequecito y aguanta lo que venga.

La Marina ignoró el clamor del pueblo, la solicitud de tierras para la construcción de un hospital, un área recreativa, viviendas para familias y hasta negó media cuerda para ampliar el campo santo, donde ya no cabían los nuevos socios del viaje eterno. Las costas seguían siendo bombardeadas, grandes matanzas de peces en plena gestación, destrucción de sus criaderos en zonas coralinas, ya están lanzando cohetes de fuego y bombas de Napalm sobre aves marinas y sus nidos. Sus constantes errores ocasionan a diario serios incidentes exponiendo a todo el pueblo. La intensidad, frecuencia y el tipo de maniobra de la Marina americana en la isla, en estos últimos años ha creado una situación que rebasa los límites de la tolerancia humana. El pueblo de Culebra vive sumergido en una crisis económica devastadora, hay un estado sicológico de confusión, inseguridad, ansiedad, terror y de constante peligro de perder la vida.

El pueblo valiente estaba decidido a no tolerar más estas prácticas, a no consentir más esta situación. Así surgieron las consignas:

«Culebra con valor

Combate al invasor»

«Chavo, vellón y peseta,

a Culebra se respeta»

El resoplido del carrucho, no se hizo esperar, Mr. Vincent lo ordenaba.

- Ahora compañeros, tocad la carrucha.

La revolución culebrense siempre estuvo bien organizada, se creó el comité Pro Rescate de Culebra; quedó inscrito en el Departamento de Estado de San Juan. Propósitos de comité: efectuar toda clase de gestión a fin de que la Marina cesara y desistiera de usar la isla y cayos adyacentes como áreas de tiro al blanco; gestionar ayuda a los hermanos puertorriqueños, entidades cívicas, económicas, sociales y culturales; conseguir que se indemnizara a los isleños afectados por causa de las maniobras, (muertos, heridos, mutilados, agricultores y pescadores). Fue elegido para presidir esta entidad el Sr. Taso Soto, al cual se le brindó una gran ovación, justo al finalizar su discurso de inauguración. El gallinero se revolcó y las noticias llegaban a los confines del mundo, al congreso federal, al Presidente. La isla se llenó de periodistas, políticos y curiosos, pero nada de esto detenía la obstinada Marina; al día siguiente continuaban bombardeando como si no les importara los daños brutales que ocasionaban. Entonces el pueblo tuvo que apelar al dicho de un gran patriota: «A mayor represión, mayor combatividad »

De manera que este fue el comienzo de una gran guerra sin cuartel; unas veces física y otras veces diplomáticas, que alcanzó resonancia mundial. Fueron años de cabildeo en que tomaron parte positiva, todas las ramas rectoras del gobierno puertorriqueño. De sopetón surgió una luz al final del túnel y la lucha de Culebra se vio favorecida por una maniobra caprichosa del Presidente de los E.U. Richard Nixon, quien fue atrapado en el escándalo Watergate; el hombre como fiera salvaje en un callejón sin salida, trató de embestir; como también lo haría el toro que no muge; el cáncer de la corrupción lo obligó a ordenar la salida de la Marina para el año 1975. En la plaza municipal y en la playa Flamenco, Culebra y Puerto Rico festejaron en grande.

Sin embargo, quedaron muchos cabos sueltos sin atar y el enorme presagio de que una avalancha, no de buscadores de oro como sucedió en California; si no el contingente sería en busca de la tierra que produce leche y miel en abundancia. Presentimiento hecho realidad poco tiempo después.

Fue por esos días que lanzaron a Lupe al abismo, desde el balcón de la mansión de Coral, ciertamente los escombros de la guitarra aparecieron. Juan los inspeccionó minuciosamente por varios días, llegando a la conclusión que aquellos restos de una lira, no tenían nada que ver con la guitarra de Pancho el mexicano, ¿caso cerrado?, imposible, la guitarra de Pancho tiene que aparecer.

Félix Amaro, imitando a otros, aquellos que esperaban la virazón, puso un pie en polvorosa y fue a parar a Santa Cruz; remató su velerito, sus nasas y su parcela y se dijo:

- Por aquí es camino, allá Marta con sus pollos, el que venga atrás que arree, Culebra va por mal camino.

Le regaló cien dólares a Lupe; el negro quien ya había olvidado sus andanzas de juventud en N.Y. y las cicatrices habían sanado (solo yo sabía toda su historia), saltó emocionado, se endulzó su corazón, rió a carcajadas, besó y abrazó a Félix Amaro, su esposa y sus dos hijos y ahí fue que se echó a llorar como niño sin juguete.

El próximo sábado en una modesta ceremonia el pastor Josué, proclamaba a Mariíta Santiago y Guadalupe Santiago, como marido y mujer. La recepción no fue tan modesta, el Hotel P.R. tiró las puertas por las ventanas. Tío Loncho, Chen y Cumede fueron los testigos, el conjunto de Galo y Santos, amenizaron la actividad.

Poco antes de que los negros celebraran su luna de miel, Lupe ingresaba en el team de la Marina; claro está, en Vieques, donde el rancho ahora estaba ardiendo. Su principal responsabilidad era defender con uñas y dientes los intereses de la Marina, aún con su propia vida, luego talar, pintar y hacer guardia de día y de noche, aún en los días de tempestad. Conoció a un tal Jr. Delerme y se hicieron grandes panas; volvió el negro a patinar, - vivir no es vivir, es saber vivir -.

En 1996, exactamente cuando el Partido Popular, cae por primera vez en Culebra, regresaba Lupe, no muy bien parao, porque la verdad es que la Marina lo botó. Las juntillas con su amigo Junior, las correntinas, las bebelatas y las serenatas lo ofuscaron demasiado; cuando vino a abrir los ojos, el hombre estaba embarrado como cerdo en un lodazal. Sus tres hijas mayorcitas, echaron un pie, dicen las malas lenguas que se fueron a darle la vuelta al mundo. Su esposa Mariíta Santiago, descansa en paz, se fue muy joven a morar con el Señor; sobre ese asunto, no tengo comentarios.

Guadalupe Santiago Navarro, sigue siendo afortunado; aunque perdió la pensión de la Marina, apenas faltando tres meses para cualificar, logró el seguro social. Recibe un chequecito el cual invierte en pega tres, loto, caballos y lotería tradicional. De vez en cuando compra un paquete de arroz, una penca de bacalao y dos o tres latas de corned beef, spaguettis y salchichas. Sigue siendo afortunado pues Mike Valle le regaló una guitarra y cuando está de bolla, se tira sus tonos en una que otra actividad. Tiene sus admiradores, o sea unos cuantos fanáticos que se lo gufean y se destornillan de la risa con sus payasadas. Ya no pesca así como antes, solo algunas veces tira su cordelada, tampoco juega pelota, no porque esté flojo y viejo, si no porque el béisbol ya no se practica en la isla y la juventud esta ocupada en otros asuntos. El negro se ha recogido a buen vivir en su casita de la P.R.E.R.A., solo baja la jalda, los días tres de cada mes para recoger el seguro social en el correo. Las jugadas las hace a través de un celular que nadie sabe de donde lo sacó; pero "any how", el hombre se pasa día y noche recibiendo visitas, lo mismo de hombres que de mujeres. Suben y bajan la loma, como si Lupe tuviera un consultorio, leyera las manos, diera consejos o vendiera bolita. Cuando el sol aprieta sus clavijas y el calor se pone insoportable, en la penumbra del medio día, Lupe despachaba su visita, sacaba su hamaca, la tendía bajo el quenepo y allí echaba su buena siesta, hasta salir soñando con el premio mayor o que se había llevado el poolpote en los caballos. Lo despertaba el perro tuco de Damiana, cerca de las seis de la tarde, cuando comenzaba con sus horrorosos ladridos, porque se moría de hambre, y Juan Luis (please) quien se encargaba de alimentarlo, estaba ahora sembrando cocos.

Cierto día del mes de septiembre, la facultad del quinto y sexto grado de la escuela pública, invitó al Sr. Santiago para que ofreciera una charla sobre historia universal a dichos estudiantes. Lupe se mondó de la risa, su retrahila de dientes blanquísimos, aún se veían en óptimas condiciones, destellaban estrellitas ensalivadas, parecidas a las cachispas de coco. El negro, aunque quedó sorprendido creyendo haber confusión en la invitación, aceptó de buena gana. El siguiente viernes, día 23, apareció muy temprano por los predios de la escuela, acicalado, con un gabán viejísimo que le prestó Mr. Nazario, chalina estrecha como lengua de vaca y un pantalón azul marino, que le llegaba hasta los tobillos, zapatos en dos colores, blanco y negro con raros diseños.

- Adelante usted, Sr. Santiago, dijo la Sra. Rodríguez, profesora de historia, nacida y criada en Isabel II en la isla de Vieques.

- ¡Eh..., mira!, ahí está Lupe.

- Lupeee..., ¿Qué pasa, dónde está la guitarra?

- Oye Lupe, ¿Cuándo vamos a pescar?

- Ese es el pelotero más cómico que yo he visto.

138

- Vamos a ver, discípulos, más respeto, exclamó la Sra. Rodríguez.

- El Sr. Santiago viene a darnos una cátedra sobre historia, así que, no más comentarios, ni más alardes. Sr. Santiago, tome usted la palabra.

Lupe volvió a sonreír, cambió su rostro hacia la pizarra, apretó bien los dientes, respiró tres veces profundamente, se programó como todo un buen profesional; miró fijamente su audiencia; 29 señoritas y 24 varoncitos, todos entre las edades de nueve a doce años, entonces dijo: Eh, eh, eh, muchachos... qué se yo de historia, ¿saben ustedes lo que es historia?, en ese caso, historia universal, la de todos los tiempos y pueblos del mundo. Bueno vamos para alante, anoten por ahí: «historia es la narración y exposición verdadera de los acontecimientos pasados y cosas memorables, sucesos públicos y políticos de los pueblos, en otras palabras, historia es manifestaciones de la actividad humana. Bien..., han oído hablar de las siete maravillas del mundo antiguo, por ejemplo: El Coloso de Rodas, una estatua gigantesca hecha de bronce, estaba situada en el puerto de una pequeña isla en el mar Egeo, llamada Rodas, tenía la estatua de 125 pies. Desde su cabeza se divisaba la tierra y el mar a miles de kilómetros. Esta estatua fue construída en honor a Tolomeo, héroe que salvó a Rodas de una invasión extranjera. El Coloso permaneció muchos años en su lugar, hasta que se reconoció como una de las siete maravillas; pero por desgracia hubo un temblor de tierra, tan intenso que la estatua se vino al suelo. Han pasado miles de años y todavía de vez en cuando se encuentran fragmentos de bronce que formaron parte de tan maravillosa obra.

Tanto los estudiantes como la profesora escuchaban, prestando suma atención, en profundo silencio. Lupe estaba en otro mundo, como posesionado por un sortilegio extraño y de su boca salían palabras fascinantes, habló de la casa de la diosa, las Pirámides de Egipto, de los jardines colgantes de Babilonia y por último de un dios llamado Zeus, quien vivía en un lugar llamado Olimpia, en Grecia.

Alguien ajeno a la instrucción pública había oído toda la conferencia, no logró aguantar un minuto, si hubiese sido mudo explotaba; o sea que tan pronto Lupe puso un pie en la calle le cuestionó: - muchacho Lupe, ¿de dónde rayos tu sacaste tantos disparates?

- No, disparates no, contestó Lupe molesto y disgustado, esa es la historia.

- Pues si no son disparates, son una sarta de embustes y mentiras que ni tú mismo te las puedes creer.

El negro Lupe, se puso blanco como el papel, se encolerizó, escupió y dijo:

- Usted de historia no sabe na..., eso lo aprendí yo con mi hermano Rafael que ese si que sabe de todo, es un libre pensador y tiene la paciencia de Job. Pero ustedes, ¿quiénes son ustedes?, refiriéndose a un grupo de averiguados que se habían congregado para escuchar las críticas.

- Ustedes tienen que salir de Culebra, esto aquí es una prisión, vayan allá a Nueva York para que sepan lo que es mundo.

Esta fue la última vez que se le vio en la calle porque también los títeres se mofaron de su vestimenta, preguntándole que dónde había comprado aquella tela tan fina, que si de su último viaje a Europa. El negro no contestó, siguió su camino triste y flojo hacia la P.R.E.R.A. Antes de llegar a su casa, Miguel Sánchez (Blue) lo corrió con una culebra como de siete pies de largo, el negro corría y gritaba buscando a lado y lado una piedra, una centella con qué romperle la cabeza a Blue, porque en realidad le tenía pánico a las culebras. Al fin llegó al batey de su casa y logró agarrar un machete, entonces las cosas cambiaron y era Blue quien se las pelaba rumbo a su matacayal, donde Lupe no pudo llegar. Regresó Lupe a su casa botando baba por la boca, fatigado, maldiciendo a Blue y augurando que le iba a picar el cuello de un solo machetazo. En el matacayal Blue se reía, pero se reía con las muelitas de atrás; en realidad estaba asustado y temblaba de pavor, sabía que había metido las patas hasta "home".

Guadalupe Santiago Navarro entró a su casa, echó la tranca y no se le volvió a ver más, hasta el mismo día que lo llevaron a la iglesia Metodista para rendirle el póstumo tributo que se le da a los difuntos. Al funeral asistieron unos cuantos paisanos, para esos días ya Lupe no gozaba de aquella gran popularidad y fama que había adquirido en sus mejores años de producción. Como cualquiera del montón, sin méritos, ni glorias, en un modesto ataúd, con un par de coronas de flores marchitadas, como marchitada estaba su vida por las mismas trampas que le jugó el destino, unos meses antes de marcharse. Para su suerte el Pastor José López logró que se arrepintiera de sus transgresiones y aceptara al Señor, como su único Salvador. En el cementerio, las últimas palabras las dijo Arquelio, quien recordó decenas de chistes, anécdotas, chascos e historietas de aquél culebrense cuyas hijas le dieron la vuelta al mundo, mientras él hacía reír y gozar su fanaticada, esperando ir a cobrar el premio mayor de la lotería, dinero que para nada le sería útil, puesto que ya los caballos le habían pateado la vida.

Disimuladamente observé lágrimas en los rostros de Héctor Pérez y Arquelio Feliciano; no era para menos, eran buenos amigos. Entonces yo jamás comprendí, si reía recordando sus cosas o si lloraba despidiendo a un amigo. ¡Qué tristes y solos se quedan los muertos! Descansa en paz, chocolate.

Capítulo IX

Para la década de 1920, Culebra luchaba por ser reconocido como municipio, Vieques gozaba de una enorme economía y un movimiento social y cultural de gran alcance. Había tres centrales, tres farmacias, tres fábricas, almacenes tiendas y dos teatros. Del área de la Isla Grande y de las Islas de Barlovento llegaron centenares de obreros y hombres de empresas; allí dejaron sus apellidos, sus rasgos étnicos, se promovió un gran desarrollo económico. Surge el refrán en Vieques: «Estas más atrasao que la valija de Culebra», refiriéndose al retraso con que llegaba el correo. Dicho retraso era lógico, puesto que la isla de Culebra, está más lejos de Puerto Rico que Vieques y para entonces la transportación estaba en estado primitivo.

La Marina se instaló en Culebra en 1902; luego de la Primera Guerra Mundial, la isla estuvo tranquila, hasta 1924 cuando nuevamente es invadida por la flota del Atlántico. Del 1935 al 1938, se construyó la pista de aterrizaje, el majestuoso puesto de observación, el muellecito de Flamenco, entre otras obras militares en diferentes puntos de la isla. Para esos años surgieron nuevas armas en el campo de la guerra, de manera que la Marina usó tal razón como excusa e invadió la isla de Vieques y a tumba y raja en un santiamén, haciendo uso de su propio estilo: «quítate tu, pa'ponerme yo», expropiaron increíblemente más de tres cuartas partes de la isla nena. Ni oposición, ni resistencia, en realidad para entonces la Marina ejercía su poder a gusto y gana, pronto estrenaron el campamento García y así la danza de las consecuencias a que los viequenses se tenían que someter. La historia se escribirá, es larga y conmovedora, pero algún día generaciones venideras conocerán de principio a desenlace toda la verdad del precio pagado por mantener un sistema a flote, donde nunca brilló la justicia ni se practicó la tan cacareada democracia.

Una de las ironías más trágicas que haya ocurrido en esta odisea, es que el efecto del bombardeo de la Marina en Vieques, se ha sentido siempre con más intensidad en Culebra que en las áreas pobladas de Vieques; de manera que para las décadas del 40-50-60 la población de Culebra atrapada entre el bombardeo de Vieques y su propia tierra, vivió en un verdadero estruendo y un constante fuego cruzado.

Así como habíamos planificado el mes pasado, exactamente el día de la candelaria salimos rumbo a la isla Nena, recordando siempre y poniendo en práctica los buenos consejos de Juan. Llegamos en actitud pacífica a Vieques, tranquilos y prestos a recibir instrucciones; antes de acudir al llamado de la patria, recorrimos algunos lugares de la isla, mas bien hicimos un sondeo midiendo temperaturas, escuchando comentarios, saludando buenas amistades, picando bocadillos y también disfrutando lugares interesantes e históricos, gracias a la gentileza y buena fe de un buen amigo, el hermano Rosa; nos habíamos conocido 35 años atrás, en el Fuerte Buchanan y a partir de entonces hemos mantenido sincera amistad. Primero estuvimos en la Hueca, para mí un lugar impresionante, es algo increíble ver aquellas familias allí, como prisioneras en su propia tierra, quizás no entendí bien, pero escuché que la propia Marina los mantiene en tales condiciones, ¿cómo es posible Dios mío?. Mi amigo Rosa es una personita muy humilde, le hicimos varias preguntas, él solo sonreía levemente y bajaba su cabeza, sus razones tendrá. Mas tarde pasamos a la Esperanza, en el malecón, frente al Mar Caribe, cogimos un poco de fresco, reposamos y fuimos directo hasta Puerto Ferro, lugar histórico; continuamos, pasamos frente a la Casa del Francés, luego llegamos al Fuerte Conde de Mirasol.

- ¡Uf!..., impresionante, ¿verdad?, dijo Flores.

- Sí, esto es algo impresionante y creo que es la mejor reliquia histórica que tiene Vieques, habló Filí.

- Compañeros..., ripostó Dolly, me quedo anonadada, este Fuerte es único en todo el archipiélago, construido bajo el régimen español, usando esclavos traídos desde China.

- ¿Cómo dices, compañera? ¿Construcción español?..., ¿No sabes que fueron los franceses quienes presidieron a nuestros aborígenes, aquí en esta islita tan bonita?

- Cierto lo que dice Benjamín, añadió Flores, fueron los franceses y le llamaron isla de jueyes.

- Miren amigos, exclamó Digna, aquí viene quien nos puede dar cátedra sobre este asunto.

Y fue precisamente en ese momento que apareció Bob Rabín, un aguerrido luchador e historiador, quien había movido los bolos en magnífica dirección para que el pueblo de Vieques comenzara a despertar. Por eso siempre he dicho allá en Culebra: «Culebrense es todo aquél que ama la isla», y lo demuestra sacando la cara en la lucha diaria, contra los que vienen con sus montones de billetes, a pretender humillarnos, imponiéndonos sus nuevos métodos en nuestras tradiciones y cultura, cerrando playas y fincas que desde el primer día de la creación siempre han sido patrimonio del pueblo y para el pueblo, quien cierra fila con nosotros, ese es posiblemente más culebrense que los mismos que han nacido en la isla; descendientes de buena familia, no dan un tajo ni en defensa propia, no dicen ni esta boca es mía, para defender nuestro querido terruño.

- Muy bien compañero, dijo Bob Rabín y añadió: «Esos son los primeros que aparecen el día de la victoria y son los más que se benefician con el sudor, el dolor, las lágrimas y el sacrificio de los luchadores».

- Eso es verdad, dijo Luisito y prosiguió: "Aquí estamos, compañero Rabín, venimos de Culebra, en solidaridad con vuestra lucha, que también es la nuestra".

Ese mismo día a las 4:20 p.m. se habían hecho los arreglos para la estadía. Las demostraciones, marchas y protestas serían frente a los portones del Campamento García, cada cual se proveerá sus alimentos y agua. Dolly y Digna estarán durante las horas de aseo y reposo con otro grupo de mujeres, en cierta casa, con suficiente comodidad.

Porfirio y Domingo Padrón trajeron su propia casa de campaña, Filí, Flores y Luisito, como experimentados guerrilleros resolverían a como diera lugar (de eso ellos saben) hombres virtuosos en el arte de acampar, resolver y sobrevivir. Por último estaba yo, en las de cómo lo pasaría; nada, conozco tanta gente buena en Vieques, además venimos a integrarnos a la lucha, a cumplir con el deber de la patria; de todas maneras me interesaba un montón subir al Monte Carmelo y saludar y dar un abrazo al revolucionario Carmelo Félix, mi buen amigo y hermano. Tenía su magnífico destacamento bien ubicado en un cerro que mira hacia el Campamento García. Allí se reunía la flor y nata de todo el país, la crema intelectual de Puerto Rico. Carmelo les escuchaba y dialogaba con todos, allí se planificaban estrategias de lucha, se diseñaba logística. Mas bien se pudo llamar el Fuerte Carmelo, aquél bastión de dos pisos donde se le daba un verdadero sabor a revolución a la genuina causa viequense.

«Ni una bala más», dijo Bob Rabín; una vez concluyó la breve charla que nos impartió y nos obsequió un recorrido por todo el Fuerte Conde de Mirasol.

146

- Extracto de historia- logré decir; entonces dimos las gracias al amigo Rosa, quien partió rápido hacia la Esperanza, donde tenía su residencia.

Dos horas después decenas de buenos puertorriqueños nos encontrábamos frente a los portones de Camp. García; todos en contra de la presencia de la Marina, marcha, piquete y protesta en solidaridad con la Isla Nena. Líderes, obreros, religiosos, políticos, cívicos, estudiantes, maestros y deportistas se dieron cita desde las cinco de la tarde, en la plaza pública, desde donde marchamos, banderas de Vieques y Puerto Rico en mano, gritando consignas hasta llegar frente a los portones de la base, donde se mantendría la manifestación hasta que la Marina cese y desista, recoja sus cañones y se largue. Y así fue, tres años después la Marina se marchó.

Bajo agua, sol y sereno, al son de estribillos y gritos, plena y consignas, se mantuvo la protesta con buen ánimo y entusiasmo hasta el mismo día que la Marina tiró la toalla. Nosotros regresamos a Culebra a fines de febrero; la estadía en Vieques fue buena; un buen compartir con nuestros vecinos isleños nos llenó de experiencias y de paso aprendimos muchísimo sobre como luchar en pro de la justicia y como defender los derechos de un pueblo pisoteado. En el Monte Carmelo tuvimos la oportunidad de escuchar parte de la historia de Vieques; Carmelo Félix, hombre humilde, sabio, de buen corazón, avicultor perito, amigo de las abejas, una fría madrugada se me ocurrió pedirle que nos hablara algo de la Isla Nena. El hombre se sonrío, se rascó la barba y con su peculiar estilo exclamó: «Los viequenses somos gente privilegiada, vivimos en la Isla Nena, así la bautizó el poeta puertorriqueño Luis Llorens Torres; así la llamamos todos, la admiramos, amamos y defendemos, los ingleses le llamaron "Crab Island", imagínese, aquí había jueyes desde punta salinas a punta arenas, ¡casi nada!, veinte millas de largo; eso de "isla de jueyes" no prevaleció, si no su actual nombre "Vieques"; nombre que se

147

deriva del Arauco, lengua de los taínos, quienes la llamaron "Bieke", que significa "tierra pequeña". Me parece, no estoy seguro, pero creo que este municipio es el único en todo el archipiélago que tiene capital, ya ustedes lo saben, Isabel II; fue un pueblo que tuvo gobernador, Teófilo Legullou, un francés, a quien el gobierno español le permitió fundar un pueblo y gobernar. Bueno..., pues que más les digo: la topografía de la isla está caracterizada por una serie de montes y colinas de poca altura y pequeños valles. El punto más elevado es el monte Pirata, luego están Martineau, Sonadora, Matías y el Buey. Vieques tiene once lagunas, a saber: Algodones, Anones, El Pobre, Kiani, La Plata, Monte Largo, Playa Grande, Puerto Diablo, Punta Arenas y Yanuel; nuestra zona costera se caracteriza por la presencia de apretados riscos y accidentes geográficos costeros, incluyen las Puntas Arenas, Punta Gato, Punta Salinas, Punta Este, Boca Quebrada, Punta Vaca, Mosquito, Punta Caballo, Punta Mulas, Punta Goletas, Punta Jaloba y Colorados. Las bahías son: Salinas del Sur, Mosquito, Barracuda y Sun Bay, también esta Puerto Ferro, Los Cayos, Chiva, Conejo y La Yayí; pues sí, mis hermanitos, esto es solo una pequeña parte de nuestra historia, miren esto, aquí en Vieques tenemos los restos del habitante más antiguo de Puerto Rico, conocido como el hombre de Puerto Ferro, el cual tiene una fecha radio carbónica de 3,900 años.

En fin, podríamos estar hablando sobre nuestra historia el resto del año y no acabaríamos; pero ahora compañeros, debemos ir a descansar, la lucha es fuerte, tediosa, hay que recuperar energías, posiblemente esto va para largo, estos cronchis no quieren ceder de ninguna manera, vamos a tener que darle doble porción..., oh sí, compañeros, los que quieran pasar el resto de la noche aquí hay hamacas para todos, buenas noches.

En poco menos de cinco minutos, como respondiendo a una disciplina de soldado, todo el lugar quedó limpio y reinó un silencio humano en todo el Monte Carmelo. Tres horas después despuntaba el sol justo en dirección a nuestra querida isla de Culebra, como en realidad no logré pegar los ojos, me la pasé pensando en Juan, nuestro historiador, estilo semejante a Carmelo, seres que cuando se expresan hacen que uno se sienta parte de la historia; y que conste, en el lado bueno de la historia, no junto a los <u>Benedit Arnorg</u> de la vida aquel quien terminó embarrado en brea caliente y luego tirado en un mar inmenso de plumas de gallinas.

Pasé el resto de la mañana conversando con el compañero Carmelo, preguntas de parte y parte.

- ¿Y Don Taso, tu papá, cómo le va?

- Papá está muy bien, como coco, todavía en la brega con la iglesia Metodista.

- ¿Y qué tal de las abejas?

- Mira Pérez, eso de las abejas es mi pasión; tú sabes..., si la gente supiera; lo de las abejas es un misterio que solo conocemos nosotros, los amantes de esos seres maravillosos..., un momento, ahí viene el café, sasonadito con la buena miel.

- ¡Ahh! Debe estar riquísimo compañero; gracias.

- Buen provecho Pérez, y tus compueblanos ¿se fueron?

- Si, salen esta misma tarde vía Fajardo – Culebra, lucen un poco cansados; pero mira, aquí te dejaron un sobre con algo..., una pequeña aportación a la causa, ¡hombre!, a propósito me gustaría ver a Rosa, el amigo de la Esperanza, Digna y Dolly le dejaron veinte pesitos y las gracias.

- ¡Oh sí! Rosa, sé quién es, tremendo individuo, y cuéntame Pérez..., y mi primo Cucuíto, ¿Cómo está? ¿Sigue en la música?

- No, Víctor hace diez años se fue a Boston, solo se dé el por su hermano Zenito, que de vez en cuando me llama y me cuenta de allá y yo le cuento de acá; pero volviendo al tema de Vieques, mi hermano, todo eso que usted nos habló anoche..., imagínese, ¿Cómo será Vieques cuando la Marina se vaya?

- Pérez, para eso estamos bregando con el plan B, ahora bien, tenemos que cruzar el puente primero.

- Muy bien compañero, ya me marcho, pero antes quiero compartir algo que noté ayer, mientras tú nos dabas la charla de historia.

- ¿Qué pasó Pérez?

- Pues mira Carmelo, escucha bien, mira como se me paran los pelos, fue algo raro, no sé..., yo te digo y tú me explicas; escuché perros ladrando a lo lejos, pero no es que ladren, porque ese es su único modo de expresarse, si no..., cómo ladraban; como si fuera algo tétrico; uno aullaba y otros contestaban, honestamente, no me puedo explicar bien, pero creo que tu también los escuchaste.

- Claro que si, Pérez, como también entendí el mensaje; mire mi hermano, los ladridos venían de allá, del Cerro Matías, donde se ubica el puesto de observación; eso significa que pronto va a suceder algo aterrador.

- ¿En qué sentido?

- En el sentido de que este pueblo se va a estremecer, va a despertar de su largo sueño, y desde la Isla Grande, también vendrán muchos a apoyar nuestra lucha.

- Un abrazo, compañero Carmelo, nos volveremos a ver pronto, cuando se cumpla el aviso de los perros.

150

- Siempre a tus órdenes, Pérez, esta es tú casa, toma, llévate esta miel de abeja y todas las mañanas, te tomas un poco.

- Gracias mi hermano, venceremos.

Llegué a Culebra el primer lunes de marzo, cerca de las diez de la mañana, cogí pon en yola de unos pescadores, quienes iban para San Thomas vía Culebra. La isla está desierta a esa hora, no se ve ni un solo cristiano en las calles, estaba de suerte, me dejaron exactamente en los muelles de Puerto de Palos, seguí derechito a la tienda de Chelí, con los últimos cincuenta centavos en mi presupuesto; me compré el Vocero y regresé a casa; solo pensando en un buen duchazo, comer algo, hojear las noticias y tirarme a la cama; dicho y hecho, me fui de rolimpín hasta las cuatro de la tarde. Desperté, me tomé unas sopitas Campbells de vegetales y arranqué como un cepelín a la casa de Juan; antes se me ocurrió pasar por la casa de Filí, el cual me acompañó hasta Resaque en un pon que cogimos con Piri. Juan, como siempre nos recibió de buena gana, sonriente y con su lógica pregunta como saludo.

- ¿Qué tal, cómo les fue? Ya creía que se quedarían por allá.

- Pues mira Juan, dijo Filí; la cosa no está tan fácil como creíamos; la lucha de Vieques necesita mucho más apoyo, no de los políticos, ni los vela güira que salen de donde quiera, sino del mismo pueblo viequense, ese pueblo es el que tiene que pararse de frente y decirle a ese imperio yanqui ¡Basta yá! ¡Fuera de Vieques con sus cañones!

- Claro que sí, Juan, intervine, si no logran unirse todos y halar la cuerda para el mismo lado, en Vieques habrá Marina para buen rato.

- No tenemos dudas, interrumpió Filí, que en Vieques hay muchos líderes capacitados y luchando con amor, con tezón y con todas sus energías, pero si las masas no responden, la Marina dirá: «Ni pa'ya voy a mirar»

- Sí, Juan, estuvimos casi un mes allá en la isla Nena, se protestó, se piqueteó y se marchó frente a los portones de Camp. García, pero sinceramente, habían apenas cincuenta personas en muchas ocasiones.

- Algo tendrán que inventarse los amigos viequenses para que la lucha coja viaje.

- La cosa, Juan, es cuesta arriba.

Dialogamos con Juan hasta las ocho de la noche, no dejamos un solo detalle sin contarle, hasta el misterio de los perros en el Monte Carmelo y le expliqué la interpretación que le dio Carmelo Félix al raro aullido de los perros; algo aterrador va a suceder muy pronto, dijo y añadió: «Este pueblo se va a estremecer, va a despertar de su largo sueño y desde la Isla Grande también vendrán muchos a apoyar nuestra lucha »

- Caramba Ben y amigo Filí, eso suena..., que se yo, yo no creo mucho en esas cosas.

- Juan, yo mismo escuché los ladridos, mira, mira como se me paran los pelos, aquello, escucha bien, parecía un concierto, los perros ladraban de una manera, hombre como si fueran instrumentos musicales, a juzgar por el ruido, eran como veinte perros, como si estuviesen tocando una marcha fúnebre.

- Ben, yo creo que tú estás medio loco.

- No, Juan, estoy hablando en serio, una pena que Filí no estuvo esa noche en el Monte Carmelo.

- Ahí es donde se reúnen los intelectuales.

- No Juan, no creas, en el Monte Carmelo se da cita todo el mundo, bueno por lo menos los que estamos en contra de la Marina. Carmelo Félix es tremendo ser humano, es como tú, historiador, y primo de Cucuíto, quiero decir también es un magnífico músico, me gustaría que lo conocieras, un verdadero intelectual, sabe de todo, como tú.

- No me hagas reír Benjamín, yo conozco a Carmelo Félix y a su papá, mi buen amigo Taso, ¡hombre! A propósito ellos son descendientes de don Félix Gabriel, un culebrense de pura cepa, y ahora, pónganse cómodos, voy a contarles un extracto de la historia de Vieques, pero antes, vamos a tomar un café con pastelillos de caracoles.

- ¡Ahhh, que rico!

- Obsequio de www.Resaca.com...

- Wao Juan, con que ya tienes computadora.

- Está al servicio de ambos.

Tan pronto Juan pasó a la cocina por la merienda, Filí comentó sonriendo de felicidad:

- Compañero, esa historia hay que oírla.

- Historia de Vieques, por Juan, que chévere, le contesté.

- Escuchemos bien atentos, pues a esa isla de Vieques, tenemos que volver pronto, tenemos que agitar, para que esos gringos se acaben de largar.

- Claro que si..., ahí está Juan.

- Pastelillos de caracoles, café con leche de cabra.

- ¡Ahhh! Exclamó Filí.

- Gracias Juan, esto es puro caviar.

- Jamón del Cairo, dijo Filí.

- Escuchen bien, mis queridos amigos; el pueblo de la
isla de Vieques se llama Isabel II, en honor a la reina de
España, fue fundado en el año 1843; siendo el gobernador
de Puerto Rico el General Don Santiago Méndez de Vigo.
Los ingleses llamaban a Vieques "Crab Island" o sea "Isla
de Jueyes". Los primeros gobernadores del país, no prestaban atención a la isla de Vieques; ahora bien, cuando los
franceses se apoderaron de la isla, en el año 1647 entonces
sí, los españoles organizan una expedición que ordenara el
gobernador Fernando de la Riva; a los cuarenta años de estos
hechos, una nueva expedición anglo-francesa de las Islas de
Barlovento, volvía y establecía una colonia en Vieques, la cual
retuvieron hasta el año 1754, en que el entonces gobernador
de Puerto Rico, General Don Felipe Ramírez, los expulsa
de dicha isla. Poco tiempo después surgieron nuevas infil-
traciones en la isla, hasta el año 1842, en que el gobernador
Rafael de Arístides, Conde de Mirasol, ordena la inmediata
construcción de un fuerte de guerra en Isabel II, población
recién fundada para alojar una guarnición militar a cargo de
la defensa. En vista de la influencia francesa en la localidad,
y desde luego, España mantiene excelentes relaciones de
amistad con Francia; el gobernador Méndez de Vigo nombra
a don Theofilo Leguillou, un erudito estudioso francés, como
primer gobernador de la isla de Vieques. Ahora ustedes ven
el porqué de tanta influencia francesa en la isla; barrios como
Mourepous (Morropó), Cofi, la Source Martineau, Mambiche
y muchos otros. Los franceses que se habían establecido en
la isla con anterioridad a la fundación del pueblo Isabel II;
continuaban cultivando sus tierras y pescando, con la única
obligación de respetar y acatar las leyes de la corona española.
Se dan cuenta muchachos porqué es tan importante intro-
ducir la historia de Vieques en la nuestra; pues fíjense; entre
los primeros colonizadores que llegaron aquí, figuran nume-

rosos vecinos de Vieques; vamos a mencionar tres o cuatro, porque en realidad son tantos, imagínense, no acabaríamos... bueno, Don José Navarro, Marcos Delgado, Guadalupe Ortíz, Francisco de los Santos, Hilario Sanes, Francisco Resto, José Serrano, entre muchísimos más. En los años subsiguientes continuó el arribo de los buenos viequenses; llegaron Los Cepeda, González, Bermúdez Fulladoza, Garay, Soto, Romero, Nieves, Espinosa y Morales. Filí y Benjamín, se podría decir que somos producto de los viequenses.

- Muy cierto es Juan, pero no mencionaste los Pérez.

- Ben, los Pérez llegaron aquí de Fajardo, de las Croabas de Fajardo, ¿entiendes?

- Muy claro has estado, Juan- contestó Filí.

- Estamos, dijo Juan y preguntó: ¿y ahora qué, cuáles son sus nuevos planes? ¿Qué piensan hacer?

- Pues ya tú sabes Juan, andamos a pie, ¿nos podrías llevar al pueblo?

- Vamos..., hombre ya van a ser las nueve.

Marzo desató lluvias torrenciales, tras un largo tiempo de ingrata sequía; lástima que hubiese veda de jueyes, pues la lluvia fue tanta que los jueyes salieron de sus cuevas en alegres caravanas. Luego, del norte descendieron frentes fríos, con vientos turbulentos ocasionando violentas resacas desde Flamenco, Playa Resaque, Brava, Sony y Playa Larga, marullos gigantescos embestían a las riberas de las playas sin ninguna compasión, como queriendo tragarse la isla; Playa Flamenco se vio obligada a cerrar por casi dos semanas.

- Nos vamos a quiebra, gritaron los kioscos, y ni aún así las guaguas públicas se dignaron dar servicio a los nativos, siguen creyendo que los turistas les dejan más.

Mientras tanto la Autoridad de los Puertos, como siempre con su pésima transportación que no vale dos chavos, mantiene la isla en jaque, tal parece que jamás van a resolver su crónica situación. Quizás Vieques solucione este problema construyendo un puente de Naguabo a Punta Arenas, ojala, cuando se vaya la Marina; pero se dice de buena tinta que el puente va.

Entró abril, radiante, primaveral, Culebra cobró vida, rejuveneció, los montes reverdecieron; todo floreció y las mariposas se gozaban, tenían flores para escoger, de vez en cuando, los pitirres les agriaban la vida, en espera del temible guaraguao, con los cuales jugueteaban largas horas, haciendo piruetas y acrobacias en el infinito espacio; más arriba, las nubes blanquecinas, formando garabatos y figuras conocidas.

Filí volvió a hablarme del misterio de los perros.

- Volvamos a Vieques, le dije.

- ¿Al monte Carmelo?, me preguntó.

- Sí, vamos a ver cómo andan las cosas, vamos a hacer un sondeo.

En Vieques nuevamente, todo tranquilo, como si hubiesen inventado el silencio en esos días; no sé explicarlo, pero algo se notaba en el ambiente. Un pueblo en guerra contra la Marina, parecía más bien un pueblo de brazos caídos, resignado.

- ¿Qué estará pasando aquí?, pregunté a Filí.

- Eso mismo te iba a preguntar.

Estuvimos en casi todos los barrios de la isla; todo quieto. Nadie comentó.

156

- Vamos al monte Carmelo, dije.

- Vamos a hablar con el místico, dijo Filí.

- ¿Místico? ¿Quién es el místico?

- No me digas compañero, que a estas alturas, tú no sabes que Carmelo Félix tiene mística, es como si fuera un sabio del Tibet, ¿no has notado que siempre viste de blanco?, incluyendo su calzado, se expresa en buen castellano, usando parábolas y metáforas en toda su narrativa.

- ¡Caramba sí! Lo había notado, pero su exagerada humildad le encubre su sabiduría.

- Subamos al monte, preguntemos al místico qué sucede que el pueblo no despierta.

Llegamos al Monte Carmelo, cerca de las tres de la tarde, cosa rara estaba sucediendo, un lugar tan frecuentado por los mismos viequenses, líderes de la Isla Grande y luchadores de diferentes países, esa tarde brillaba por la ausencia de todos; razón por la cual Carmelo al vernos llegar expresara júbilo y alegría.

- Adelante compañeros..., Pérez y...

- Filí, este es el compañero Filí, dije.

- Sí, lo había conocido antes.

- Aquí estamos nuevamente, creíamos que la lucha estaba en avanzada, sabemos que no es por falta de líderes, hemos venido a ver en qué podemos meter mano.

Carmelo Félix volvió a sonreír, se acarició la barba, sirvió tres copas con miel de abejas, entonces dijo: «Brindemos, gracias por regresar al monte, ya lo sabía que tendría visita esta tarde, me lo avisaron las abejas, poco antes de ustedes asomar sus cabezas. Mis abejas se la pasaron volando alrededor de la casa, su zumbido fue como nunca». Esto es algo increíble, compañeros, las cosas que han sucedido aquí; no soy supersticioso en lo absoluto, pero lo cierto es que algo grave va a suceder y pronto. Pérez... ¿Recuerdas el concierto de los perros? Pues eso continúa casi todas las noches, hay algo en el ambiente que se está cocinando.

Escuchamos al hombre sin interrumpirle por espacio de tres horas, cuando comenzaban a llegar las visitas, nos despedimos ya casi obscureciendo, rumbo al pueblo de Isabel II comentando la charla de Carmelo y dudando de la certeza de su fe. ¿Qué irá a suceder en Vieques? Por ahora nada, la lucha está muerta, no hay solidaridad. ¡Qué triste!

Un poco desilusionados regresamos a Culebra, Filí se fue a su trabajo y yo meditaba en Puerto de Palos. Medité unas horas antes de conversar con Juan, a quien me encontré ese lunes de fantasmas, frente a la pizzería en espera que saliera su orden para regresar a Resaque.

- ¡Tan pronto regresaron!

- Sí Juan, Vieques está súper tranquilo, los únicos que hacen ruido en el lugar son los marines que no quieren dar tregua a su insistente bombardeo.

- Irak, dijo Juan, solo esa palabra.

Charlamos cinco minutos y en eso salió su pizza y muy rápido me dijo: «Hasta luego Ben, no puedo dejar que esto se me enfríe; ¡ah! Y cógete un break, sal a pasear, vete a pescar, olvídate de Vieques por un tiempo, adiós.

Efectivamente, Juan tiene razón, mañana mismo me voy a tirar unos cordeles, deja ver si el indio Muka me quiere acompañar, iremos a Culebrita, a Bola de Funche, bueno y si el tiempo está malo nos quedamos en el Limón, ahí también se cogen buenas chesnas, peje puercos y hasta cotorros, de manera que mañana al amanecer subo a la tienda de Chelí, me compro unos calamares y que el indio Muka se dé tres o cuatro atarrayasos y coja unas pocas de sardinas.

Esa noche compartí con el viejo un poco de televisión, bajé a la casa un poco cansado y me tiré a la cama, pensando solo en una buena pesca y que el indio bajara temprano; caray, él nunca me falla. ¡A pescar se ha dicho!

Nada, no pude reconciliar el sueño, tampoco pensar en más nada que no fuera "invasión"; Culebra, Vieques y Seva..., Seva..., sí, un pueblito que también había sido invadido mucho antes que nosotros, Seva había corrido nuestra misma suerte, perdón, quise decir fatalidad. Sinceramente me enteré el día 23 de diciembre de 1983 leyendo el mejor periódico de Puerto Rico y créanme que quedé consternado, los héroes de Seva me recordaron a los valientes de San Ildefonso, al mando de Pepe Santana, quienes le metieron mano y resistieron las tropas del comandante Haines, aquí en nuestra querida isla de Culebra; como así también lo hicieron los aguerridos viequenses en el cuarenta, cuando aquella gigantesca invasión del ejército norteamericano les robó más de tres cuartas partes de su isla Nena. Vieques quedó en un valle de lágrimas, no se puede luchar contra molinos de vientos, la inmensa mayoría eligió el éxodo a la resistencia, enfilaron a Santa Cruz, mientras tanto la Marina culminaba su invasión.

La invasión a "seva", fue diferente, de hecho, fue la primera invasión norteamericana en territorio puertorriqueño, ocurrida en mayo de 1898, al mando del General Nelson Miles y por cierto, fracasó. Factor sorpresa. De manera que no fue un pellizco de ñoco como creyó el General, "el pavo real valiente", los sevaeños estaban bien amolaos, pletóricos de un valor de fiera salvaje, luchando por lo suyo. A tiempo divisaron los barcos de guerra y presintiendo lo que les venía, organizadamente se prepararon en sus trincheras, en espera del tirano invasor, ese cinco de mayo, antes de las doce del medio día, las tropas americanas habían sufrido un serio revés; como magníficos guerrilleros todos, niños, jóvenes y mayores dieron la voz de alerta. – El enemigo nos acecha, vamos a darle de su propia medicina, para que sepan quiénes somos y que nos tienen que respetar; no estamos ni con España, ni con los gringos; vamos a defender y a pelear por lo nuestro, por nuestra patria, así es que ha llegado el momento de la verdad, llegó la hora cero, la hora de luchar por nuestra libertad, peleemos con valor, tenemos la razón y Dios estará de nuestra parte.

Las tropas del general desembarcaron y encontraron todo tranquilo en la playa, se ordenó entonces marchar hacia el pueblo.

- Aquí vamos a virar picúa, dijo el General.

- Marchemos y derribemos todo lo que se nos oponga, a la conquista, en Dios nosotros confiamos.

Y fue en ese preciso momento que recibieron una lluvia de balas; en un santiamén los isleños habían exterminado sobre mil invasores, sin que los tales hubiesen logrado ocasionar una sola baja al pelotón de leales puertorriqueños.

Miles y el resto de su tropa quedaron atrincherados, el fuego de la patria los tenía acorralados; les era imposible alcanzar la guerrilla, estaban totalmente atrapados, impotentes por completo. Amparándose en las tinieblas de la noche, el General Miles logró llegar a los barcos de guerra en un pequeño bote de remos; pensó bombardear hacia tierra, pero también pensó que podría darle a los suyos, desistió de esa idea y muy rápido se inventó otra y otra.

- Estos hijos de perra nos tienen en jaque, han sido un hueso duro de roer.

En eso estuvieron cerca de dos meses, hasta que decidieron invadir por otro lado, buscando como sorprender a estos malnacidos por la espalda. La noche antes de izar ancla, volvieron a reabastecer a su tropa emboscada en tierra, con agua y raciones enlatadas, dejándoles saber que muy pronto vendrían por ellos.

El 25 de julio, la segunda invasión norteamericana a Puerto Rico, fue por la bahía de Guánica, donde las tropas de Miles entraron como Juan por su casa sin la más mínima resistencia, excepto un grupito de sediciosos, los cuales fueron atrapados por las ordas del gobierno español. Guánica era el pueblo más vulnerable para entonces, al oeste de la costa sur de Puerto Rico.

Tanto España, como los altos funcionarios puertorriqueños, anunciaron su apoyo a la invasión y con bombos y platillos dieron la bienvenida al nuevo régimen yankee.

En una ceremonia pública, cerca del lugar, el General entregó su proclama, a los habitantes de Puerto Rico, entonces se encaminaron a cumplir su misión. Con unas 3,000 tropas frescas, sorprendieron a los revolucionarios sevaeños. Tomaron acción rápida luego de pasar nueve días marchando desde Guánica hasta Seva, donde exterminaron sin piedad ninguna a los héroes combatientes de aquel histórico pueblo; sin antes haber puesto una resistencia feroz, organizada y con un valor estupendo, razones por las cuales el General Miles, tomó los siguientes pasos:

1. Murieron 650 durante la refriega.
2. Tomaron 71 prisioneros.
3. Había que borrar toda huella.

Así es que el salvaje General tomó la decisión de fusilar a todos, se terminó de quemar toda evidencia del pueblito, para que no quedasen restos de su existencia.

Pocos días después los americanos consolidaron todo el control sobre Puerto Rico, se nombró una junta de oficiales, con el solo propósito y muy especialmente, para que se borrara toda mención de Seva de todo expediente; periódicos, libros, o cualquier otro documento, inclusive de todos los mapas; asegurándose que este pueblo perezca para siempre y que jamás pueda renacer de sus cenizas. En caso de que la gente de pueblos cercanos echen de menos a Seva y no vaya a ser que encuentren un hueso, o tal vez un botón de camisa, al General se le ideó número uno, construir sobre los escombros del pueblo, una poderosa base militar para evitar que algún enemigo de E.U. pueda en el futuro encontrar cualquier insignificancia y le dé con venir a jorobar sobre este asunto y número dos desde luego fundar otro pueblo en las cercanías , para que el resto de los puertorriqueños sigan pensando que es el mismo, de manera que si alguien pregunta por Seva, se le responda: «¿Seva? No seas disparatero, se dice Ceiba, ¿me entiendes?, Ceiba en buen castellano. Solo un detalle tenía bien preocupado al General, antes de la ejecución, un niño de unos siete u ocho años, se le salió del saco y cogió la juyilanga monte arriba, un pelotón de soldados salieron en su búsqueda pero solo lograron cortarle la oreja izquierda de un ballonetazo, única prueba que le presentaron al General, quien exclamó poco resignado: «Dudo que pueda sobrevivir en esa jungla, seguramente pronto se desangrará»

Cerca de las cinco de la mañana, escuché desde mi cuarto, los atarrallazos que tiraba el indio Muka, en la Laguna Lobina, terminé mi meditación sobre aquel magistral artículo que había leído dieciséis años atrás en el semanario "Claridad", el único periódico en Puerto Rico que no es amarillo.

Esta historia está firmada por Luis López Nieves, apareció a los ojos del puertorriqueño como latigazo en las costillas de un esclavo bañado en sudor, bajo el sol de mediodía. Los sucesos que culminaron en la masacre de Seva, duelen y

162

consternan. El patriotismo y el valor de los sevaeños, quienes se fajaron de frente, sin dar un paso atrás contra ese imperio agresivo y con una sed de poder insaciable; con sus palas, picos, piedras, cuchillos, palos y perrillos, combatieron hasta las últimas consecuencias, pero el nivel de lucha era desigual. Los gringos usaron 5,000 tropas, contra un pueblo de solo 722 habitantes, todos dispuestos, como así lo hicieron a ofrendar su vida por la libertad de la patria. ¡Increíble historia! Sépase que desde que leí la histórica audacia de este pueblo, desprendió de mi mente conocer a su autor Luis López Nieves. Quiero indagar, hacer preguntas y hacerle saber que aquí en la Isla de Culebra, en el año 1902, 4 años luego de Seva, el pueblo de San Ildefonso también sucumbió, bajo la fuerza brutal del invasor yankee.

Primero voy a consultar con Juan, es posible que el buen hombre haya leído algo sobre estos acontecimientos, ¡válgame Dios! No vaya a ser como el secreto del Tarawa, asunto tan serio y peligroso que el buenazo de Juan no ha querido soltar prenda; yo sigo con mi fe intacta, algún día sabremos la verdad. Bueno..., esto será algún día, ahora me voy de pesca, el indio Muka me espera, vamos mar adentro, llegó la hora de abandonar la orilla. Rumbo al sur, por el mar azul, allá va la "yaboa", bajo un hermoso cielo de blancas gaviotas, un sol que se vende tibiesito y una brisa fresca, agradable y deliciosa, en fin, un día perfecto para la pesca.

- Indio, tira la silga, que ya es hora y amárrate el curricán de la cornamusa.

Capítulo X

Parió la mula, la puerca entorchó el rabo, el gato erizó el bigote, el caballo voló ocho pelos de alambre de púas, el burro dijo: «No más», se trancó a seis, ni para atrás ni para el frente. Se revolcó el avispero, los gallos se alborotaron, las aves marinas y silvestres, se echaron a llorar; lo raro en la fauna, son los perros, estos guardaron silencio y por largo rato olvidaron sus ladridos. Los seres humanos abatieron su ánimo, se consternaron, confundidos en el momento, se escandalizaron, algo horrible ha sucedido. Se dice que a las nueve y tanto de la noche, hubo un ¡BIG BANG! sobre la cúpula del Cerro Matías, exactamente donde mismo se ubica el puesto de observación (O.P. #1), una explosión violenta, la tierra tembló y todo un pueblo quedó puesto de pie, como si despertase de un largo letargo. Un siglo atrás, había sucedido la invasión a Seva y medio siglo había pasado del secreto del Tarawa. ¡Oh Dios!, ¿qué habrá sucedido en Vieques? El monte Carmelo, cerca del cerro Matías; fue salpicado por fragmentos metálicos, por piedrecillas y por hojarasca embarrada en pólvora, se impregnó de una peste a uranio molestosa. Carmelo, el místico, llamó a capítulo e inmediatamente ordenó que se cubriesen el rostro con paños húmedos, a la vez que gritaba eufórico: «¡Compañeros, estalló la guerra! No se puede seguir tolerando a estos bandidos, vamos a pelear ». Los presentes en el monte, afirmaron y respondieron al llamado.

Al día siguiente, Isla Nena amaneció de luto, lazos negros en todas las puertas, oraciones en todas las iglesias; hay un corre y corre en todos los barrios; La Esperanza, Monte Santo, Florida, Morropó, Santa María, Los Bravos de Boston, La PRA, Mambiche y por supuesto el pueblo de Isabel II. Ha surgido un Babel en todo Vieques, numerosas personas tratan de comunicarse con el Monte Carmelo, el cuadro telefónico de la alcaldía está congestionado. Al amanecer de Dios, canales de televisión comenzaban a llegar, la radio, los diarios, la prensa inundaban la isla; políticos, estudiantes, religiosos, trabajadores y desempleados, una avalancha enorme de puertorriqueños abarrotó la isla, todos dispuestos a dar el primer paso, a traspasar los portones del Camp. Gracía y en firme desobediencia civil, parar el bombardeo de la Marina, «Ni una bala más» gritaron los protestantes. La tragedia es lamentable. La historia vuelve a repetirse. ¿Qué tienen estos americanos contra nosotros? Un "accidente fatal", colmó la copa. 19 de abril de 1999; dos bombas - Mark 82- de 500 libras cada una fueron lanzadas desde un avión de la flota del portaviones U.S.S. John F. Kennedy. Destruyeron el puesto de observación (O.P. #1), arrebatando la vida del guardia civil, el viequense David Sanes Rodríguez, e hiriendo a Edgardo Colón, Edgardo Rosario, Luis Morán, Bush Dunkin y Gary Anderson. Luego de tantos años de agresión y sin la resistencia necesaria para darle el cantazo final a estos bárbaros, tal parece que a estos cerdos se les llegó su sábado. La muerte de David Sanes no quedará impune.

-Se acabó el ay bendito. Se cumplió el aviso de los perros, ahora le toca ladrar a los humanos, se reactivó el gallinero y este empuje no hay quien lo pare.

- No queremos guardarraya.

- La Marina que se vaya.

- Vieques sí...

- Marina no...

166

- Vieques sí...

- Marina no...

Paz para Vieques, la alcaldesa Manuela Santiago exige al presidente Bill Clinton, el cese de los ejercicios militares; mientras tanto, miles de manifestantes rompieron el hielo, partieron en una flota de treinta lanchas, penetrando la zona restringida por la Marina. El ambientalista Alberto de Jesús (Tito kayak) fue el primer desobediente civil en establecer un campamento en tierra usurpada por la Marina. El camarada Rubén Berrios, hizo lo propio, arribó con sus edecanes a la playa Allende, donde todos ellos prometieron permanecer allí, hasta que la Marina cese y desista de sus acciones bélicas.

El resto de abril y todo el mes de mayo continuó el despliegue de dignidad y firmeza, con el compromiso de no dar ni un solo paso atrás, en la lucha por sacar definitivamente la Marina de la isla de Vieques; también se instalaron en el área; el campamento Mapeye, Monte David, Cayo La Yayí, Congreso Nacional Hostosiano, algunos sindicatos, estudiantes y religiosos levantaron sus respectivos campamentos, todos estos grupos se comunicaban con el campamento Justicia y paz, ubicada frente a los portones de la base, a la derecha de la carretera # 997.

En realidad Carmelo Félix tenía razón, "la guerra estalló". A fines de mayo arrestaron a Pablo Connelly, junto a su hijo Urayoán de apenas seis años; en junio, algunos desobedientes descubrieron el uso de municiones con uranio, la Marina lo negó; pero se logró que Clinton designara un panel presidencial para estudiar el caso de Vieques. Un mes después esta comisión especial rinde un informe, recomendando que concluyan los entrenamientos bélicos, gracias al líder de los pescadores Carlos Ventura quien junto a tres expertos en explosivos, se sumergieron en las aguas en busca de evidencia sobre las bombas depositadas en el fondo marino.

Y mientras todo esto sucedía en la Isla Nena, otros lugares en la Isla Grande se estremecían. Exactamente el día de la independencia yankee, más de 50,000 protestantes asistieron a una marcha efectuada en los predios de Seva, perdón, quise decir, Ceiba, y la misma contó con más de 55 embarcaciones procedentes de Vieques. El resto de año, la desobediencia civil no se detuvo, reuniones, vistas públicas, marchas, piquetes en todos los pueblos de la nación. Cierto panel presidencial celebró vistas públicas en Vieques; el Gobernador Roselló, nombró un grupo de trabajo, para dar cumplimiento a las recomendaciones del liderato viequense, quienes caminaron hasta el O.P. #1 y entregaron un ultimátum a los oficiales de la Marina. Ese día el Capitán James Stark reveló que la muerte de David Sanes Rodríguez se debió a un accidente de un piloto no identificado, quien confundió el blanco de tiro, ubicado a dos millas de donde cayeron las bombas. Fue para esos días cuando Roselló, en medio de un careo con congresistas, en unas vistas de la comisión de fuerzas armadas pronunció la frase: «Don't push it », en realidad quien no empujó nunca más fue el propio Gobernador.

De manera que ahora el empuje de los desobedientes tendría que duplicarse, así fue; el entusiasmo, el coraje y el deseo de que la Marina se largue, era el mejor motivo para que todos remaran hacia el mismo lado, y de los políticos (ahora tan ocupados en los quehaceres de la corrupción) no se puede esperar nada, todo lo hacen a base de interés personal, he dicho, hay más de una docena de convictos y el barco llegando a puerto; Ojeda lo repite en KQ-580 todos los días. Claramente queremos decir que es a nosotros, al pueblo, a la base a quien corresponde echar el resto, si en realidad queremos que se nos haga justicia y se cumpla con nuestros derechos, mientras el pueblo lo permita seguiremos sufriendo calamidades y los políticos gorditos y rechonchones haciendo leyes injustas. Sube el agua, sube la luz, sube el IVU, sube todo, la Autoridad de los Puertos no progresa, educación, salud, el teléfono; ¡Dios mío! Hasta cuando..., fácil a mi juicio, juzgue usted y se declare en una huelga electoral permanente, porque votar por rojos, verdes o azules, es votar por más de lo mismo y si usted amigo lector, no me cree, siga cogiendo fuete pa'su trasero. Los políticos, ya usted sabe, a cuenta de ellos, habrá Marina en Vieques para buen rato, porque la mejor fuente de credibilidad que ellos tienen es su palabra; palabra que nunca cumplen y dicho está, no hay peor ciego que el que no quiere ver, el pueblo ha llegado a su límite. Es momento de elevar nuestro tono de voz para hacernos escuchar.

Así se caldeaba la situación en toda el área restringida por la Marina, ahora tomada por los decisivos desobedientes civiles. A orillas de Mar Caribe, con vista a las Islas Vírgenes y hacia un sur interminable, se engalanó todo el litoral con banderas de Vieques y Puerto Rico, cartelones con mensajes contra la Marina. Un domingo, temprano en la mañana, donde se llevaría a cabo un gran acto ecuménico, frente a la impetuosa bahía de Punta Salinas en la cual sus blanquecinos arenales eran levemente azotados por tibias y espumosas olas. La actividad inició con la entonación del himno nacional y el de la Isla Nena; todos con los puños en alto, el gran líder viequense Ismael Guadalupe ofreció un saludo fraternal y de bienvenida; expresó las gracias y presentó a los líderes religiosos, luego entonces se incendió una antorcha preparada para la ocasión, imprimiéndole de esa forma sublimidad a toda la actividad, el encendido estuvo a cargo de un familiar de David Sanes, a quien se dedicaba el acto; así como en toda manifestación o expresión en o fuera de Vieques; David era el punto culminante de la actividad.

El Camp. García ahora estaba ocupado, no por infantes de la Marina, ni miembros de ejército alguno, sino por miles de desobedientes, viequenses, de Puerto Rico, de Nueva York y de todos lados. Desde la misma guardarraya en los portones frente a la carretera 997, hasta Punta Salinas, donde están los farabayones y revientan las olas del mar. En ese perímetro se encuentra la laguna Gato, ¡bendito sea Dios! Completamente contaminada, de donde emana una pestilencia, animales muertos podridos, jueyes, garzas, pitirres, palomas y decenas de otros tantos que nadie pudo identificar.

En agosto y septiembre o sea en pleno invernazo, los desobedientes fueron avisados, ojo a las tormentas; fueron meses de buen tiempo, ni siquiera unas lloviznas para refrescar; sin embargo en octubre hubo que resistir los efectos del huracán "José", borrascas y aguaceros, de vez en cuando una que otra ráfaga violenta. José no trajo virazón para suerte de los protestantes. Todo pasó, tranquilos amigos, ahora vienen las calmas de los muertos y en efecto, noviembre entró escrupulosamente sin que se moviera una paja del pajal; no fue hasta el 17, cuando hubo un ataque por sorpresa, un huracán al revés, cosa rara de la naturaleza. Los meteorólogos se cuestionaban, pero bueno ahí está Lenny (el huracán zurdo), azotó las costas viequenses. Por todos los medios trataron de mover a los desobedientes, pero la verdad que la masa estaba decidida, la cosa iba en serio. Las consecuencias del huracán Lenny no fueron mayores, pero si movió la conciencia del guardia de seguridad, compañero de David, Edgar Colón, quien narró para el Vocero, las incidencias del bombazo en el que presenció la muerte de su compañero; con esta confesión, la visita de varios políticos y artistas, cerró el último año del siglo, el segundo milenio después de Cristo.

Arrancó el siglo XXI bajo un manto de tristeza pegajosa; unas lloviznas frías e interminables hacían su presencia en todos los campamentos. El paréntesis navideño no precisamente enfrió la lucha, pero se puede entender que luego de ocho meses de impedir que la Marina no lanzara un solo tiro más, la verdad es que muchos desobedientes estaban un poco rezagados; imagínese, abandonar familia, trabajo y el confort del hogar, no era para menos. Gente acostumbrada a un buen desayuno, buen almuerzo y mejor cena, ahora comiendo salchichas, spaguettis, jamonilla; también una que otra vez se comía arepa frita y pescado; cuando no, pues un suculento asopado de pollo. Bueno...la cosa es que en el receso a causa de la navidad, desertaron unos cuantos militantes; sinceramente hubo un poco de dejadez en los campamentos, los frentes fríos eran la orden del día, luego todo quedaba en calma, entonces llegaban los mosquitos y mimes a fastidiar. Por boca, ojos, nariz y oídos se metían esos incordios animalitos y para colmo las lloviznas no cesaban; con la leña mojada, las casetas enchumbadas la situación se tornaba desesperante. El liderato echaba el resto, pero ellos también estaban acorralados en aquél pésimo entorno. Las yolas se fueron a Bahía La Esperanza, otras se movieron a Puerto Mulas; allí el rebozo se había incrementado y ya los marullos casi pasaban por encima de La Yayí, un cayito al frente del campamento de los religiosos, desde donde se escuchaba un repique de campanas, como para que se alejaran los malos espíritus.

Dos semanas habían transcurrido del tercer milenio, aún en el área de los campamentos el turbión estaba intacto; los líderes estaban intranquilos, a veces pensaban sobre que será más difícil de resistir; si la Marina o los embates de aquel mal tiempo, con sus chaparrones, el violento rebozo, el frío, los mimes y mosquitos, el hambre, el desgraciado fanguizal y por último, el pesimismo y el desánimo de los buenos desobedientes que ya estaban a punto de rajarse. Otro día más y continuaba reinando aquellos ruidos animados de la ventisca; cosas de la naturaleza y que trae consigo el equinoccio; oíase el viento soplar en diferentes tonos, como una orquesta de serpientes silbando a un mismo tiempo; se estrellaba sobre las casetas, oyéndose un crujir siniestro, como algo lúgubre, invisible. También arriba en la montaña, rugía la arboleda, como fantasmas burlones que se disipan en la sombra del paisaje gradualmente.

La mar volvía a agitar sus olas con un poco más de ira y violencia. Las nubes, cual manada de ovejas perseguidas por un león feroz, se relevaban. Sin cesar, todo se estremecía, la cosa iba para largo, el sol había huido y el triste color del día era pálido y sombrío, como el de una persona desangrada. Aunque las casetas estaban bien aseguradas, la ventisca las había descuadrado y arrancado decenas de estacas. Ante tal situación y como para buscar un lugar seguro para resguardarse, una cuadrilla de militantes se echó a caminar, directo a los faraballones del sur, donde dicen que existen unas cuevas. Avanzaban en dirección paralela al mar, envueltos en sus capas, en actitud solemne y silenciosa; los cuerpos inclinados hacia adelante y sus cabezas bajas. Don Gero, un anciano viequense conocedor del lugar, los guiaba cruzados los brazos sobre su pecho, se oía por intervalos, a pesar del fuerte viento, la voz ahuecada y chillona del anciano que decía: «valor, valor compañeros, no olviden las palabras de Don Pedro, "la patria es valor y sacrificio"; ánimo, ánimo, vamos a Punta Salinas, allí están las cuevas donde se refugiaba el pirata Roberto Cofresí, adelante amigos ».

Castigábale la lluvia y les azotaba el viento, pero ellos continuaban impávidos en su marcha hacia las cuevas. La comitiva se componía de varios líderes religiosos, sindicalistas, estudiantes y algunos artistas.

De súbito, Don Gero se colocó su mano derecha en la frente, miró fijamente al cielo borrascoso y gritó:

172

- Gaviotas, compañeros, gaviotas, la tempestad de paso va, miren un rayito de sol.

Justo en el preciso momento que alguien del pelotón también gritó, señalando con su índice:

- Miren allá, hacia Santa Cruz, un arco iris, símbolo de paz y cese de lluvia; más gaviotas... que raro.

En eso Don Gero cayó en cuenta.

- Gaviotas en enero, no puede ser, sí, pero ahí están, los tiempos han cambiado.

Volvió su vista al infinito y ya no estaban las gaviotas, entonces comprendió y sin dar explicaciones, dijo:

- Al fin, después de tantos días de cielos nublados, lluvias, rebozo y ventolera disfrutaremos de buenas condiciones del tiempo, retornemos, en lo que llega el buen tiempo, ese remanente de nubes negras también se irán con las gaviotas; desde esta noche y durante muchos meses estaremos gozando de buen tiempo, mucho más placentero.

- Usted es un libro abierto, dijo uno de los estudiantes.

- No mi hijo, solo es la experiencia y los ochentaitantos años que llevo en este carapacho, espábilate muchacho y no vayas a caer en las garras de esta nueva sociedad.

- De ninguna manera, Don Gero, contestó el joven, mientras chocaba su mano con la del viejo.

- Dicen que a usted, todo Vieques lo quiere, ¿eso es verdad?

- Pues figúrate, mi hijo, ochenta y ocho años sin visitar ningún otro lugar, me sé la historia de Vieques al revés y al derecho, conozco esta isla palmo a palmo y aunque la inmensa mayoría me escucha con interés, las leyendas, cuentos y chistes que me paso haciendo; siempre hay uno que otro que me falta el respeto y me ha dicho embustero en mi propia cara; como la vez que pescaron un tiburón, frente al barrio Cañón y yo vi con mis propios ojos cuando del buche le sacaron un sombrero, una capa grandísima y un bastón. Eso de que me desmientan a mi no me corre ni me cansa, he recibido más aplausos que abucheos.

- Yo le creo, Don Gero, es usted...

En esa estaban cuando sin nadie esperarlo en menos de un abrir y cerrar de ojos, pasó un celaje sobre sus cabezas, algo así como alma que lleva el maligno. Eran cuatro jets de la fuerza aérea.

- Provocando..., dijo Don Gero.

- Retratando, replicó un desobediente.

- No compañero, quien viene a retratar es ese pájaro, miren allá, sobre las densas nubes grises.

Efectivamente un helicóptero monumental, se acercaba al perímetro restringido. En esas venían, Don Gero tenía razón, tomaban fotografías a diestra y siniestra. El viejo muy feliz, tranquilo y como había vivido siempre haciendo uso de su buen humor y su jocosidad, se bajó los pantalones y mostró sus blancas nalgas al fotógrafo, que desde el helicóptero, tomaba fotos a cuanta cosa veía en la llanura.

- ¡Revolución, hijos de perra!

- Váyanse a bombardear a Washington.

- Bandidos... ¿Qué se creen ustedes?

- Vieques sí.

- Marina no.

- Vieques sí.

174

- Marina no.

- Ni una bala más sobre Vieques.

- Paz para Vieques.

Pasó la borrasca, pasaron los jets, pasó el helicóptero, despertaron los guerreros, desapareció Don Gero, llegó la noche. Todos a sus campamentos, mañana será otro día; entonces reinó el silencio en todo Punta Salinas. Bueno..., se esperaba un gran concierto de grillos, chicharras, vaquillas, sapos, jueyes, cucubanos, entre otros miles de seres que solían vivir en todo ese litoral. Desengáñese compay, en esa área no hay vida, todo está inerte, quieto, triste y muerto. La laguna Gato es el vasto cementerio común del Campamento García; Ay de aquellos seres vivientes que se acerquen allí y puedan salir con vida.

Al día siguiente hubo una explosión de júbilo, ánimo, nuevos bríos y a cumplir la resolución. Llegaron las yolas abarrotadas de luchadores decididos, agua, café, arroz, galletas, queso y jamón, eso es mucha comida, deseos de combatir al enemigo: el sol brilló con todo su esplendor, los líderes se reunieron, se reunieron todos los desobedientes y asumiendo actitud majestuosa escucharon el mensaje de Carmelo Félix (el místico): Compañeros, hermanos puertorriqueños, todos. Sesenta años de presencia militar es suficiente, nunca debieron invadir nuestra isla y menos de la forma que lo hicieron; sin piedad, sin misericordia o sea brutalmente. "Aquí estamos" dijo el Imperio, venimos en pro de la defensa nacional, nos aceptan, sí o sí. Esta realidad comenzó el 17 de marzo de 1941, pocos meses antes de "Pearl Harbor" la Marina de guerra de los Estados Unidos, invirtieron más de 35 millones de dólares en la construcción de la base y el campo de entrenamiento, "Campamento García". Compañeros, sepan ustedes que para este capricho se expropiaron a tumba y raja, tres cuartas partes de esta isla; totalizaron poco más

175

de 52 millas cuadradas, tragedia tal para nuestros abuelos y aquella noble generación, quienes se vieron obligados en uno de los más grandes sacrificios a abandonar su amada tierra, la inmensa mayoría emigró a Santa Cruz.

Hermanos, esta es la verdadera parte negativa de nuestra historia, estos yankees han sido más crueles que los españoles y que todos los corsarios que también irrumpieron en nuestras costas en el ladronaje y masacre de aborígenes. Vieques ha sido descrito hasta hace unos años como la "Joya de la corona"; sin embargo, haciendo honor a la verdad, hemos bajado la guardia en esta lucha tan desigual por el cese del bombardeo y la peligrosa contaminación, con todo ese veneno que están regando sobre nosotros, sepan del daño terrible que le han causado al ambiente. Como hoy es de todos conocido, los terrenos ocupados por la Armada, incluyen las mejores playas y tierras; sepan también que en el año 1947, aquí hubo largas protestas por parte de los trabajadores; fue en esa época cuando el Departamento del Interior, trató de todas formas de movernos a Santa Cruz, para que esos canallas dispusieran de Vieques como una base militar en su totalidad. Mis amigos desde el principio nuestro ánimo ha estado cargado contra la presencia militar, evidencia de esto lo fueron los hechos registrados el 8 de febrero de 1959, donde decenas de personas resultaron heridas, luego de un enfrentamiento entre marinos y viequenses, policías estatales y militares, esto sucedió en el mismo corazón del pueblo de Isabel II. Las intenciones de apoderarse en su totalidad de la isla, llevaron al presidente John F. Kennedy y al Departamento de Defensa a preparar un proyecto que eliminaba la población de Vieques y entregaba la isla a la Marina para sus entrenamientos bélicos. Le llamaron a este siniestro proyecto "El Plan Drácula" y escuchen bien mis queridos compañeros, hasta donde llega la perversidad de estos bárbaros; este macabro plan incluía la remoción de los cadáveres del cementerio municipal, para que sus parientes no tuvieran que regresar nunca más, a hacer sus oraciones por el descanso eterno de sus difuntos. ¿Son o no son unos profanos estos sinvergüenzas? Gracias a Dios estas intenciones nunca se concretaron; demás está decirles que por un crimen como este, estábamos dispuestos a morir en la raya. Al ver su plan frustrado por primera vez, el gobierno de E.U., le planteó al congreso la necesidad de salir de Vieques. Por esos días mis hermanos muchos de ustedes recordaran, fue que agentes federales acusaron a aquel canalla, portavoz de la Marina Alex de la Zerda, de colocar bombas en el Colegio de Abogados y en un avión de la Vieques Air Link; a partir de entonces llevamos el caso de Vieques a las Naciones Unidas. En buenas palabras, mis queridos compañeros, las fatalidades aquí en nuestra isla, no se circunscriben a la muerte de David Sanes Rodríguez, los accidentes y fallas durante su estadía aquí, siempre han estado presentes. En 1993 un piloto de la Marina, el cual volaba un jet F.A. Hornet, dejó caer cinco bombas de 500 libras cada una a menos de una milla del poblado de Isabel II. Cuatro de las bombas explotaron, pero la quinta nunca fue hallada. En 1997, cuatro buques de guerra holandeses y uno belga, se fondearon exactamente cerca de la Bahía Sun Bay, lo que provocó que decenas de pescadores les arrojaran una artillería de piedras, obligándoles a retirarse luego de dos horas de lucha. Mis compañeros... hermanos de lucha, podría estar todo este santo día y el resto de la semana señalando los abusos de esta Marina imperial, los cuales; escuchen bien amigos, nos convierte en sus cómplices, porque vienen a nuestra tierra a entrenarse para matar seres humanos; y que conste hermanos, que no he mencionado un solo incidente de los atropellos que cometen contra la población civil de Vieques, de eso hablaremos en otra ocasión. Ahora bien, luego de tantos años de lucha, el detonador final que provocó este patriótico despertar, comprometidos todos con valor y firmeza, tuvo lugar el 19 de abril, el año pasado, cuando dos aviones arrojaron bombas sobre el puesto de observación, provocando la muerte del compueblano David, donde también resultaron heridas otras cuatro personas. Fíjense hermanos, como son las ironías de la vida, este accidente fatal, vino a ser el agente catalítico para que reviviera el sentimiento anti marina y como ya podemos ver, no solo en Vieques, sino en todo Puerto Rico y a nivel internacional, y aquí estamos compañeros, demandando la salida de la Marina. No solo lo presiento, sino que se augura en la naturaleza, en la fauna, en la flora, se acerca un día de conejos; ya ahorita se culminará nuestro mayor deseo, muchísimas gracias compañeros.

- ¡Vieques si!

- ¡Marina no!

- ¡Vieques si!

- ¡Marina no!

- No queremos guardarraya.

- La Marina que se vaya.

- Ni una bomba más.

- Paz para Vieques.

Por buen rato hubo una animada ovación, aplausos y consignas, sonrisas y coraje, decisión, la lucha será contundente, firme y hasta las últimas consecuencias.

Tan pronto finalizó el mensaje de Carmelo Félix, se vio a lo lejos inmensas nubes grises, algo raro, porque ese día la brisa no soplaba, reinaba la calma, sin embargo las nubes grises se movían con relativa velocidad y para colmo de los pesares, viajaban directo a los campamentos donde estaba la muchedumbre. Volvió el místico y subió a la tarima, con su vestuario blanco bañado en sudor dijo: «Tranquilos hermanos, tranquilos, no teman, las nubes que se acercan son para nuestro bien, hermanos, son esas mis abejas, legiones de abejas solidarias a nuestra lucha, a nuestra causa ».

- Es algo fantástico, exclamó un militante.

- ¡Dios mío! ¿Qué es eso?, dijo otro.

- ¡Maravilloso Carmelo, maravilloso!, habló Don Gero, quien todavía le daba cabeza al discurso de aquel hombre místico, de buen semblante y virtuoso consejero.

Las abejas circundaron el campamento siete veces, emitiendo un sonido de concordia y amistad, agradable al oído humano, luego volaron sobre el Cerro Matías, donde se ubica el puesto de observación y donde cayó con el cuerpo destrozado el guardia de seguridad, David Sanes Rodríguez. Entonces emprendieron rumbo al Monte Carmelo y desaparecieron en el infinito abismo. Fue en ese preciso instante que aparecen en una escena típica pintoresca, poco común, un contingente de vaqueros desarmados, pero armados de valor y coraje, decididos a echar el resto. Bajaban como hormigas en multitud de las montañas en sus briosos caballos. Venían gritando como Pieles Rojas, al ataque contra su enemigo, como fiera que defiende su cría, ante el más poderoso gigante, que aceche para hacer daño. Flameaban las banderas de Vieques y Puerto Rico, luego, en el llano, frente al Cayo "La Yayí", no muy lejos de la Laguna Gato, o sea en esa enorme extensión de esa tierra, con hermosas playas a ambos extremos. Ya se presentía la liberación de Punta Salinas, ahora bombardeada y contaminada por el imperio de turno, yankees que también pasarán. La gigantesca cabalgata se posó en correcta formación, frente a los desobedientes; entonces surgieron los aplausos, vítores y consignas. Así se manifestaban centenares de viequenses de todas las edades, mujeres y hombres. Eran más de 500 los jinetes; su líder un muchacho del barrio Santa María, se expresó en forma breve, pero muy firme. Ante la muchedumbre inerte, en silencio, el joven de Santa María dijo: «Compañeros; compueblanos viequenses, amigos, todos defensores de nuestra isla, este es el precio a pagar por la libertad, una vigilancia constante, sepan que estamos muy agradecidos de todos ustedes, hermanos creyentes de justicia. ¿Dónde están esos gringos después de la muerte de David? ¿Dónde se han escondido? Esa muerte no debe quedar impune, pero tampoco la venganza es nuestra. Así es que la única forma de honrar a nuestro David es no permitiendo que caiga una bomba mas sobre Vieques (aplausos). Estamos como agua pa'chocolate, calientitos y sin miedo, como que me acabo de leer la historia de la invasión de "Seva". No quiero decir con esto que nos vayamos a inmolar o que nuestro sacrificio sea cambiar chinas por botellas; No, de ninguna manera, los tiempos han cambiado, la inmensa mayoría está de nuestro lado, el cuarto poder, ese gran monstruo de la opinión pública, está con nosotros; perseveramos y mis queridos hermanos, escuchen bien; «No cometamos errores ». Aprendamos de las invasiones por Guánica y nuestra querida Isla de Culebra. Reconozco que los sevaeños, no recibieron a los americanos, con bombones de chocolate, tampoco los culebrenses; eran otros tiempos desde luego, pero en verdad, la muerte de David, no es para aplicar lo de ojo por ojo, hermanos, no será necesario, venceremos.

En el ocaso del día partía la cabalgata montaña arriba, por donde mismo entraron se marcharon, escuchando en la tristeza de la tarde, los aplausos y comentarios de todos los militantes, quienes se gozaron en grande aquella manifestación de un pueblo que cabalga, portando mensaje pacifico, seguramente son seguidores de Ghandi. Antes que Don Gero tomara rumbo hacia el Barrio Cañón, donde tenía su casita, un periodista le cuestionó sobre porque a los tantísimos años de edad, su estamina estaba como la de un atleta de veinte años; Don Gero respiró profundo cuatro veces, se dio un fuerte estirón y resopló, como lo hacen los burros en San

Thomas a las doce del medio día; miró de arriba a abajo al periodista, entonces dijo:

- Señor reportero, este no es el tema aquí, pero ya que usted viene de tan lejos, a cubrir nuestra causa, pasándola no muy bien; le voy a decir parte de mi secreto. Amigo, nunca he sido diagnosticado con depresión, gozo de buena salud física y mental y ni necesito someterme a ningún tratamiento médico.

- ¿Cuál es su secreto? Preguntó el periodista.

- Mi amigo, mire que sencilla es la cosa, primero, al compartir mi sabiduría con usted, el asunto deja de ser secreto ¿cierto o falso?

- Fue usted quien me dijo que me iba a decir parte de su secreto.

- Escuche parte de mi secreto, dijo don Gero, acostarse con las gallinas, levantarse con los gallos, comer fruta como los pájaros y viandas como los cerdos, ser serio como los gatos y leal como los perros, resistir como los peces, ser útil como los caballos y muy diligente como las hormigas, humorista como el mono y por último indolente como el burro. Esa es la clave, amigo, así de fácil.

- Don Gero, en verdad es usted un verdadero genio.

- Muy bien lo dice usted, pues mire lo que me espera, una caminata de más de 30 kilómetros.

- ¿A dónde va usted, tan lejos?

- A donde va a ser, si no es a mi humilde casita, allá en el Barrio Cañón.

-Eso está cañón, dijo el periodista, mientras chocaba sus cinco, con aquel carismático paladín, conocedor de todas las ciencias y quien actuaba como si fuera un mozalbete de 20 años. Feliz, Don Gero, se despidió de aquella aglomeración, animada y decidida a echar la Marina fuera de Vieques. Se quitó el sombrero, sonrió, correspondiendo al estruendoso aplauso que le dedicaban los buenos militantes de una causa necesaria.

Capítulo XI

Se cumplen hoy nueve meses de la fatal tragedia en la Isla Nena. Un piloto irresponsable lanza una bomba de 500 libras sobre el O.P. (friendly fire) en el Campamento García, ocasionando la muerte al instante del guardia David Sanes Rodríguez, un lunes del cuarto mes, cerca de las diez de la noche. La marina ha encubierto la identidad del piloto, no es justo porque el pueblo merece saber la verdad. Contrario al bombazo en Culebra, casualmente un lunes del mes de abril; también dejando caer una bomba de 500 libras, volaron en pedazos el puesto de observación. En Vieques sucedió en la oscuridad de la noche, en Culebra el cañonazo fue el día más lindo del mundo, una mañana diáfana, clarísima y brillante; diferente al Cerro Matías, los culebrenses pronto se enteraron del nombre del héroe o del verdugo. Se llamaba Maratti, el teniente Maratti, quien ese día hizo un blanco perfecto en otro friendly fire, destrozó a nueve de sus mejores oficiales. En aquellos días, la técnica de la prensa estaba rezagada, de manera que prácticamente el desgraciado suceso pasó desapercibido. Así creyó el Presidente, sus Congresistas y Generales del ejército, todo se sabrá, tarde o temprano, la verdad nos hará libres, porque lo sabremos y luego entonces no habrá excusas para escapar de la esclavitud, el que tenga oídos, que oiga. Ahora bien, hoy, con la técnica moderna más sofisticada de todos los tiempos, con tantos satélites, celulares, radares, antenas, etc, el piloto que mató a David no ha sido identificado; entonces surge la presión y el cabildeo, el pueblo grita, protesta e insiste, saber por lo menos el nombre del piloto, ver su retrato y escuchar una buena entrevista; nada de esto justificaría su cometido, quizás sería un pequeño aliciente, es el derecho de la comunidad en su trabuleca democracia. La prensa de aquí y de allá, se colgó. Así comienzan los ofrecimientos; primero 40 millones para Vieques, de compensación, luego 50 millones adicionales si todo permanecía bajo el control de la Marina. Esta propuesta marcó el rompimiento del consenso porque el ochenta por ciento de la población exigía la salida de la Marina inmediatamente. La mecha estaba encendida, el asunto era de vida o muerte; el caso de Vieques hervía por todas partes. Clinton firmaba controvertibles acuerdos presidenciales, ofrecía mensajes televisados, buscándole siempre las cinco patas al gato; fue cuando se erige una capilla ecuménica pro Vieques en la zona de tiro. Surgen rumores de que la Marina se va al golfo de México, con la flota de porta aviones U.S.S. George Washington y miles protestan en Casa Blanca. Ese mes se celebró la marcha más grande en la historia de Puerto Rico, en la que más de 150 mil personas, paralizando todo el Expreso Las Américas; pero siempre, y tal como lo probó Einstein, la ley de relatividad existe, un mini grupo de "viequenses" pro Marina, realizó actividades, implorando que la Marina continuara su bombardeo y por ende su contaminación sobre suelo viequense; en todo sitio se cuecen habas, esto también es parte de la jugada, denle maní al mono para que siga bailando, se aprovechó esta oportunidad para que el contra almirante Kevin Green pidiera perdón a la Alcaldesa Manuela Santiago, por los errores de la Marina.

Así sucesivamente continuó el forcejeo entre un bando y otro. Miembros del Congreso Nacional Hostosiano se incautaron del Morro por varias horas como parte de la protesta. Al día siguiente, varios pelotones de agentes federales, desalojaron centenares de desobedientes de sus respectivos campamentos establecidos en la zona de tiro; entre estos, a Rubén Berrios y el congresista Luis Gutiérrez. Rápidamente en el transcurso de esa misma semana, la Marina reanudó sus ejercicios bélicos sobre tierras viequenses y nuevamente al cabo de un mes, vuelven y penetran al área los desobedientes, entre estos; Alberto de Jesús Mercado, alias Tito kayak. Cuatro meses después se repite la acción de los agentes federales y los desobedientes vuelven a ser arrestados.

Pasaban los días, semanas, meses y la lucha se incrementaba; las noticias solo abarcaban el tema de Vieques. La cosa estaba caliente, al rojo vivo, Clinton estaba acorralado, fue cuando la primera dama, Hillary Rodham, mujer de gran valor e inteligencia nata le solicitó a su marido que ordene la retirada de la Marina. Así el Presidente instruye al Secretario de Defensa a buscar alternativas para los entrenamientos de Vieques. Unos meses después el nuevo Presidente George Busch, endosó las directrices presidenciales de su antecesor, con el apoyo de los nuevos congresistas. Vieques y Puerto Rico aplaudieron, pero volvió a formarse un pequeño motín, cuando el Gobernador de New York visita a Vieques y se provoca amagos de violencia, entre grupos en contra y a favor de la Marina. Esa semana se conmemoraba el segundo aniversario de la muerte de David y en medio de rondas y bombardeos, la familia Sanes se enlutece nuevamente con el fallecimiento de Doña Epifanía Rodríguez, madre de David; no fue para menos, cientos de pies de verja del Camp. García, fueron literalmente arrancados, en un acto que dejó media docena de heridos. El pueblo estaba indignado, las prácticas militares no cesaban, los desobedientes protestaron más enérgicos, más violentos, fue cuando surgieron episodios de lanzamiento de gases lacrimógenos, balas de goma y gas pimienta. La Senadora Norma Burgos, Mirta Sanes, hermana de David, el abogado ambientalista Robert Kennedy, Luis Gutiérrez y Robi Rosa, resultaron arrestados; al amanecer entrante fue arrestado el Alcalde Dámaso Serrano López, también Jackie Jackson y Rafael Churumba Santiago, Alcalde de Ponce, fueron sentenciados. Unos cuantos encapuchados también cayeron en la refriega, Carlos Taso Zenón y su hijo Yabureibo, tampoco se salvaron de los agentes.

Se celebró un referéndum criollo en la Isla Nena y resultó que el 80% favoreció la salida de la Marina.

Once de septiembre, día fatal, caen las torres gemelas, en la metrópolis de New York. Dámaso Serrano, el Alcalde, recibe un pase de la cárcel para que asista al sepelio de su mamá. Sin respetar el terrible acontecimiento allá en su propia tierra, la Marina efectuó sobre Vieques, nueve rondas de bombardeos, sin embargo los líderes protestantes habían decretado una moratoria por los actos terroristas exactamente en la sala del imperio.

Entró el 2002, con el mismo agite, la Gobernadora Sila Calderón, mondada de risa, porque el Presidente Busch le confirmó, con una embrujada mirada, la salida de la Marina. El líder Roberto Rabin, fue sentenciado a seis meses de cárcel. La premio nobel de la paz Rigoberta Menchú visita Isla Nena, se prepara el Servicio Federal de Pesca y Vida Silvestre para manejar tierras que deje la Marina.

Monte Carmelo se estremece, hay arrestos, Farrique Pesquera y un nieto de Don Juan Mari Bras entre otros se les acusa de obstrucción a la justicia.

Desaparece avión S-3B Viking de la Marina en las costas de Vieques.

En el mes de octubre, se recibió la gran noticia, hubo fiesta en todo Vieques, alegría, gritos y se rindieron; fue cuando se confirmó el compromiso de que las prácticas bélicas culminarían el 1ro de mayo del año siguiente. En noviembre visitó a la Isla Nena el dolor y la tristeza, falleció la niña Milivy Adams Calderón, tras un padecimiento largo de cáncer. Por fin ya se ve la luz al final de la jornada, recuperadas energías, la emoción de la victoria, júbilo y contentamiento, se certifican lugares alternos para entrenamiento de la Marina, Gobernadora designa comité de transición de Vieques y rápido surgen ronchas por no incluir representantes del sector civil de la isla municipio; también se denunciaron transferencias de terrenos en secreto, entre la Marina y el Departamento del Interior.

¡Extra, extra! Alcalde Dámaso Serrano anuncia jornada de un mes para celebrar la salida de la Marina. Autoridades estatales y marinos desmantelan área del "buffer zone", luego entonces la Marina transfiere más de 15 mil cuerdas de terreno, donde ocupa el Campamento García al Servicio Federal de Pesca y Vida Silvestre del Departamento del Interior.

En la víspera del primero de mayo de 2003, a las cinco de la tarde en el campamento de justicia y paz, al frente de la instalación militar, se podía percibir un aumento en la concurrencia del público. Los ánimos y el semblante dejaban notar que para muchos la lucha no ha terminado, pese a que se ha dado un gran paso para alcanzar la meta. La inmensa mayoría de los viequenses están contentos, hay motivos para estar felices, gracias a la unidad que se logró. Mañana se irá la Marina, pero pronto tendrán que venir sus técnicos a recoger esas toneladas de lastre sucio, contaminado, que dejaron sembrado aquí en la tierra del indio taíno, Bieke, el peor de los castigos en toda la historia universal.

Capítulo XII

En 1898, mi abuelo Luciano Pérez Gavino, tenía doce años; fue por esos días que llegó a Culebra, al pueblito de San Ildefonso. Aunque sus padres procedieron de las Islas Canarias; abuelo nació en Naguabo, colindante al nuevo pueblo de Ceiba. A la edad de treinta y tres años nació aquí su hijo José Dolores Pérez y veinticinco años después nací yo. En 1951, mi abuelo tenía setenta y cinco años, yo cumplía siete y me encantaba escuchar sus cuentos, chistes, leyendas e historias. ¿De dónde sacaba tanta historia mi abuelo? No lo imaginaba, pero sí le creía al pie de la letra, daba todo por sentado. Ese viejo era una cantera de letras, palabras, oraciones, páginas; ríos de libros era Luciano, con carácter, fluidez, elegancia y seriedad, claro está que le creía todo. Se le notaba en su rostro que solo decía la verdad. Para esa época existían muchos historiadores (verbales), nadie escribía; recuerdo a Don Pepe Márquez, Don Valentín Cotto, Don Teyo Bermúdez y Julito Villanueva. Este cuarteto tenía fama de embusteros, en verdad lo eran, cuentistas de grandes ligas. Mi abuelo contaba leyendas fantásticas, algunas causaban conmoción, eran como mini epopeyas universales. Él vivió en carne propia el desahucio de San Ildefonso, lo sufrió y lo lloró junto a toda la población, admiraba a Don Pepe Santana, abogado de los pobres y líder revolucionario en Culebra; ahora también poco resignado ante violento golpe. Abuelo vivía en la casa de los Ayala, crecía a la sombra de Don Julián, el artesano mayor; sin embargo, cuando ya se casó y tuvo hijos, no practicó los oficios de Don Julián, si no aquello que le apasionaba, algo que le deleitaba de niño y se

189

gozaba mirando largas horas allá en la colindancia entre Seva y Naguabo; Arar el terreno, maniobrando dos bueyes enyugados para surcar aquel suelo fértil y luego depositar semilla. Abuelo tuvo suerte, encontró quien lo alquilara para dicho oficio. Rabito y Lucerito eran los nombres de los bueyes, el dueño del enyugue le cedió una casita en la punta de Tampico, donde nació su primer hijo, José Dolores, mi padre y años más tarde a base de su conducta y reputación, se ganó el derecho a una cuerda de tierra, lugar donde levantó una casa y plantó un hermoso conuco. Allí se entretenía y a la vez generaba lo suficiente para el consumo de lo que no producía su tala, fue entonces que cedió el yugo con los bueyes a otro campesino. Para entonces yo vivía en Puerto de Palos, Playa Sardinas, pero todos los viernes, cuando salía de la escuela iba a parar a la parcela de Luciano, luego los domingos antes de ponerse el sol regresaba a mi querido barrio.

Era allí precisamente en los momentos de reposo, cuando abuelo se desataba en grata conversación, a modo de ricas leyendas.

- Abre bien los oídos, me decía, y escucha con atención, mira que hace más de cincuenta años que llevo esta historia en mi subconsciente y deseo antes de marcharme, empaparte un poco de la misma, que no se vaya a quedar en el tintero. Ahora que ya estoy viejo y no siento ningún temor, mi querido nieto, te voy a contar algo que quiero que con el correr de los años, lo divulgues al mundo, presiento que vas a ser un buen escritor, Benjaminsito, por favor, no me defraudes.

- Trataré viejo, trataré, le dije.

- Así espero que lo hagas, Benjaminsito.

- Bueno pues, cuénteme abuelo, cuénteme.

Amigos lectores:

Así de fácil, casual y con la mejor buena fe del mundo, yo también, claro, por medio de mi abuelo Luciano Pérez Gavino, supe del origen y el porqué del pueblito de Seva; abuelo me lo contó todo al dedillo. Ahora bien, tomando en cuenta lo que ha llovido desde que tenía esa tierna edad, apenas siete años; es lógico que ciertos detalles puedan escapar, pero el fundamento de la historia es este: Para aquella época en Puerto Rico se vivía bajo la ley del componte y el talión. El régimen español, no sé si es que eran brutos, pero la corona nos llevaba a son de diana.

- Abuelo... No pude contenerme y lo interrumpí,... abuelo, ¿qué es eso?

- Benjaminsito, hazme el favor de guardar silencio, hasta que yo termine, hacen tantos años de esta historia, que cualquier interrupción, me va a cortar el hilo, y hoy, hoy precisamente tengo la memoria como el elefante, mantente tranquilo y cuando yo termine, me puedes hacer cualquier pregunta, ¿me entendiste Benjaminsito?

- Perdone abuelo, cuénteme la historia que no lo vuelvo a interrumpir, disculpe.

- Pues muy bien, te estaba diciendo como estaban las cosas a mediados del siglo 19, o sea para allá, 1850 cuando se fundó el pueblito de Seva, los españoles traían al país a palo limpio, palo si boga y palo si no boga, la situación estaba del mero, las consignas eran, "haz buche somorrano" y "escupe que te tragas un pelo", la corona estaba apretando las tuercas sin contemplaciones, el pueblo tenía miedo, pero era muy difícil protestar y mucho menos levantarse a reclamar derechos, la cosa se caía de la mata, el trato era abusivo e injusto; pasaba el tiempo y el pueblo continuaba tolerando, no encontraban salida, quienes trataban de levantarse contra el régimen, recibían una paliza de reglamento; fue así como surgió la idea; la idea de que para vivir en la esclavitud es preferible morir, se pasó secretamente la decisión a tomarse y aunque se mantuvo firmemente el secreto solo acudieron al llamado los puertorriqueños más valientes y decididos a echar el resto, descendientes del indio bravío, retoños de quienes fueron esclavos y murieron combatiendo a sus "amos", porque era preferible estar muerto, que recibiendo latigazos y mal trato de estos seres inhumanos, posiblemente se unieron personas de otros sectores, pero el fuerte de quienes llegaron al Barrio Guayacán al sureste del país, fueron estos verdaderos patriotas rebeldes con España y con sus mismos compatriotas. Benjaminsito así fue la cosa, créeme, allí en el Barrio Guayacán que para ese entonces aquel inmenso litoral estaba virgen, allí estos consagrados patriotas fundaron el pueblo de Seva, pocos boricuas sabían de este asunto y quienes tenían conocimiento guardaron el secreto herméticamente; cuando Seva fue destruido y masacrado apenas tenía 45 años de fundado, pero vivían felices en un ambiente familiar, habían levantado su pequeño pueblo donde todos adoraban y se daban en casamiento, se bautizaban los niños y se daba el último adiós a los difuntos. El pueblo tenía tres bodegas, una pequeña plaza, dos parques para deportes y recreación, tenía un macelo, un hospitalillo donde solo se bregaba con plantas medicinales y las comadronas asistían las embarazadas. En el pueblito había una sola escuela y con que el niño o el joven aprendiera a leer, escribir, sumar y restar bastaba; ese era su curso universitario por el resto de su vida. ¿Para qué más? Decían los sevaeños. La recreación consistía en trabajar fuerte, producir y pasar sus conocimientos a los nuevos principiantes. Ciertamente las tareas de pesca y agricultura resultaban ser una diversión. El único deporte que practicaban era la pelota, pero tal y como hacían los indios taínos, tenían dos equipos; los del pelo lacio (descendencia Taína) y los del pelo caíllo (hijos de África) en cada bando había tres o cuatro descendientes de España, patriotas puertorriqueños en contra del régimen, integrados al pueblo sevaeño.

192

Dos veces al año la comunidad celebraba una procesión, sin portar imágenes religiosas, pero sí llevaban jachos de tea encendidos, daban gracias a Dios (eran cristianos) por la buena pesca y la abundancia de viandas y frutos menores, de jueyes, aves, cabros, gallinas, reces, solo tenían cuatro docenas para el consumo de leche. En Seva no existía correo, sus habitantes, ni enviaban correspondencia, ni la recibían. El mercado era asunto muy discreto, se ejercía tres veces al mes. Durante la madrugada se hacía llegar dos carretas de unos comerciantes confidenciales que traían al pueblo; papas, bacalao, arroz, jamón ahumado, harina; también traían, ropa, calzado, herramientas y materiales de construcción; antes del amanecer las carretas desaparecían cargadas de jueyes, careyes y algunos sacos repletos de viandas, este era el único enlace con el mundo exterior y no todos los sevaeños lo sabían. Por último Benjaminsito, te diré lo más importante, escucha bien querido nieto. El pueblo de Seva, como te había dicho antes, un remanente compuesto de los más fuertes e inteligentes retoños taínos, procedentes de la indiera, sector cerca al pueblo de San Germán; la flor y nata de la juventud africana, antiguos residentes de Loíza, también algunos blancos de descendencia española. De esas tres mezclas nace Seva; más que presentir, los sevaeños estaban conscientes, que más temprano que tarde, tendrían que defender su pueblito, con uñas y dientes. Durante varias décadas fueron súper felices viviendo en paz, tranquilidad y armonía, un pueblo sano física y espiritualmente, sin emociones reprimidas, con un valor sin igual. Benjaminsito, oye esto, en Seva existían rumores de que la corona estaba enterada de sus ochocientos disidentes, su estilo de vida en su comunidad aislada a las leyes del componente y del talión, pero también los españoles estaban al tanto de que los americanos, les tenían preparada una celada, por lo tanto, como ya se había olido el tocino, guardaron distancia y se hicieron de la vista larga, mientras en el interín fueron pasándole confidencias, por medio de su defectuoso telégrafo. El Gobierno español en alianza con un puertorriqueño politiquero (Luis M. Rivera) le informó al General Miles, (jefe de los gringos), lo fácil que se le haría penetrar al país por la parte sureste, invadir el pueblito de Seva y luego el resto sería cosa de negocio entre ambas potencias.

Mí querido nieto, así mismo como te lo estoy contando hicieron esos traidores, con su viejo telégrafo se comunicaron al barco de guerra Gloucester, e informaron profundidad para la navegación de los barcos, localización exacta de Seva. Recuerdo Benjaminsito que fue el cinco de mayo, la primera lluvia de bombas yankees sobre tierra puertorriqueña; sin embargo ese día a estos invasores, el tiro le salió por la culata. Los sevaeños se la jugaron fría, los mantuvieron a raya y ajusticiaron cerca de 1.000 soldados, en una lucha campal, donde quedó demostrado que la táctica guerrillera funciona; ahora bien, ellos en número eran veinte veces más que los patriotas, de manera y lamentablemente, todo el pueblo de Seva, quedó acorralado en sus propias trincheras. Tres meses después, miles de tropas frescas, marchando desde Guánica, lugar donde arremetieron el 25 de julio, sin encontrar resistencia. Estas tropas, por órdenes exclusivas del General Miles, masacraron a todos los habitantes de Seva; allí en sus trincheras donde permanecieron 93 días apenas sin ingerir agua ni alimentos. Benjaminsito no tienes que guardar esta historia en secreto, quiero que la escribas, por favor, querido nieto, es necesario desenmascarar a estos infames, invasores por excelencia; ya oíste lo que te había contado de San Ildefonso, aquí en tu querida islita, también demolieron ese pueblo, ahora para terminar esta historia..., por favor, mírame a los ojos y cree lo que te digo, escucha bien: Estamos hoy, chico precisamente, que casualidad, hoy es 4 de abril del año de nuestro señor Jesucristo 1951. Hoy se cumplen cinco años exactos de los nueve que murieron en el puesto de observación o sea en el Loupi (O.P.) como le llamamos todos.

194

Benjaminsito, que suceso tan terrible, un día como hoy del portaviones Tarawa, un barco de guerra monumental que cuatro años antes se les había escapado a los japoneses, allá en el ataque a Pearl Harbor. Desde ese enorme portaviones alzaron vuelo, ocho bombarderos, pero uno de ellos..., bueno, en verdad, esto está en secreto, porque no se sabe aún, si aquel piloto lo hizo adrede o fue una acción por venganza, lo cierto es que el bombardero hizo blanco perfecto, dejó caer sobre el O.P. quinientas libras de pura dinamita, ¡oh mijo! Aquello fue una tragedia, no hubo un solo rincón de la isla, donde no llegara la peste a carne humana calcinada y un mal olor a pólvora quemada. Solo se salvó uno, recuerdo que el decían Pancho, Pancho el mexicano. Un día como hoy este pobre pueblo quedó asustado, nervioso, haciendo honor a la verdad, este pueblo quedó en un estado de locura y aún peor sucedió el siguiente día, por lo menos para los que presenciamos aquella horripilante escena, frente al muellecito de Flamenco; hace cinco años, y para mí es como si fuese en este preciso momento, perdona mi hijo, tengo nauseas, ganas de vomitar.

Como se podrán imaginar, yo no comprendía en esencia, lo que mi abuelo me contaba, era historia profunda y un niño de siete años, aún no tiene la capacidad para asimilar algo tan crudo y extenso, para entonces, creía que mi abuelo me contaba una película o cualquier relato inventado, con el sano propósito de compartir relación familiar, donde se manifiesta verdaderamente, el mutuo amor entre un abuelo limpio de corazón y honrado y un nieto inocente, con una sed insaciable de continuar disfrutando cosas que todos sabían, pero ante la falsa creencia de que el imperio es intocable y todo poderoso, el pueblo prefería olvidarlas o mejor callarlas. Muchos años después comprendí porqué Juan no me aflojaba el secreto del Tarawa.

- Abuelo Luciano, le dije casi dormido- Mañana termine usted con la historia, tengo un poco de sueño.

- Pero mi nieto, si ya lo que falta es un chispo, no olvides, esta tarde te vas a puerto de palos y hasta el otro viernes no te veré por aquí, ya lo que falta es un poquitito y ...

- Si, si, falta lo más interesante, ok abuelo, vamos a tomar un poco de agua.

- Ahí también hay un racimo de guineos maduros, métele mano, Benjaminsito.

- ¡Ah! Están dulces y ricos.

- Si, pues vamos a concluir la historia; y préstame mucha atención, porque esta es la parte que más yo viví en carne propia. Ahora volvamos a Seva; te había dicho que los españoles con el politiquero Luis M. Rivera, le indicaron al General Miles, la posición de Seva y cómo atacarlos; te dije que demolieron todo el pueblito y masacraron sus habitantes; pero no te había dicho que mi buen amiguito Ignacio Martínez de apenas nueve años de edad, el niño más listo de Seva, logró coger la juyilanga, no sin antes que un desgraciado yankee, con su afilada bayoneta, le tumbara la oreja izquierda al niño que volaba como un cepelín. Patitas pa'que te quiero, se burló del General y de todos sus secuaces, se internó en el denso matacayal del yunque, donde fue asistido por un curandero, quien logró sanar la herida de su oreja en solo un par de días. Cuatro meses después, tuve contacto con Ignacio Martínez, fue cuando le dije que posiblemente no lo volvería a ver; entonces yo tenía en arreglo el viaje a Culebra. Don Julián Ayala, mi benefactor, me trajo aquí y aquí me quedé, Benjaminsito, 53 años cumplo aquí en esta Isla De Culebra, bella, prodigiosa y romántica..., ahora si nos despedimos, ahí está tu papá, vete, recíbelo y dile que venga a tomar café.

- Gracias abuelo, dije, gracias por la historia de hoy, nos veremos el próximo viernes Dios mediante.

- Benjaminsito, un momento, déjame saludar a mi hijo, mi querido José Dolores, hasta el viernes mi nieto; adiós hijo querido.

Salí de la parcela de mi abuelo, de la mano con mi padre, él me preguntaba cómo había pasado el fin de semana con Luciano y yo contestaba:

- Bien, bien, abuelo sabe mucho, ojalá y mañana fuera viernes.

- Benjamín, dijo José Dolores mi padre, tienes más hermanos y hermanas, debes compartir con la demás familia. Sofía te extraña mucho.

Transcurridos treinta y tres años (la edad de Cristo) de aquél encuentro feliz, cuando mi querido abuelo, me contó la historia de Seva, confieso que solo arrastraba un borroso recuerdo. Ahora Luciano Pérez descansa en paz y cuanto daría yo, para que me contara más de Ignacio Martínez, el niño listo de Seva, única evocación que conservo clara en mi memoria; ahora acabo de leer un gran artículo en el semanario Claridad; ¡no lo puedo creer! ¿Será cierto Dios mío?

En el 1983, modestia aparte, les digo sinceramente, yo era un perito en historia de Puerto Rico, era mi pasión, tanto me interesaba esa historia, que creo que soy de los pocos puertorriqueños, que me honro en gritar a los cuatro vientos, que he visitado todos los pueblos de la nación, incluyendo a Florida y Castañer, donde mataron a Toño Bicicleta. Por cierto, Sofía Vega, mi madre, era de Cabo Rojo; José Dolores, nació aquí en Culebra; ciento veintidós millas de separación, o sea la distancia más larga en Puerto Rico, de extremo a extremo. Continuemos..., como les estaba diciendo, ese 23 de diciembre, junto a mis tres hijas y mi compañera Blanca

Iris, me encontraba guayando guineos verdes, preparando las hojas y el achiote y moliendo la carne de cerdo, para los pasteles del siguiente día. Era aproximadamente las cinco, de una fría tarde en puerto de palos. Recuerdo que en la radiola se escuchaba música del jíbaro Andrés Jiménez; no era música de navidad, como es de suponer; cantaba "Glorioso Vietnam", decía el coro así:

"Glorioso Vietnam

La guerra llegó a su fin

Y saigon su capital

Hoy se llama Hochimin".

Fue cuando escuché que alguien me gritaba desde el portón de arriba, nunca supe quién fue. Me pareció la voz de Mr. Cecilio, pero claro, no fue él, pues siempre me llamaba Benya y quien gritó dijo: «Compañero, ahí te dejo el Claridad, léela, está buena », presumo que fue Filí, Flores o tal vez Juan, que iba de prisa, no, no, Juan tampoco me llama compañero, sino que simplemente me dice Benjamín o Ben. Luego, durante las fiestas de navidad los vi a todos y todos lo negaron; el periódico de la nación llegó solo al portón de mi casa. Por esos días la política en Culebra estaba floja y el semanario no circulaba en la isla. Tal vez fue el espíritu de abuelo quien lo trajo, o el mismo Ignacio Martínez, que para ese entonces contaba con más de 80 abriles. El Doctor Víctor Cabañas, no pudo haber sido el CID Puertorriqueño, está preso en los calabozos subterráneos de la Base de Ceiba, de esto me enteré poco tiempo después. Amigos lectores, quien me obsequió el Claridad del último mes del 1983, no tengo idea quien fue; pero, fuera quien fuera, su estrategia solo consistía en que yo me leyera el artículo de Seva ¿artículo? No, hombre, no, un fragmento de extracto de historia para que sufriera y me indignara; solo así comprendería que San

Ildefonso no fue el único aplastado por los gorilas del tío Sam. Se chavó mi compañera Blanca Iris, a guayar guineos solita, yo me fui bajo los mangles, a la orilla de la laguna, primero a hojear y luego a leer, lo más que me interesaba de Claridad. Leí la historia de Seva, cuatro veces, por última vez, leí a oscuras y los mosquitos fastidiando. Cuando regresé a la cocina, los pasteles estaban hirviendo y yo también estaba hirviendo, consternado y con ganas de pelear.

- ¡Mira esto! Le dije a Blanca Iris; estos canallas son unos hijos de puta, ¿qué van a hacer los puertorriqueños?

- ¡Cálmate papá! Dime, ¿qué ha pasado? ¿qué te sucede?

Entonces leí el artículo, ¿y saben qué? Me dijo mi compañera, con mirada de "no seas tan ingenuo":

- Eso es mentira, ese tal Luis López Nieves es como tú, un inventor de inspiraciones, yo no me trago ese anzuelo.

- Pero mi amor..., le dije, no me vas a decir que tú no crees lo de San Ildefonso.

- Esos son otros veinte pesos, dijo Blanca Iris.

- ¿Cómo? ¿Qué quieres decir?

- Calma cariño, aquí en Culebra, la cosa fue diferente y no hubo un solo muerto.

- Espiritualmente, murieron todos.

- Falso, Benjamín.

- ¿Por qué?

- Siendo así, no hubiesen sobrevivido y ya tú ves, lo que me has contado mil veces; una vez expropiado San Ildefonso, surgieron dos pueblos, Dewey y el Cayo, además se poblaron los campos de la isla.

- Sí, pero en Seva, la muerte fue física y no hubo chance de retoñar.

- Entonces..., ¿por qué Ignacio Martínez no fundó otro pueblito?

- Mi hija, era un niño, un tierno niño de solo nueve años; mi abuelo lo conoció.

- ¿Cómo? Mira Benancio, vete y date un baño y ven para que pruebes los pasteles.

- No crees lo de Seva, ¿verdad?

- Mi corazón; Benjamín Pérez, eso de Luis López Nieves es solo un cuento impresionante, mientras inventa la historia de un pueblo que siempre ha sido dócil, como muy bien lo dijera otro de esos escritores que tú admiras mucho; también busca abrirse paso hacia la cumbre del éxito literario, donde solo llegan los que se atreven dispararse ese tipo de maromas que enloquecen y divierten a un pueblo como el nuestro.

Tengo que reflexionar antes de tirar palos a ciegas, antes de consultar con Filí, Flores, Dolly, Porfirio, Domingo, antes de coger el ferry y reunirme con los compañeros de la ilusión, allá en la Isla Grande. A veces me parece que es un sueño, creo que abuelo Luciano me había contado esta historia. ¡Qué cará!, a los siete años se internaliza muy poco en este caso, ¡Dios mío! ¿Será cierto? Abuelo me habló de su amiguito Ignacio Martínez. Sí, creo que sí, pero la mente del ser humano es resbaladiza, es tu palabra contra mi palabra. ¿Quién dice la verdad? ¿Cuál es la verdad?, caramba..., Luis López Nieves nos estará cogiendo de lo que no somos. Blanca Iris, hoy es víspera de noche buena, tú vas a la iglesia con las niñas, mi amor, yo voy a visitar a Juan, me estoy volviendo loco, pero tengo la corazonada de que este artículo sobre Seva, en Claridad es real, Luis López Nieves no puede ser tan estúpido, se está jugando su futuro; le creo, le creo y le creo y éstos gringos tendrán que pagar este crimen, muy pero que muy costoso.

En el regio baile y compartir del 31 de diciembre, como es la tradición en Culebra, los salones del Boles Bar, estaban abarrotados, no cabía un alma más. Amenizaba la actividad, la famosa banda de drones, dirigido por el insigne Cucuíto y alternaba Juni Prieto y su trío romántico culebrense. "Dame la mano, paloma", era el hit del momento, la muchedumbre se ponía histérica cada vez que "Los Isleños", repiqueteaban aquellos instrumentos de acero. Se bailaba y se compartía familiarmente y siendo la despedida de año, el día más importante para mí, día de felicidad, de sentimientos, día de engavetar los malos recuerdos, la maldad y los errores cometidos; inclusive hasta las deudas en algunas ocasiones. Faltan apenas unas horas, minutos para la renovación, para el cese y desista de la vagancia, del atropello, en fin, de dejar atrás el viejo hombre. Borrón y cuenta nueva, llegó el momento de la consideración, de amar a nuestro prójimo, como a nosotros mismos. Nueva vida, quiero ser bueno, bueno hasta la muerte. Sonaron doce campanazos y la muchedumbre se condensó en una sola persona; uno para todos y todos para uno; abrazos, besos, lágrimas y hasta risas ¡Feliz año nuevo!, no bien había terminado la frase, se descarriló el tren; hay que orar y no es fácil, tenemos que sostener nuestras resoluciones, «sucio difícil».

Fue precisamente en el 1984, que comenzó la descomposición social, no solo en Culebra, sino que el monstruo se comería a todo Puerto Rico.

Sigamos adelante, enero fue el mes de la desilusión; lo de Seva es mentira, son inventos de un escritor de gran imaginación. No, no, compañeros, vamos a estar claros, Luis López Nieves, no se ha inventado nada, él solo remitió la información recibida del Dr. Víctor Cabañas y a mí me consta que el profesor Cabañas existió; yo lo conocí, ¡uf!, eso es otra historia inconclusa. Luis López Nieves sabe y está consciente de que Seva fue verdad, claro está, no quiso correr la suerte del profesor y terminó aceptando que todo fue un cuento, un cuento de mal gusto; por la misma razón de que no es un cuento, sino una triste realidad. No quiero pensar que fuera chantaje por parte de los federales; pero si, conociendo a Luis López Nieves a través de toda su literatura, excelente, por cierto; creo que el Sr. López no gusta de la vanidad, detesta la publicidad y se sostiene en lo suyo, va a llegar a ser el mejor escritor, no solo de Puerto Rico, sino de toda Latinoamérica. Tiene el don, la gracia y la sabiduría para escribir lo que hay que escribir a tono con el instante. Seguiré pensando mientras viva, el porqué el Sr. López no se sostuvo en la realidad de Seva, porque, en este caso específico tiró la toalla, permitiendo que el historiador mejor del país, Dr. Cabañas, sucumbiera en el olvido para siempre, al categorizar Seva, como una fábula del montón.

Es algo imperdonable por quienes sabemos que Seva fue cierto, qué más se puede esperar de nuestra colonia clásica, la última en todo el planeta, quedarnos de brazos cruzados esperando que deje de llover.

Aquí está mi testimonio:

Para la década del 80, tenía yo tres cuñados soldados de la Marina, que se habían destacado en el puesto de observación (O.P.) Billy, Peter y Smyttie, quien llegó a ser oficial de la Marina y para esa época vivía con mi hermana Haydee, en la poderosa Base de Ceiba, exactamente donde una vez se ubicaba el pueblo de Seva. Tuve en esa década, la oportunidad de visitar a mi hermana y cuñado, que para entonces tenían dos hijos, Peter y Ponky. Como le había mencionado, mi cuñado era oficial y tenía cierto poder; de manera que a mi modo lo engatucé y lo convencí para que me diera un tour por toda la Base, especialmente los subterráneos, impresionante, no quiero recordar allá abajo en aquellos profundos túneles, llegué a ver un valle de huesos secos. Aproveché que mi cuñado se distrajo observando una computadora y me puse a contar los esqueletos. Creo que no voy a poder terminar esta historia; me siento mareado, tembloroso, no sé qué me está pasando, pero les aseguro y soy buen matemático, que allí habían exactamente 721 fósiles, adjunto un letrero en inglés, por supuesto, pero mi traducción no me puede fallar. Leía como sigue: "Estos huesos representan en su totalidad, todo un pueblo heroico y valiente; murieron por amor, pero también por equivocación, solo porque estaban en el lugar, la fecha y la hora que no les correspondía"; bajo el artículo estaba en letras borrosas, el nombre del General Miles, y fecha 08-02-98.

Mi cuñado Smyttie notó que la fiebre me consumía y sin tiempo para buscar al Dr. Cabañas, abandonamos el lugar. Camino a la casa en su pick-up, comencé a sentir debilidad, hasta quedar exhausto, al borde del desmayo, disimulé mi situación. Smyttie venía en silencio, distraído o tal vez dándole casco a los huesos en el subterráneo; pero no, no creo que los haya visto, lo dudo, sin embargo, sé que algo raro pasaba en él; mientras prendía un cigarrillo tras otro, cavilaba profundamente. A mí, en cambio, la fatiga me venció y me quedé dormido unos minutos, rápidamente salí soñando, me remonté al 4 de abril de 1951; abuelo con su auténtica autoridad, serio y con la convicción que solo me decía la verdad; lo volví a escuchar tan claro como el trinar de un canario, un domingo temprano en la mañana, en una rama del manglar en puerto de palos.

- Benjaminsito; me decía el abuelo aquél domingo de infancia en su propia parcela:

«Hace cinco años y para mí es como si fuese en este preciso momento, perdona mi hijo, tengo náuseas, ganas de vomitar».

Se refería Luciano Pérez Gavino, a una horripilante escena, presenciada por el pueblo culebrense. Sucedió este comprobado acto, el siguiente día, luego de la explosión del O.P., los tiburones hicieron fiesta, en las aguas cerca al muellecito, algunos gritaban histéricos, otros lloraban y los más corrían monte arriba, huyéndole a la tragedia.

Desperté llorando, estrujándome los ojos con las manos, porque no tenía pañuelo.

- Benny ¿qué pasa?, preguntó Smyttie.

- ¡Oh my dear brother in law! cosas de la vida, pensaba en mi familia.

- Benny, lets go for beer.

- Eso es, cuñado, un par de cervezas frías caemos en tiempo.

Cuatro meses pasaron rápido, luego de la visita a la Base de Ceiba, me enteré por mi hermana Haydee, que el cuñado sería trasladado y a mí que no se me había borrado de la mente, el valle de los huesos secos en el subterráneo de la Base, hice los arreglos para visitar a Smyttie, antes que partiera. Me presenté a la Base sin avisar; mi hermana, cuñado y sus dos hijos me recibieron con júbilo y alegría; pues esa noche celebrarían su partida a otra Base militar en E.U., era jueves y ellos saldrían el próximo domingo.

En la fiestecita, no logré expresarle el propósito de mi visita. Smyttie creyó que yo regresaba a darles el adiós de despedida. Esa noche cogió una jienda y no pude hablar del asunto; al día siguiente amaneció con un hang over criminal; el sábado en el desayuno me tendría que arriesgar, era la última oportunidad de mi vida para salir de mis dudas. Tenía que convencer al hombre a como diera lugar, la cosa era de vida o muerte, Smyttie tomó su final trago de café y antes que prendiera su cigarrillo le dije:

- Cuñado, llévame al subterráneo.

- What you said, Benny?

- Que necesito ir a ese lugar.

- Benny, it's impossible.

- ¡Oh, por favor!, es el último deseo de mi vida.

En esas estuvimos casi una hora, yo le arremetía y él planteaba sus excusas. Sin embargo yo estaba de suerte, ese día precisamente, cuando ya casi había perdido toda esperanza y me iba a dar por vencido, llegaron dos oficiales a desearle buena suerte al hombre en sus nuevos horizontes. Se notaba que eran íntimos amigos, se trataban de tu a tu, luego de compartir buen rato y haber conocido aquéllos dos seres mayores de edad, de liviano humor, parecían dos hillbillies, jíbaros de la montaña.

En un aparte, el cuñado habló algo con ellos y ya se pueden imaginar, si estaba o no yo de suerte. Esta vez en el subterráneo, no vi los huesos secos, pero que gran sorpresa para mí, escuchar alguien que me llama por mi propio nombre.

- ¡Compañero Benjamín! Qué alegría verle en este profundo hoyo, ¿qué busca por aquí?

- Perdone usted, buen amigo, pero refrésqueme la memoria, ¿quién me saluda?

- Soy yo, Víctor Cabañas, el profesor historiador y le recuerdo a usted, perfectamente. Lo conocí en San Germán, en una actividad del Partido Independentista, ¿recuerda?, era el año 1967 y surgía para esos días, una avalancha de líderes consagrados a luchar por nuestra libertad. El año siguiente visité su Isla de Culebra, cuando usted fue el candidato a la Alcaldía, fue para ese entonces que estalló la revolución; Culebra vs. Marina, tuve el honor de visitarle en la prisión de "Oso Blanco". Al cabo de tres meses, usted se marchó a New York, y hasta hoy no le había vuelto a ver, pero créame compañero Benjamín, que le recuerdo y le admiro, es usted un leal luchador, le recomiendo que siga adelante, nunca claudique y por último le ruego que escriba, escriba la historia tal y como es, sin tapujos, sin miedo y sobre todo, sin mentiras.

Investigue primero, lea muchos libros de valor histórico, coleccione datos auténticos, cartas, diarios, mapas, retratos, videos, etc., entreviste personas involucradas, viaje, haga lo que tenga que hacer, pero escriba y ábrale puertas al mundo, muy en especial a los nuestros, esa inmensa mayoría de puertorriqueños resignados, quienes se conforman con lo que tienen y los pobres aún no saben que no tienen nada, porque nada han hecho para salir del pantano y para terminar, porque veo que le están haciendo señas de que se acabó la entrevista, pues rapidito, termino diciéndole que estoy desilusionado, triste, agobiado y por más vueltas que le he dado al asunto, no acabo de entender, porque Luis, mi hombre de confianza, mi súper confidente, tampoco él creyó lo de Seva. Compañero, por tal razón estoy aquí y estaré viviendo en este valle de huesos secos; mis queridos pobladores del único pueblo en nuestro Puerto Rico que ostentó el valor patrio y escogieron morir, antes que vivir de rodillas. Seva vive, Benjamín; quienes están verdaderamente muertos, son otros que ahora tú debes conocer mejor que yo, los que están allá afuera, tirando palos a ciegas. Yo aquí, soy feliz, buscando la historia de otros, encontré la mía.

No dije una sola palabra, no soy quien para refutar el sacrificio del historiador, simplemente bajé mi cabeza y salí a la superficie dialogando cosas pequeñas, con aquellos dos oficiales, amigos de mi cuñado. Una racha de aire fresco me acabó de despertar, medité... camino a la playa de Fajardo, donde abordaría el ferry, me era imposible dejar la reflexión, pensaba profundamente y me decía entre sí: Benjamín no te pongas en esa mira, que no vale la pena escribir. Los intelectuales se creen ellos mismos que lo son, los brutos se creen también que saben y todo por la condición simple de que somos seres humanos, el único ser viviente que sabe que va a morir y teniendo este conocimiento que es ni más ni menos suficiente para vivir en paz, en armonía, sin orgullos mal infundados, sin soberbia, sin traiciones, sin puñaladas por la espalda, sin ladronaje, en fin y mucho más fácil y sencillo, cumpliendo fiel y cabalmente los diez mandamientos. Convéncete Benjamín, si este pueblo no creyó lo de Seva a ti te creerán menos, la historia toda es un misterio. El pueblo teme a la verdad, no es fácil vivir con la verdad, hay que tenerla de enemiga. La verdad duele, es amarga, excepto a quienes la han llegado a conocer. La verdad los ha hecho libres. Así como ahora vive el Dr. Víctor Cabañas, un hombre completamente feliz, ajeno a la pudrición que existe arriba, sobre el perímetro de la isla del "Encanto", vaya qué encanto, quien la bautizó quiso decir la isla que está en cantos; pero hubo un mal entendido, abajo la cosa está mejor, ¡qué ironía! Tan ilusionado que estaba el profesor, un hombre que escudriñó bibliotecas, oficinas, libros, casas de familias, rebuscó cuanto archivo encontró a su paso y desde luego, "eureka", encontró lo que buscaba, todo lo que buscaba, inclusive a Don Ignacio Martínez y sus 721 compueblanos y ¡zas! Una vez concluido su excéntrico sueño, se fue todo por la borda, descubrió lo que jamás había soñado, exactamente lo mismo que sorprendió a los culebrenses, cuando se fue la marina y también lo que le sucederá pronto a los viequenses, sin el Campamento García. Si usted amigo lector, lo desea, piense que se cambiaron chinas por botellas o que salimos de Guatemala y entramos a Guatapeor, téngalo por cierto, así mismo fue, pero no estamos arrepentidos de haber derrotado al "poderoso imperio yankee". La triste realidad es que el Plan B, se quedó en el limbo, nos quedamos dormidos en las pajas, un sueño profundo y largo; cuando despertamos prácticamente todo estaba consumado, los tentáculos de un pulpo manta gigantesco, más cruel y peligroso que el sonoro rugir del cañón de la marina, nos tenía aprisionados. Desarrolladores, constructores e inversionistas, con sus drones de dólares tiznados acaparan toda la isla a billetazo limpio, estos trogloditas van empujando y lo peor de la situación consiste que con ese mismo dinero manchado chantajean y compran politiqueros corruptos. Culebra está acorralada por la historia, ¿Quién la defenderá? ¿Quién la salvará? ¿Los politiqueros? ¿El gobierno?

Ya veremos, ahora no sé muy bien qué es lo último que se pierde, la fe o la vida. Sin vida no hay fe, y sin fe todo está perdido. Yo tengo fe, yo creo. La violencia de la naturaleza, nos puede salvar, no les estoy diciendo que nos crucemos de brazos o apelemos a la indolencia. Esperemos y en esta larga espera, inventemos historias, es la única forma y manera de consternar al pueblo. Solo imagínese que Luis López Nieves, nunca hubiera tirado la toalla en la historia de Seva. Ahora el buen escritor podrá estar el resto de su vida sacando libros a diestra y siniestra, libros tan interesantes como lo son: El Corazón de Voltaire y El Silencio de Galileo; sin jamás superar, ni romper su propio récord a la reacción apoteósica, el estado explosivo, el coraje y la consternación que generó su desmedida historia de Seva. ¿Por Qué?

Porque para los viequenses y los culebrenses que sufrimos en carne propia la dolorosa pesadilla prolongada en cada isla por más de 60 años y ahora, sin ninguna salida ni solución, nos tenemos que atener a las consecuencias que dejase marcadas sus imborrables huellas, infestadas con Uranio reducido, SEVA-VIVE, tiene que vivir, nosotros en cambio, en un callejón sin salida.

Capítulo XII

18 de mayo 1898.

Aproximadamente eran las 9:42 A.M., las aguas de la Bahía Ensenada Honda estaban inquietas; olas burbujeantes jugueteaban insistentemente. Millares de pañuelitos espumosos surgían sobre la marejada y al instante se disolvían en la nada, volviendo a surgir de inmediato, era el bate y bate de la marejada. Pelícanos y gaviotas en faena inagotable; con increíble acción acróbata deslizábanse sobre los enormes cardumes de mijúas y sardinas durante todo el día y gran parte del oscurecer, aparentemente su hambre era insaciable; quizás lo hacían para no aburrirse o tal vez para entretenerse y gozar de la vida. Circundando las orillas y arrimados a los manglares los niños de San Ildefonso, contemplaban el panorama con curiosidad; los mayores en cambio muy distraídos, haciendo lo que por uso y costumbre era su obligada rutina. De todas maneras campesinos y pescadores confraternizaban en armonía, en un entorno simpático, sano, inocente, en alegre actitud realizaban sus tareas. Al filo del medio día los burros rebuznaron, resonancia poco simpática, como siempre anunciaban con júbilo que el día se partía en dos. Una vara clavada en la tierra, donde siempre le daba el sol, no reflejaba sombra hacia ningún lado; eran las doce del medio día. Hacia el fondo del horizonte, a la entrada de la bahía, se divisaba una diminuta embarcación. Entre carenero y el banderote, frente a la carbonera, donde se ubica la casita de Don Carmelo Feliciano y Doña Zule su esposa, la

211

brisa agitada daba buen impulso a la nave, rápidamente su volumen aumentaba.

- ¡Es el Dolorito! Gritó Don Pepe Santana, salpicado de esa alegría que se trasmite y contagia, cuando el mensaje positivo va pasando de boca en boca.

Ese día Don Pepe conversaba con su tocayo, Don Pepe el mayorquín, el pintoresco viejo, músico y tiburonero; aún andaba dando tumbos por toda la isla; como siempre afrontando situaciones peligrosas, arriesgando su vida en cosas que realmente no valen la pena. De tan lejos como la provincia de Mayorca, llegó a Culebra con el pelotón que trajera Don Cayetano Escudero, oficial retirado de la falange española. Llegaron a la isla en 1879 para comenzar la fundación del pueblito de San Ildefonso. Don Pepe el mayorquín luchó en la guerra de Navarra, allá en España, "la Madre Patria". Él mismo no recuerda cómo vino a parar al continente Americano; posiblemente la música influyó, otras veces piensa que fueron sus conocimientos en los ingenios azucareros, de hecho, así fue que recaló en Puerto Rico al pueblito de Naguabo, de ahí a Vieques y después a Culebra. Con el correr de los años fue a morar de Culebra a Mayagüez, junto a sus amigos veteranos de la guerra de Navarra. Allí en Mayagüez terminaron sus días sobre la faz de la tierra; murió en un accidente fatal a la edad de 109 años. En Culebra, hizo su vida a expensas de los tiburones, vendiendo su carne barata, sus huesos y dientes a los artesanos, del hígado extraía aceite, para uso exclusivo de los enfermos y por último, las aletas eran para su propio consumo, las preparaba en suculentas tizanas y ahí era donde estaba el secreto de su inagotable energía y su sin igual salud, de manera que a no ser por el fatal accidente, el mayorquín hubiese roto el récord de Matusalén. No lo crea, pero tómese unas sopitas de aletas de tiburón, por lo menos cuatro veces al mes y notará la diferencia; amigo lector. Antes de cerrar con Don Pepe el mayorquín, para que conste en la historia, el tiburonero fue forjador con Don Pepe Santana, Manuela Bermúdez, Carlos Rosario, Eugenio Vizcaíno, Celestino, Josefa y Gualberto Padrón y los hijos de estos, Pepito y Marcelina del gran avance y desarrollo de San Ildefonso, pueblo invadido y desahuciado por las tropas del Comandante Haines y sus salvajes perros.

Como uso y costumbre de la época, la conversación amena entre los paisanos era una de las doctrinas más practicadas, los jíbaros se olvidaban del mundo, gustaban de platicar asuntos interesantes, no solo cosas domésticas; estos eruditos tenían la capacidad para envolverse en cosas profundas, historia universal, por ejemplo. Seguros estaban de que Galileo fue el inventor del telescopio, y muy conscientes que había pasado las de Caín a base de los caprichos de la iglesia y sus erróneas ideas, el científico terminó guardando silencio, fueron otros los que muchos años después descubrieron la verdad, logrando ponerle el cascabel al gato. La historiadora "de Vassy" fue la responsable de hacerle justicia a Galileo y por ende a su estirpe 400 años después. Dialogaban los amigos sobre Juana de Arco, Napoleón Bonaparte, Alejandro Magno, Aníbal el grande, los zares de Rusia, emperadores de China, etc. Hablaban de olimpiadas, récord mundial y muchos otros temas; ahora bien, su fuerte lo era, cuando se metían en las Sagradas Escrituras; aquí sí, que era verdad, había que decirles "usted y tenga"; pero lo hacían con orden y respeto, guardándose de la blasfemia. Desde la creación en Génesis, a las últimas instrucciones para ganar el Reino de los Cielos, en el libro de revelación. Dudaban sobre la salvación del Rey Salomón, pero si estaban seguros que Judas está ardiendo como la estopa, en las papilas del infierno.

A excepción del astro sol, la vasta bóveda celeste había sido despejada, una no muy fuerte brisa del sur comenzaba a refrescar la tarde, las olas continuaban su eterno vaivén, aparentando ser ínfimos pañuelitos blancos. En consecuencia el balandro "Dolorito" estaba a la vista. A medida que se iba arrimando al muelle, se apreciaba mucho mejor los remiendos en sus velas pardas, su cubierta destartalada, su despellejada pintura en ambos costados, en fin, el balandro exigía mantenimiento urgente. De repente se escuchó un fuerte resoplido como de trompeta desafinada, era su capitán Galo Rojas que soplaba un casco de carrucho vacío, un importante legado de nuestros aborígenes; era la señal a los pasajeros que su viaje acababa y a los isleños en puerto esperando, que el Dolorito hacía su entrada triunfal. Dramáticamente contagiados de alegría, la muchedumbre se fue congregando a todo lo largo del muelle. Recibir el Dolorito era motivo de fiesta y contentamiento, el pueblo entero sentía gozo, en realidad aquello era un acontecimiento, algo divertido para todos los culebrenses. El barco además de traer nuevos residentes, el correo, materiales de construcción, varios animales domésticos, mercancía en general; también llegaba algo muy interesante para todos los isleños, nuevas buenas, fresquesitas noticias del mundo exterior. Los acontecimientos acaecidos más allá de las orillas de la playa; razón por la cual los culebrenses dejaban flotar sus emociones. Así sucesivamente se quebraba el aislamiento cada quince días y el pueblo se desahogaba, por lo menos todo el tiempo que durara el espectáculo del Dolorito. Cuanto diera un culebrense genuino, para que el tiempo diera marcha atrás y disfrutar, no digo yo de 15 días, sino un mes completo de aislamiento, sin ningún contacto que fuera más allá de nuestras playas. Nostalgia cruda, imagínese, amigo lector; treinta días de paz, de tranquilidad, sin escuchar palabras sucias, sin basura. Usted diría sin pan, sin leche, ni gasolina y el culebrense genuino respondería: y eso que importa «Jehová provee» sea la paz espiritual sobre toda la materia. Continuemos con la historia:

Al cabo de unos quince minutos, todo aquél panorama de júbilo y entusiasmo comenzó a cambiar drásticamente, era como si una mano invisible comenzara a aprisionar las gargantas de todos los pobladores adquiriendo una sensación colectiva de angustia y aflicción.

- ¡Señores..., escuchen!..., ¡qué barbaridad! Los americanos bombardearon la capital, ¡estalló la guerra!

- Estos son los últimos sucesos acontecidos en la Isla Grande, dijo uno de los marineros del Dolorito, mientras repartía algunos ejemplares de la "Gaceta", único boletín informativo de la corona española.

- Tenga usted uno, Don Pepe, léalo y entérese.

Don Pepe Santana, nervioso, manos temblorosas, con una manga de su camisa, limpió sus cristales, con la otra se saco el sudor de la frente, se apartó de la multitud y muy despacio leyó: Decía la Gaceta en primera plana:

El pasado domingo 12 de mayo,
San Juan fue bombardeado,
Cayó sobre la capital una copiosa
Lluvia de plomo, más de mil piezas
De artillería, procedente de once
Vapores, preparados para la guerra.
Dispararon sus cañones desde las
Cuatro de la mañana hasta poco
Después de las nueve. La capital fue
Testigo y víctima de los albores del
Preludio, de una masiva invasión
Americana. Es de suponer que los
Vapores cañoneros, regresaban de la
Parte sureste, donde fue confirmado
Otro bombardeo, similar al de San Juan.
Como también se espera, que dichos
Vapores, circundando territorio puertorriqueño,

Recalen en la bahía de Guánica, donde se especula que un

Tal, Luis M. Rivera, quien sustenta
Un alto cargo político en el país,
Instruyó a la escuadra, a cambio
De un ofrecimiento para que fuese
El primer gobernador, bajo el seguro y
Nuevo gobierno Norteamericano.
Rivera especificó todos los pormenores
Para su fácil entrada, a la
Bahía mencionada, asegurándoles,
Que allí tendrían las puertas abiertas
Para que ejecuten su invasión
Como gusto y gana se les antoje.

Don Pepe Santana, se detuvo en la lectura, era suficiente para comprobar rumores de guerra, ahora era realidad.

- ¡Dios mío! Pensó, han invadido a Puerto Rico, ahorita se aparecen por ahí y qué se podría esperar entre los gringos y los españoles, ¡uf! Tan malo es el palo como la jataca. Será luchar contra molinos de vientos..., ¡ah! Pero no se puede olvidar que David venció un gigante, ¡oh! Este caso es diferente. Don Pepe miró al cielo, buscando respuesta, más solo vio gaviotas en su inmenso mundo de felicidad, libres, absolutamente libres, sin códigos de ética que le turben el sueño; gaviotas juguetonas, inquietas, chillonas y deslizándose sobre su abundante y delicioso banquete de Plateadas sardinillas de nítidas escamas. Buscó en el gentío a su colega Don Pepe el mayorquín, quien hacía largo rato había desaparecido, nadie lo vio partir. Ni siquiera el celaje, ni el olor a manilla de la pipa encendida de aquél intrépido español, sirvieron para que fuera rastreado; desapareció como juey que se mete en su cueva al menor movimiento del cazador, huyendo.

El resto del día fue de confusión y turbación, ya pronto caerían los españoles. En Culebra, nadie imaginaba que dos semanas antes, estos mismos cangrimanes habían invadido el pueblito de Seva y que aún los sevaeños permanecían acorralados en sus propias trincheras, jugándose la vida, como solo lo hacen los verdaderos patriotas, en realidad, la patria es valor y sacrificio, como dijera Don Pedro, muchos años después, pero aparentemente su dicho cayó en el vacío, la semilla de su nacionalismo no germinó, no dio fruto al 100%; sus seguidores, como los pobladores de Seva, eran muy pocos y desgraciadamente fueron barridos como moscas, dejando morir a su líder en condiciones infrahumanas, en prisiones extranjeras.

En el transcurso de los siguientes dos meses, el 25 de julio, arribaron los vapores yankees a la Bahía de Guánica. Los mismos que atacaron a Seva y bombardearon a San Juan, ahora entraban a la Bahía de Guánica como Juan por su casa; quiero decir, sin ningún respeto, sin ninguna resistencia. Tanto el General Miles como sus tropas, tan pronto tomaron control en el suroeste, atravesaron el país, directo al sureste 5,000 tropas frescas iban a la casa de los sevaeños, con el solo propósito de dar, la estocada final, en un acto de traición o puñalada trasera, atacaron por la espalda; lo demás es historia.

De manera que Guánica, también fue invadida, claro está, con cartas marcadas, de antemano, Luis M. Rivera les había preparado el terreno. En el próximo viaje del Dolorito, veintitrés días después del bombardeo a la capital, llegó a San Ildefonso, el jovencito Luciano Pérez, en el muelle lo recibió don Julián Ayala, su nuevo tutor, unos días pasaron y ya Luciano de tan solo trece años de edad, manejaba con destreza una yunta de bueyes con su pesado yugo sobre sus lomos, arando terreno fértil, para sembrar semillas, los campesinos sintieron alivio. Rabito y Lucerito, dos animales monumentales, viejos como la orilla de la playa, pero dóciles como perros amaestrados hacían el trabajo por ellos.

Excepto el secreto del Tarawa, que aún Juan no ha querido soltar prenda, el resto de la historia está sobre la mesa. Historia de cuatro invasiones, tres de ellas sumamente tristes y conmovedoras. La segunda invasión a Puerto Rico o sea la entrada por la Bahía de Guánica fue menos dolora. En esa segunda invasión solo tres vapores penetraron la hermosa bahía y solo Glocester se manifestó, lanzando una salva de cañonazos al aire, ¡abran paso que aquí vamos! Y efectivamente, los guaniqueños no abrieron paso, sino que abrieron sus brazos y corazones para darles la bienvenida al nuevo imperio y aceptar la proclama que leyera el General Miles en la misma orilla de la playa. Luis M. Rivera se gozaba en grande, las cosas le salieron al pie de la letra, tal como se había planificado.

- Seré el próximo gobernador de la colonia, se decía, mientras brindaba con whisky mondado de la risa frente al General Miles y sus edecanes. A partir de entonces, Guánica fue conocido como el pueblo de la amistad. El 12 de agosto de 1508, el intrépido Don Juan Ponce de León, entraba con sus tres galeones a la Bahía de Guánica; en poco menos de dos horas fue fulminantemente derrotado él y su flota. Allí no fueron recibidos por tribus indígenas semidesnudos, armados con arcos y flechas, quienes solían enfrentarse a los primeros colonizadores europeos, sino que quien los venció fue un enemigo incordio y molestoso como ellos solos, enemigo que no le teme al ruido de cencerros, ni cascabeles, mucho menos a las detonaciones de arcabuces y morteros, enemigos que atemorizan y ponen en fuga a los indómitos pieles rojas y aguerridos antillanos. Se trata nada más y nada menos de las gigantescas plagas de fieros y tenaces zancudos y de sus antipáticos aliados, los mosquitos y detestables y asquerosos mimes. Definitivamente Don Juan Ponce de León y sus valientes camaradas fueron derrotados en la Bahía de Guánica, tierra donde el cacique principal Agueybana, tenía su yucayeque, condición que hace de la región, la capital indígena de la isla. Unos años más tarde Don Cristóbal de Sotomayor, hijo de los condes de Camiña, fijó su residencia cerca del litoral capitalino y en pocos meses fundó el primitivo pueblito de Guánica en honor a su amante, una india hermosísima; primero había llamado el lugar Villa Tavara, por su madre la condesa de Camiña, pero sus amores, muy bien correspondidos por Guanina, le hizo cambiar de parecer, hasta el mismo día en que los taínos, en justa venganza, le dieron muerte a ambos. Don Cristóbal de Sotomayor murió feliz, enloquecido de amor por aquella diosa, que también amaba al gallardo español; posiblemente no sintieron el dolor de la muerte. En el año 1510, Villa Tavara quedó en el olvido; la leyenda real de Guanina y Sotomayor; tanto el mermado remanente taíno, como las masas españolas, recordaban con algo de romanticismo, pero hasta el día de hoy, nadie puede explicar porqué se sustituyó la letra N por la C, y aquél lugar que debió llamarse Guanina, se reconoció como Guánica y no fue hasta el 1914 que se constituye municipio. "He aquí, lugar de agua", dicen los historiadores que este es el significado de Guánica. Su santo patrón es San Antonio de Abad, es el pueblo de las 12 calles, el pueblo de la amistad, su puerto se conoce como puerto de los mosquitos. No olvidemos el arribo de Juan Ponce de León en 1508 y el de las tropas norteamericanas en 1898; sus colindancias: al norte, el pueblo de Sabana Grande; al sur el Mar Caribe, al este, el municipio de Yauco y al oeste Lajas, en su máxima altura, se localiza el bosque Biosférico. El clima de Guánica es seco, es el municipio donde menos llueve y también el lugar donde más estructuras históricas existen, a saber: La casa Alcaldía (1921), Escuela María L. Mc Dougal (1920), Hacienda Santa Rita (1800), la tienda Grande, primera tienda por departamentos en el Caribe, el primer telégrafo, Ruinas central Guánica (1903), El Faro (1880), Fuerte Caprón (1930) .

El bosque de Guánica, bosque seco, único en el mundo por la diversidad de árboles en su litoral más de 700 especies, su elevación alcanza 228 metros sobre el nivel del mar. Los manglares caña gorda, es algo asombroso, 72 hectáreas de mangle rojo. La Bahía de Guánica es una de las mejores del Mar Caribe, con fondeadores profundos para todo tipo de embarcación, gran resguardo en caso de tormenta y es de fácil defensa. La industria azucarera, históricamente fuente principal de la economía y hoy día continúa siendo fuente importante en la vida de los guaniqueños. Recuerdos históricos de Guánica; Plaza Gimenez, La Piedra, monumento a Juan Ponce de León, Hacienda Igualdad (Trapiche el Tumbao), puente Hamaca, el correo y condominio de la playa Santa Manglillo.

He aquí un relato, sobre el pueblo que sufrió la segunda invasión, por el imperio americano; donde el viento susurra historia; y muy diferente a Seva, Culebra y Vieques. Allí parece que el progreso se ha multiplicado como los panes y los peces.

Load a Guánica, el pueblo de la amistad, pueblo de sólida historia. Allá en la montaña, Caprón, sobre su pico más alto (450 pies) yace el fuerte con el mismo nombre de la montaña; abajo, las orillas de la bahía de los conquistadores, perdón, quise decir invasores, donde termina el orgullo del Mar Caribe. Desde el Fuerte Caprón, se domina casi todo el municipio de Guánica y una gran extensión marítima. El fuerte actúa, como silencioso vigía de las tranquilas aguas, por donde varias culturas y razas, llegaron, dando un nuevo giro a la historia puertorriqueña. Resumiendo decimos que en 1510, su funda la Villa Tavara; con la muerte de Don Cristóbal Sotomayor, la villa se constituye en el pueblo de

Guánica; pero no fue hasta casi cuatro siglos después (1914) que el mismo pasa a categoría de "Municipio". El pueblo se conocía como puerto de los mosquitos. Aunque afirman que es Jayuya, la capital indígena, muchos historiadores discrepan, alegando que fue cerca de Guánica, donde el principal cacique de Boriken, Agüeybana, ubica su yucayeque; por tal razón, Guánica es la verdadera capital taína, otros le llaman puerta de la cultura. El clima guaniqueño es seco, el pueblo donde menos llueve en Puerto Rico.

En 1975 se enarboló por primera vez su bonita bandera, su diseño consta de cinco ondas azules-amarillas; representando la bahía y el territorio indígena; en el centro tiene un fragmento del escudo oficial de Guánica, que significa que por dicha región, corrían varios ríos con oro. La bandera fue izada con mucha emoción, ante un pueblo que se mostró muy feliz y complacido practicando siempre su sincera amistad.

Capítulo XIII

787-742-xxxx

- Hola, buenas tardes, ¿quién habla?

- Como que quien habla, ¿no me conoces?, bandido...

- ¡Uf! Esa voz se me parece, hombre déjate de pen..., voy a enganchar.

- Mi querido Juan, soy yo, Benjamín.

- Tenía que ser este loco y ahora ¿qué pasa?

- Juan, estoy en Vieques, sin un solo centavo, necesito que me vengas a buscar en tu avioneta. ¿Te imaginas, verdad?

- Ben, negativo, no tengo avioneta, hoy hace un año de habérsela regalado a mi sobrino y para qué te cuento, Gardín. De esto van como tres meses, la rifó en los manglares de Cayo Pirata.

- ¡Oh, Juan! Eso es un caso mayor, créeme que lo lamento.

- Yo también lamento mucho, no poder ayudarte, pero problemas más grandes tú has solucionado; para qué eres un buen guerrillero, por no decir, machetero.

- Lo sé, Juan, lo sé, y tú, ¿cómo estás?, tanto tiempo sin vernos, ¿verdad? ¿No me has extrañado?

- Sí, no creas..., pero dime si tiene lógica el no haberte echado de menos. Mira..., vivo aquí, en mi maravilloso mundo de Resaque, dónde no existen árboles de manzanas que vayan a distorsionar esta felicidad. Posiblemente hayan reptiles, pero para eso tengo mi machete amolao. Aquí disfruto cada instante de la vida, contemplando las flores de mi jardín y cultivando mi pequeño huerto. Me gozo con mis animalitos, gatos, perros y mi viejo y dócil caballo, las mariposas, abejas, palomas, reinitas, pitirres y el resto de la fauna. Imagínate el paisaje, la selva, las montañas, las nubes, la lluvia y ese cielo rojo que se muestra en las tibias tardes. Adentro en la casa, cuadros en las paredes, mis libros, mi computadora, mi compañera Esther, Georgie, Mario y toda mi familia. He mencionado todo, casi todo; adivina Benjamín, ¿cuál es el complemento de esta felicidad?

- ¡Bendito Juan! Eso no lo tengo que pensar ni un segundo, Dios; Dios sería el todo de esa felicidad…, ¿no es así? Una oración todos los días.

- Ben, me he quedado en shock; me has tirado un balde de agua fría por encima, me has dejado con la carabina al hombro sin saber qué hacer. Tú tienes toda la razón, pero Dios mismo sabe, que no era él, quien estaba en mi mente.

- Juan…, yo lo sé perfectamente, te pido que me perdones, te mencioné a Dios, porque no quise perder esa oportunidad para llevar el mensaje; me abriste la puerta y entré, pero como te he dicho, sé muy bien cuál es tu hobby favorito.

- ¿Qué tú piensas, Ben?

- Bendito Juan, se cae de la mata la guanábana madura; la guitarra es parte íntegra de tu felicidad, esa música del ayer, esa caravana de recuerdos.

- Eso te recuerda al amigo Lupe, ¿verdad?

- Guadalupe Santiago Navarro, el bohemio de la P.R.E.R.A.

- ¡Caray! Qué pena, cómo le demolieron en su propia cara la guitarra de Pancho.

- Eso tiene que ver con el secreto del Tarawa esa guitarra, tú sabes mucho Juan.

- Benjamín por Dios, ya vuelves.

- Juan, tengo que dejarte.

- ¿Qué pasa?

- Muchacho, estoy aquí frente al Bar Plaza, se ha formado un tiroteo del diablo, escucha las detonaciones por el teléfono. Juan mataron a Mongo Loco, después te cuento..., ad...

- Aló, aló...

¡Increíble!, me cuestioné, como están las cosas por aquí, ¡Dios mío! Era cerca de las cinco, y algo tendría que hacer por lo menos para coger el ferry hacia Fajardo. El revolú frente al Bar Plaza, se había aplacado, dos patrullas de la policía, arrancaron con unos cuantos gatilleros, mientras la ambulancia municipal, se llevaba a Mongo Loco al hospital. Todo quedó en calma, un viejo amigo mecánico y músico de drones; Marcial el de Mambiche, me prestó $5.00 y con un, te los pago cuando vayas a Culebra, salí directo a los muelles. Durante el viaje a Fajardo, solo pensaba en Vieques; mi estadía en la Isla Nena, tierra que amo como mi querida Culebra. Allí en Vieques fue donde vi un automóvil por primera vez, fue en el año 1954. Diez añitos tenía cuando Sofía me obsequio un inolvidable viaje; por primera vez salí de Culebra, por primera vez crucé el horizonte en la "Santa María", no la carabela de Don Cristóbal Colón, sino una vieja y apestosa lancha de Don Yito. Repito lo que escuchaba: esas lanchas son de Don Yito; jamás supe quién fue Don Yito, ni tuve más información al respecto. Los mejores marinos de la época, se mareaban en esas motonaves, más lentas que una tortuga sobre la tierra. No había quién resistiera aquella pestilencia, los marinos pasaban un cubo para que los pasajeros vomitaran. 1954, año de gratos recuerdos, recuerdo la entrada a Puerto Mulas, como si fuera cualquier frente portuario en Europa; pisar aquél largo muelle era como caminar entre nubes movedizas. Llegamos a la tienda de "Mambelo", mi madre me compró un desayuno tipo buffet; dos huevos fritos, pan con mantequilla y café. Subimos Morropó, majestuoso faro; saludó mi madre a Doña Filomena, la tía de Juan Ramón, un compañero de clases, nos preguntó por su hijo Dimas.

- Allá bregando con los gallos, le dijo Sofía.

- Ay mi comadre, estoy loca por verlo.

- Pues mire Doña Filo, dese una vueltita por allá, Culebra está más tranquilo que las calmas de noviembre.

Antes de abordar el carro que nos llevaría a Santa María; apuntó Sofía con su índice y me dijo:

Ves aquellos puntitos, allá lejos al este, Beja, es nuestra querida isla de Culebra; pero lo menos que sabía la vieja, que para aquel entonces era una mujer joven y hermosa; es que su hijo ni le interesaba, ni estaba pensando en la tierra donde nació. En ese momento Benjamín estaba disfrutando de un maravilloso mundo fantástico, sublime. Rumbo a Santa María, en el carro, confieso que me sentí presumido, importante. Si me vieran los amiguitos, pensaba, yo aquí en este carruaje y ellos allá en sus yeguas flacas y trotonas; estaba completamente envanecido. Así podría sentirse cualquier niño culebrense, era la época, el atraso, un pueblo donde solo habían tres vehículos, a saber: la pick up de la Marina, el jeep prieto de Don Alberto y el truck rojo de Jesús González. Un pueblo sin farmacia, ni cine, cero panadería, cero macelo; pasaban meses y años sin un líder religioso, sin un médico, sin un juez de paz, sin sanidad. Los maestros, policías y oficinistas procedían de Vieques, porque Vieques era quien llevaba las riendas y dictaba las pautas en nuestra isla. Así fue la cosa hasta el 1960, cuando por fin Culebra se hizo municipio constituido.

En Santa María visitamos a Don Indalés Tirado y su familia; después visitamos la PRA, Monte Santo y La Esperanza. De regreso al muelle, deseé que el tiempo se congelara, en realidad no pensaba en Culebra, nunca había imaginado que el mundo fuera tan grande, aquel viaje se grabó en mi corazón; sin embargo no logré regresar a la Isla Nena, hasta cuatro años después, cuando las bandas de acero estaban en todo su apogeo, la fiebre del acero rompió todos los termómetros en Vieques. Fue una etapa pintoresca, animada y romántica, fue por ahí cuando conocí un montón de buenos amigos, músicos fantásticos, sin nada que envidiarle a los "Invander", a la Brute Force y otras bandas de verdaderos profesionales. Vieques hizo historia y con los viequenses aprendimos nosotros; Culebra también cuajo varias comparsas, que le sometieron a los drones tocando el ritmo candente del buen calipso. De los drones pasé al baseball, bajo la dirección de Julián Ayala y Don Taso Soto, cuando el baseball era el deporte #1 en Culebra. Viajábamos a la Isla Nena, tres y cuatro veces en el año, jugamos en los parques de la Esperanza, Monte Santo, Santa María, el pueblo y la jueyera, cerca de Morropó. Visité mucho a Vieques, en la época de peleas de gallos, aunque nunca fui gallero, ni apostaba un vellón. Solo iba por acompañar a mi buen amigo y profesor de historia, Hon. Rafael Soto, por quien siempre sentí un genuino cariño y respeto. Rafa tampoco era amante del pico y la espuela, pero se gozaba en grande mirando y escuchando al Sargento Guerra, a Dimas Villanueva, Felo Ortiz, Cuco Robinson, De la Cruz Padrón y Colo Romero, entre muchos otros paladines de este cruel "deporte". Rafael compraba las bateas completas de alcapurrias, el lechón asado entero y las cervezas y refrescos por cajas, para que todo el mundo disfrutara, comiera y bebiera a gusto.

Cuando el ambiente de los drones, el beisbol y los gallos se había enfriado, comenzó para mí algo que sinceramente me apasionó; los maratones, corrí los maratones más importantes de Puerto Rico y competí con la flor y nata de atletas culebrenses y así me pulí para poder presentarme al maratón número uno de Vieques, "El Masú", participé siete veces en el largo recorrido de 13 millas, después me enteré, con Victorino (el boxeador) que habían cambiado el evento a solo 10 km. Al retirarme de los maratones, perdí el contacto con Vieques por muchos años. Cierto día llegó a mi casa en Puerto Palos el gran luchador Mr. Vincent.

- Compañero Benjamín..., me dijo, yo quiero que usted me acompañe a un viaje.

- Diga usted, Mr. Vincent para donde vamos.

- A Vieques.

- Vieques, claro que si, ¿Cuándo salimos? Cuénteme cual es la misión.

El domingo siguiente, en su propio yate hicimos la travesía, por el camino con cierto grado de tristeza, me iba empapando sobre el asunto. El gran luchador se había enterado o mejor dicho, Carmelo Félix lo había llamado, explicándole sobre unos rescates de terreno en la isla vecina. No podría decir con certeza que este fue el comienzo de un nuevo despertar en Vieques; pero lo cierto que allí estuvimos, así nacieron los Bravos de Boston, rescates en la Hueca y dio origen y comenzó a coger auge el "Monte Carmelo".

De todos modos por esos años hubo encontronazos contra la Marina, pero el apoyo viequense era pobre, opaco, mustio, amigos quiero decir mínimo, la Marina campeaba por su respeto, tal como sucedía en Culebra; difícilmente el curso de la historia cambia con la llegada de Santa Claus y mucho menos con una borrachera de fin de año, no, mis amigos, la historia es muy dura, como la piedra de Polanco y para cambiarla se necesitan golpes recios. Hay que estremecer, conmocionar el espíritu, hay que sumergirse en el sufrimiento, hay que darse por entero. Es el sacrificio, mi hermano, son los mártires de Seva, los prisioneros de Vieques y Culebra, el espectro David Sanes Rodríguez, los patriotas anónimos, quiero decir los que nadie conoció, los que la prensa no cubrió, pusieron su granito de arena para que la historia se comience a escribir nuevamente y todos estos se fueron sin recibir ningún reconocimiento, sin el galardón terrenal, satisfechos de que no vinieron a este mundo para que fueran servidos sino que siguieron el ejemplo del maestro y en mi opinión muy particular, seguro estoy de que serán bien recompensados.

Me fue necesario correr, casi como un loco entre la multitud de turistas puertorriqueños, que de una manera u otra se las ingeniaban para abordar la Culebra II con destino a mi tierra. Los boletos se habían agotado y el sal pa'fuera que se formó en esa playa de Fajardo fue colosal, pero allí estaba Laurita y logré pasar sin dificultad relativa. Incomodísimo viajar en esa lancha, cuando viene tepe a tepe. De hecho, la lancha salió con dos horas de retraso y una de sus máquinas, pif-paf-puf averiada; con el vacilón de los pasajeros no hay espacio para la historia, de manera que desde Palomino a Luis Peña, lo pasé concentrado en la muerte de Mongo Loco, que fue acribillado a tiros cerca del mediodía, mientras se encontraba capeando un cigarrillito y un par de cervezas en la misma esquina de la plaza pública, frente a la Iglesia Metodista. Pobre ser humano, ajenos aquellos victimarios envueltos en la basura esa que está acabando con la juventud. Mongo Loco era un hombre bueno, lucía como un manganzón, pero no le hacía mal a nadie, eso sí, era un filósofo bruto y sabía de todo, pero no daba un tajo ni en defensa propia. Tenía 44 años, nadie sabe cuándo ni cómo llegó a Vieques, la caridad pública lo vestía, lo calzaba y lo alimentaba, de modo que todo lo que lograba colectar, era para darse el palito y comprar cigarrillos. Mongo Loco era un tipo alto, flaco como un bejuco, aunque era de rostro perfilado, representaba el doble de su edad. Vivía en Morropó, bajo los escombros de una vieja casa y se arropaba con cartones, su aseo personal y otras necesidades las hacía al aire libre, en la orilla de la playa. No se le conoció familia, ni siquiera su verdadero nombre y apellido. Varios disparos le causaron la muerte en la hora y lugar mencionados. Por casi más de una hora le estuve dando cráneo a la muerte de aquel ser, que siempre pasaba desapercibido ante nuestra sociedad, como si fuera un ente invisible, pienso y me imagino, cuántas veces se acostaría sin tomarse una tacita de café caliente o sin comerse un bocadito de pan. Cuántas veces sentiría el natural deseo de conversar con su prójimo, recibir una caricia, el toque de una mano cariñosa, el contacto de una buena mujer que lo hiciera feliz, posiblemente nunca saboreó un delicioso pedazo de bizcocho, ni supo lo que era un flan de queso; pero sí supo lo que era un terrible dolor de cabeza, de muela, un retorcijón de tripas vacías y llenas de pólipos. Muchos niños y jóvenes, no porque fueran malos, sino siguiendo la tradición y cultura de nuestro país, se mofaban del filósofo bruto, tirando chifletas y llevándole la contraria. Mongo Loco, hay muchos en este mundo; unos vienen con esa estrella de nacimiento, pero a otros, la misma suerte, situación o destino los fabrica durante la marcha de la vida, que por cierto es un signo de interrogación, incierta, es una caja de sorpresas.

Llegamos a Culebra a las diez en punto de la noche; caí entre los últimos pasajeros y me era imposible rejender entre ellos y aquellas escaleras tan estrechas. Me resigné, me estuve quieto y esperé al final de la fila, junto a mí, se encontraba un anciano como de unos cien años, acicalado como para bodas, me miró fijamente, yo le sonreí y le saludé, le abrí ventanas para que preguntara, lo veía medio desesperado.

- ¿Tú eres de aquí? Preguntó.

- Nacido y criado, le dije.

- ¿De qué familia?

- Yo soy de los Pérez.

- Te saqué por la pinta, me dijo y añadió: tú eres nieto de Luciano.

- Sí señor, a honra lo llevo.

- Yo soy Mono Bravo, soy de aquí también, del Barrio Flamenco abajo, hace 56 años abandoné esta islita, me fui directo a Nueva York y allí he pasado la seca y la meca, especialmente al principio, viví tiempos terribles, pero nada Pérez, después dominé el ambiente y decidí quedarme allá en la jungla de la manzana podrida.

En eso ya estábamos sobre el malecón, caminando despacio, él como cucaracha en baile de gallina y yo contestando preguntas y loco por tirarme a la cama. Antes de separarnos, Mono Bravo me pregunta:

- Oye, ¿me puedes recomendar un hotel donde pasar la noche?

- Pues claro que sí, vaya al Hotel Puerto Rico, de mi tío Loncho, eso queda ahí, a la vuelta de la esquina, después del correo, a la izquierda.

- Gracias Pérez, ah, y mi amigo Lupe, ¿cómo está?

- ¿De qué Lupe usted me habla? ¿De Lupe Márquez, el que vive en la Perla?

- No, no, no, te pregunto por Lupe Santiago; el rey de la guitarra, el negrito bombón, el japo-japonés.

- Sr. Mono Bravo, el amigo Lupe descansa en paz, hace poco le dimos cristiana sepultura.

- ¿Cómo? ¡oh, no! Yo he dado este viaje tan solo para ver, hablar y abrazar a mi amigo Lupe, quien para mí es como un hijo, bendito Dios.

- Lo lamento señor, aquí todos queríamos a Lupe, como bien usted dijo, el rey de la guitarra, ahora si usted quiere, mañana lo llevo al campo santo.

- Convenido Pérez, te lo voy a agradecer.

- Mañana, Dios mediante, aquí mismo nos encontramos, a las 8:15 A.M. y perdone señor, ¿cuál es su nombre de pila?

- Mono Bravo, así me conocen en todo el continente americano, dudo que me pueda quedar algún pariente en esta isla, Pérez, 56 años no es cáscara de coco.

- Ha llovido mucho de allá pa'ca, le dije y enganché directo a Puerto Palos.

El día siguiente, temprano en la mañana caminé hasta el muellecito, a contemplar el paisaje; era una costumbre tan y tan remota, ese paseíto, lo hacía automático, caminaba como un robot y cuando no, me aparecía medio sonámbulo. Me gozaba mirando la laguna y sus alrededores, el cielo encancaranublado, el paso de las aves, unas al sur, otras al norte, el salto de las jareas, el ataque de las cojinúas, los espesos manglares llenos de nidos, palomas turcas, iguanas de palo, el paso de las yolas canal abajo, canal arriba, pescadores virtuosos lanzando atarrayazos. En realidad un maravilloso espectáculo; antes de ir por el trago de café, respiraba profundamente cuatro veces; entonces yo me sentía liberado para afrontar los afanes del día buenos o malos, que sea la marcha siempre para el frente, la reversa debe estar prohibida; sigamos adelante. Sigamos adelante, tomé café y subí a la calle, no sin antes haber revisado el huerto, la yola "Yaboa", las plantas de papaya y los árboles de noni; también dejé bien abastecidos las cuatro mascotitas de Puerto Palos: Canito, el Tiburón, Hatigo y Blackyman, los cuatro gatos guardianes. Con quien primero me tropecé en la calle fue con "Matojo", el vendedor de cocos, se había tirado del palo en ese instante, tenía el pelo encrespado, con una mano se estrujaba los ojos y con la otra se limpiaba la camisa del polvo y la paja. Hacía meses que dormía en la van de Don Quique, frente al Banco Popular; con una manta viejísima se arropaba y se alumbraba con un cabo de vela, ¡qué peligro, mi hermano!, pero Dios protege mucho la inocencia. Tenía varios galones plásticos con agua potable para su aseo personal. Según él mismo, no se consideraba vagabundo, sino que por esos días, la suerte no le cobijaba. De cuando en vez tenía que capear un par de pesitos, con los cuales se iba a los chinos y se compraba dos presas de pollo y papitas fritas.

- Lo que sucede es que la venta de cocos está floja- me saludó y continuó- siempre vienen muchos turistas, pero mira Benjamín, esa gente viene cargando con 'to lo que van a consumir, aquí dejan muy poco, apenas vendo seis o siete cocos diarios y no me da ni 'pa cigarrillos. Benjamín las leyes no nos protegen, hay que joderse.

- Espérame aquí, le dije.

Entonces bajé de nuevo a Puerto Palos y pronto subí con tres arepas y un poco de café.

- Aquí tienes, le dije, cuando termines te espero allí en el malecón.

Eran las siete de la mañana, cuando apareció Mono Bravo, muy atractivo y elegante; parecía un niño con sus tenis deportivas, medias blancas como la nieve, pantalón corto de marca y un hermoso t-shirt de vivos colores, con letras grandes al frente que leían; "New York", sombrero de ala corta, un ribete verde cubriendo su cuello y por último no le podía faltar sus buenas gafas "Ray Ban". El hombre reflejaba buen ánimo, se veía fuerte, se sentía gozoso; por un instante había olvidado el motivo de su visita. La magia culebrense le había penetrado profundo, se vio joven a sí mismo en los tiempos de las guácaras y los jueyes de grandes palancas. Al verme llegar sintió algo así como un balde de agua fría que le arrojaran encima, traté de obviarlo, pero ya era tarde.

- Despreocúpese, Mono Bravo, le dije, siga con su arenga, esta gente son todos buenos; mire éstas son las hijas de Lupe, Haydeé y Elizabeth; Sandra murió y también su mamá Mariíta, este es Joaquín y ese que viene por ahí a paso lento es Matojo, los yernos de Lupe.

Mono Bravo volvió a caer en tiempo, sabía muy bien que no estaba en uno de los suburbios de la gran manzana podrida, sino que se encontraba en su tierra querida, la isla de la hospitalidad, humildad y todos prestos a dar el corazón. Por largo rato habló con Haydeé, Elizabeth, Matojo y Joaquín; les contó paso por paso la historia de Lupe allá en Nueva York.

- Chocolate, para mí, era como un hijo, lo conocí en el aeropuerto, estaba nervioso y desesperado, ya casi me marchaba, cuando el instinto me dijo: «Salúdalo, es de los tuyos, del mismo susto, se le salió un grito al hombre, "Mi madre, me matan", avance y le dije: tranquilo señor..., te saqué por la pinta, él se identificó y a partir de entonces fuimos como padre e hijo, y ahora que vengo desde lejos a ver a mi chocolate, me dicen ustedes que el hombre descansa en paz. Ahorita voy con Pérez, al cementerio, no puedo marcharme de esta isla, sin por lo menos ver su lápida y hacer una breve oración.

Unos minutos más tardes, zarpamos de Puerto Palos las hijas y los yernos de Lupe venían con nosotros, la "Yaboa", navegaba despacio, no había prisa, apenas eran las nueve de la mañana. Mono Bravo no había fijado fecha para su regreso, en el Hotel Puerto Rico, había pasado la noche platicando con tío Loncho, asuntos de historia; aquellos viejos tiempos cuando la ganadería, la agricultura y la pesca en Culebra, eran cosas monumentales; pero llegaron los invasores y rápidamente todo comenzó a dar un nuevo giro.

Dejamos atrás la laguna Lobina, con sus mangles, donde se guarecían las garzas y martinetes, ahora luchando con la nueva competencia, las camuflageadas iguanas de palo. Pasamos bajo el puente levadizo, el cual nunca se ha elevado, ni siquiera para darle mantenimiento; salimos a la Bahía de Ensenada Honda, las aguas estaban tranquilas, soplaba una brisa suave, agradable. Los clientes del Dinghy Dock, nos saludaron, mientras los sábalos saltaban expresando su alegría, el muelle de Coral, como siempre, abarrotado de embarcaciones, gente subiendo y bajando la lomita. Entre yate y yate, tiramos rumbo al este, enfilamos a Cayo Pirata, pasamos la orilla de la Romana, salimos a Cayo Verde; de reojo observé a Mono Bravo, quien estaba gozando de lo lindo; se notaba su cambio de semblante, con el interés que miraba a todos lados. Trató de decirme algo, a causa del ruido del motor no logré entender, le hice señas con la mano, estábamos llegando a puerto, amarramos la yaboa a la raíz de un mangle, entonces Mono Bravo me dijo:

- Caramba Pérez, qué lástima que no traje una buena cámara, esto está precioso.

- Ya volveremos, le dije.

Entonces caí en cuenta, que no habíamos traído agua, el sol estaba picante, estábamos sudando la gota gorda e imaginaba que nuestros acompañantes no habían desayunado, daban bostezos frecuentes y se les veía muy débil.

Llegamos al cementerio viejo, donde habíamos sepultado a Chocolate un tiempo atrás; encontramos el reciento en hermético silencio, solo los camiones subían y bajaban la loma de Purín, interrumpían la solemnidad del día.

Justo a la entrada, al pasar las primeras tumbas, Mono Bravo se detuvo; apoyó su mano derecha sobre la cruz de un panteón. El calor incrementaba, el hombre respiraba profundo, buscaba aire moviendo su cabeza de lado a lado; Elizabeth, Haydeé, Joaquín, Matojo y yo, nos inquietamos.

- ¿Se siente mal Señor? Preguntó Joaquín medio azorado.

- No, no; estoy bien, no es por cansancio lo que me sucede.

- ¿Qué le pasa? Preguntó Elizabeth.

- Familia, ¿saben qué? El día que inventé este viaje, jamás pensé que llegaría a este lugar. Mis planes solo eran saludar a Chocolate, saber cómo se encontraba, ofrecerle alguna ayuda y regresar al día siguiente, pero mi gente, es verdad que la vida nos da sorpresas. Ahora recuerdo perfectamente, el día que agarré la mochila y me largué de esta islita. Eran los primeros días del mes de abril de 1946; Culebra entero estaba de luto, los bombarderos del portaviones Tarawa estaban en maniobras, surcaban los cielos cuatro millas al norte y en formación ordenada iban volando uno por uno sobre la punta de "Molinos", allí dejaban caer sus pesadas bombas; no vayan a creer que me he vuelto loco, no, mi familia; sepan que estamos a la entrada del cementerio y aquí no se puede mentir. ¡Oh! Voy a tener que forzar la imaginación, ¿cómo

236

podría contar esta historia? No son recuerdos ilusorios, la buena memoria no es ficción, lo del Tarawa fue tan cierto como que me llamo Mono Bravo y vengo a saludar al negrito bombón.

A la familia le estuvo muy interesante, las palabras de aquel hombre, poco obeso de baja estatura, ni antipático ni simpático; sino que mostraba un aura llamativo de hablar pausado, provocaba que todos le prestaran suma atención. La comparsa se movió bajo unos árboles de almácigo ubicadas en las tumbas de las madamas danesas, sepultadas al principio del siglo XX. Enterrar un difunto en Culebra , no es cosa frecuente, de manera que los transeúntes que bajaban al pueblo y los que subían a Zoní, al ver gente en el cementerio por mera curiosidad se detenían para hacer sus averiguaciones; así que mientras Mono Bravo contaba su historia, se fueron arremolinando decenas de paisanos, llego Gilito, Toyo, Flor, Don Ricardo, Toñita Monell, Magoo y muchos otros; todos quedaban embelezados escuchando la leyenda del culebrense ausente, quien poseía un don de elocuencia y una gracia pegajosa en el arte de la narración.

Por casi tres horas y media estuvo Mono Bravo contando los sucesos del 4 y 5 de abril, dos días antes de su partida a la urbe niuyorquina.

- Increíble, pero cierto, mi gente, aquello fue algo macabro, lo que no les puedo explicar, porque un horror como aquel no tiene explicación. Fue en ese momento terrible de llantos, gritos, carreras y desmayos frente al muellecito de Flamenco, donde todos contemplamos la escena que marcó un cambio drástico en nuestras vidas. Mi gente..., a ustedes, Elizabeth, Haydeé, hijas de mi querido Lupe, a todos los aquí presentes, les juro que jamás hubiese yo querido hablar de este asunto, lo había borrado de mi memoria, pero sucede que en las tristes noches del crudo frío, allá en Nueva York, Chocolate y yo nos pasábamos añorando nuestra querida islita, a veces llorábamos cuando la nostalgia nos oprimía el alma; un palo o dos de coñac no resolvía nada, por el contrario los recuerdos salían más a flote. Dialogamos sobre todo y todos, pero siempre hay momentos que nadie desea recordar. Este era mi caso respecto al "friendly fire" del portaviones Tarawa. Cierta noche, tarde ya, Lupe me sorprendió; me dijo:

- ¡Papaaa!...

- ¿Qué te pasa Chocolate?

- Papá, recordé un tema que no hemos cubierto, ¿por casualidad usted se acuerda del bombazo al Loupi (O.P.)? yo tenía nueve añitos, pero me acuerdo como si fuera hoy.

- Chocolate. Por favor.

Una rabia intensa, sacudió el cuerpo de Mono Bravo, trató de cambiar el tema, pero Lupe no le dio break.

- Esa mañana tembló Culebra, sin rumbo fijo, salimos como manada desbocada corriendo de la escuela. El mar olor a pólvora, se mezcló con el de la carne chamuscada a las brazas. Millones de aves levantaron vuelo en medio de la confusión, los cuadrúpedos corrían, embistiendo a todo, como si hubiesen perdido el instinto.

En eso Mono Bravo interrumpe.

- ¡Oh! Mi Chocolate, yo no quería tocar este tema, si tú supieras, todo eso que dices es la verdad cruda; pero la cosa más horrenda aconteció el día siguiente, allí frente al muelle-cito de Flamenco.

Guadalupe notó el cambio de su amigo, se había puesto muy nervioso, entonces pensó: este tema, le trae malos recuerdos. Dijo:

- Papá, déjelo ahí, otro día hablamos de este asunto, búsquese la guitarra que ya estoy cogiendo el golpe.

- Rápido Mono Bravo logró lidiar con sus emociones, el tema abordado se archivó (no para siempre). El buen hombre buscó la guitarra, la afinó y continuó dándole clases de música a su negrito bombón, quien pronto se convertiría en un gran artista de renombre.

Lectores; me consta que ustedes saben el resto de trayectoria del amigo Lupe en Nueva York. Continuamos en Culebra:

Aconteció que cuando dimos el primer paso hacia el panteón de Chocolate, el reloj marcaba las cuatro de la tarde, fue cuando tres carros frenaron frente al portón del cementerio. Nos detuvimos a observar, a esa hora la concurrencia se había marchado y solo en el lugar estábamos, las hijas y yernos de Lupe, Mono Bravo y yo. Bajáronse de los carros docena y media de caballeros muy bien vestidos, traje y chalina, calzado brilloso, peinaditos y perfumados.

- Tenemos visita; dijo Matojo temblando, creyendo que los hombres eran encubiertos.

Haydeé, Elizabeth y Joaquín, apenas sin fuerzas, débiles, seguramente estaban con un traguito de café, deseaban obviar la visita, pues claro, estaban ansiosos por regresar a la P.R.E.R.A.; continuaron su marcha, sin prestar más atención. Mono Bravo me preguntó:

- Pérez, ¿Quienes son esa gente? ¿A qué vendrán?

Esperé que se acercaran un poco... entonces,

- ¡Ah, cará! Mire Sr. Mono Bravo, si es Mike, mi hermano y viene con toda la ganga.

Efectivamente, sorpresa, al frente caminaba Mike, atrás, entre otros lo seguían: Cara de loco, Alipio, la Mosca, el Tucán, Mr. Cien y Juny Prieto con una guitarra en sus manos. Esperé que se acercaran, nos saludamos e hice la presentación, haciendo el papel de intermediario, por ser el único en conocer ambos bandos; compartimos impresiones y cada cual expresó el propósito de su visita al campo santo. Mike y sus pilotos, (todos retirados), contrataron a Juny, para traer con el más alto de los respetos, una serenata fúnebre a su amigo, con quien habían gozado tanto. Yo interprete esa visita como símbolo de pedir disculpas y pagar una deuda, que hacía años les molestaba en la conciencia. Mono Bravo, vio el acto con agrado y hasta se solidarizó con el grupo de los pilotos, pero cuando dijo que fue él quien enseñó a Lupe a tocar la guitarra, lo miraron incrédulamente, entonces Juny le dijo:

- Tenga mi amigo, tóquese un bolerito.

La verdad que yo fui el primero que me sorprendí, Mono Bravo le somete y cómo.

- Es usted un campeón, dijo Juny, y aún, quedó más sorprendido cuando Mono Bravo tocó y cantó el Japo, Japones.

- Tremendo, tremendo, oiga mister, esa era la favorita de este hombre que ahora descansa en paz.

Antes de cerrar el homenaje póstumo, Mono Bravo y Mike se expresaron y cada cual honró y recordó a Lupe, como en realidad era, el bohemio de la P.R.E.R.A. Se lo merecía, un hombre que hizo reír a todo el mundo y todos gozaban con él. A las diez de la noche, saboreaban las hijas de Lupe y sus yernos, un tremendo banquete en los "chinos", acompañados de su nuevo benefactor Mono Bravo. A esa hora meditaba yo en la cama, sobre la historia del Tarawa,

240

en la nueva versión contada por una persona que no fue precisamente Juan.

- Tengo algo nuevo para compartir con Juan, me estuve repitiendo estas palabras, hasta quedar completamente dormido.

En la lancha de las 6:30 del jueves siguiente, con una mezcla de tristezas y alegrías, se marchaba un hombre, que aunque siendo sencillo y humilde, era muy difícil de descifrar, su manera de ser es rara, aunque complaciente, pero que se yo, como que siempre guarda una reserva, un músico profesional; se expresa con sensatez y en sí refleja armonía noble y amable, ¿qué será eso que yo noto en el que lo exenta de la normalidad, de cualquier persona común? Caramba..., creo que ya lo tengo; Mono Bravo sabe cuál es el "secreto del Tarawa".

Antes de abandonar la isla, por supuesto, dejó en el Banco Popular dos cuentas abiertas, una a Elizabeth Santiago, a quien siempre creyó que era hija de Elizabeth Mc Follon, la italiana amiga de Chocolate. La otra cuenta a nombre de Matojo (Ángel Santiago), Joaquín López y Haydeé, para que los tres continuaran engrosándola. A mí me regaló cien dólares, a los cuales no pude negarme, porque en realidad los necesitaba; me dejó su número de teléfono y la dirección para que lo llamara y lo visitara cuando lo deseara. Fui hasta el muelle a decirle adiós y también a preguntarle:

- Por favor Mono Bravo, ¿cuál es su nombre de pila?

- Pérez, ve donde Monchín, él lo sabe, porque también nació en Flamenco abajo, como yo, adiós Pérez, hasta luego.

- Buen viaje, buen amigo.

Algo me sucedió en ese instante, no sé qué podría ser, pero la realidad es que no tuve babilla para preguntarle por el asunto del Tarawa, me tuve que tragar las palabras, ahora sí, estoy bien seguro que el hombre sabe, pues lo escuché dos veces hablar sobre ese gran misterio ocurrido frente al muellecito de Flamenco, un día después que el Teniente Maratti volara aquél edificio en mil pedazos.

- Es indispensable, me dije, tengo que aprovechar esta coyuntura.

Salí disparado a casa, directo al teléfono.

787-742-xxxx ring, ring...hello... ...

- Buenos días, Juan, ¿cómo estás?

- ¡Marrayo parta! Es muy temprano para estar haciendo llamadas.

- Caramba, Juan, perdona, pero a quien voy a llamar si no es a ti.

- Dime Ben, ¿te sucede algo grave?

- Casi casi, Juan, tengo algo muy importante para consultar contigo.

- Creo que puedes esperar a mañana viernes, ¿verdad?, como a las diez yo bajo al correo y allá nos vemos.

- Gracias Juan, te espero, chao.

Enganché, salí, caminé hacia el correo, luego fui por el "Vocero" y entre paso y paso, la gente me preguntaba por el señor con quien estuve compartiendo un par de días.

- Es Mono Bravo, no sé mucho sobre él, el otro día lo conocí en la lancha e hicimos buena amistad. Me dijo que hacía 56 años había salido de aquí para Nueva York, que había nacido en Flamenco, me dijo que Monchín lo conoce. El hombre me contó una larga historia de Lupe Santiago, cuando por mera casualidad lo encontró en el aeropuerto, hecho un ocho porque nadie lo fue a recibir, estaba nervioso y desesperado, dice que el negro se espantó, grito y se iba a echar a correr cuando lo tocó por la espalda, pues lo había sacado por la pinta. En los muchos años que Lupe moró en N.Y. Mono Bravo siempre fue su lazarillo, en las buenas y en las malas; si se apareció por aquí fue solo por saber de Lupe y ver en que podía ayudarle, pero al saber que había muerto, se sintió acongojado, fue hasta el cementerio con Haydeé, Elizabeth, Matojo y Joaquín, yo mismo los llevé en la "Yaboa". Allí nos encontramos con Mike mi hermano, Juny prieto y unos cuantos pilotos retirados; aquellos mismos que una vez tiraron al negro, por el balcón de la casa de Coral. Damas y caballeros, que más les puedo decir; Mono Bravo es uno más de los miles de culebrenses, parte de aquel masivo éxodo, cuando comenzaron los atropellos de la Marina; regresó a Culebra, solo porque halló gracia en los ojos de Guadalupe, lo quería muchísimo y además tuvo la suerte que se hizo de buena plata, imagínese, compositor y músico excelente. Sin embargo la inmensa mayoría de sus compueblanos, jamás pudieron regresar a esta islita que queremos tanto, viven sumergidos en una añoranza permanente, la nostalgia los consume, están enfermos y muriendo de pena y dolor, soñando con regresar al lar querido, su tierra que les vio nacer. Amigos, creo que he dicho bastante, ahora quiero leer el Vocero, llenar el crucigrama, si puedo, tomar una buena taza de café y luego tirarme a la cama, a ver si logro coger un buen sueño.

La verdad es que el secreto del Tarawa es algo peligroso, Mono Bravo también le saca el cuerpo como el diablo a la cruz; cuentan la historia hasta cierta parte y de ahí en adelante, se paniquean..., se me está ocurriendo una idea, deja ver con qué me viene Juan mañana.

Otra vez uno propone y Dios dispone, tal y como le sucedió a Lupe, cuando estuvo todo un santo día esperando por Juan para que templara su guitarra; así yo también he estado toda la mañana esperando por el historiador, no tengo la menor idea de lo que le haya sucedido, pero eso sí, estoy ansioso por indagar sobre Mono Bravo, Juan debe conocerlo. Si él se marchó en el 1946; para entonces Juan era un niño de apenas once años. Eran tiempos cuando en Culebra se conocía todo el mundo, inclusive perros, caballos y gatos. ¿Qué le habrá pasado a este hombre? Me preocupa un poco, pero nada, le voy a tirar una llamadita. ¡Ah cará! Mira quien viene ahí..., Monchín.

- ¿Cómo estás? Gusto en verte, hombre a propósito, ¿sabes quién estuvo por ahí? Mono Bravo, me dijo que se crió con ustedes, los Felicianos, allá en el Barrio de Flamenco.

- Claro que lo conozco, me dijo Monchín y continuó: ese hombre es un fenómeno, el mejor músico que ha dado esta tierra, creo que no hay otro como él.

- ¡Qué bien! ¿Y de qué familia es?

- Es de los "Cecilio", tío de Don Carlos, el que trabajaba con Pablo Ayala, Valentín y Monse, para la Marina, pintando las tarjetas de tiro al blanco.

- Y... ¿Eso de Mono Bravo, de dónde salió?

- Caramba Benjamín, esa es una buena pregunta me acabas de revolcar la memoria, tantos años han pasado, ¿cómo se te ocurre? Déjame pensar un momento.

- Coja su tiempo, Monchín, yo no tengo prisa, llevo horas aquí esperando por Juan.

- ¿Juan? Juan está bregando con un montón de cosas, mira está luchando con lo del museo, el faro de Culebrita y el edificio del O.P. son patrimonios de este pueblo, lugares históricos que costaron muy caros, la lucha y el sacrificio fue grande y aún no quieren cedernos ninguno de estos tres monumentos que ante los ojos del mundo pertenecen a este pueblo.

- ¡Qué interesante, Monchín! Me alegra saber eso y yo también me propongo unirme a Juan en su noble propósito.

- Te felicito, Benjamín, entre todos podemos.

- Si Monchín..., entonces lo de Mono Bravo.

Monchín se echó a reír por buen rato.

- Oh, sí; eso se remonta a una época lejana, 1946, han pasado muchos años, pero recuerdo perfectamente, entonces yo tenía 21 años.

- Párelo ahí..., 1946 dijo usted, esto está demasiado interesante y aquí bajo este candente sol, nos vamos a achicharrar. Honorable, lo invito a un café, vamos a "Pandely", a esta hora no hay casi clientes; compramos dos tazas de café, un par de donas y me cuenta, soy todo oídos.

«Estoy de suerte», me dije a mí mismo, este es el espíritu de Juan, que viene a contarme el final de la historia por fin se va a romper el secreto. Efectivamente, a las cinco en punto de la tarde nos botaron de la cafetería.

- Señores, lo sentimos muchísimo, pero ya es hora de cerrar.

Monchín salió disparado por la calle Castelar, directo al puente levadizo y yo hice rumbo fijo por la Pedro Márquez hacia Puerto de Palos. Ese día no leí el Vocero, no hubo tiempo, tan pronto llegué a casa, agarré mis cuadernos y comencé a vaciar de mi cabeza al papel.

Mono Bravo nació en 1914, en Punta Molino, Flamenco abajo. Juan era su nombre, pero los soldados americanos lo bautizaron como "Johnie", un niño fuera de serie, estrella en todos los deportes, genio en la escuela, hijo predilecto. Tan temprano como a los siete años, masticaba el inglés como cualquier hijo del tío Sam. En realidad Johnie Cecilio era un niño prodigio. Sin embargo, aquellos tiempos eran de extrema pobreza y fue precisamente a partir de unas navidades, que el niño quedó loco enamorado de una guitarra; instrumento difícil de conseguir y supuestamente caro. Pasó enero, febrero, marzo, abril y llegó mayo, mes de los "rosarios cantaos", la promesa de los Ayala. La casa situada en una colina, frente al muellecito de Flamenco, se llenaba de campesinos, de todos los barrios de la isla acudían con grande solemnidad a cantar los rosarios a la santa cruz. El sábado, una vez concluida la promesa, justo a las doce de la noche, rompe el bembé, esto es música jíbara, juegos caceros, adivinanzas. De media noche en adelante, la cosa se calienta, están estos jíbaros en todo su apogeo, el baile está prendío, el cuatro y la guitarra, conga, güiro y palillo en Re mayor, armonizan y suena y resuena un ritmo vibrante, pegajoso, la multitud se despoja de la dura rutina; se olvidan las penas y sin sabores de esa faena diaria, de buscarse la vida en las fincas ajenas, escuchando al patrón. «A beber que nadie es cabro», gritó un borracho en el batey. Don Julián Ayala, el dueño de la casa, quien estaba atento a toda movida sospechosa, sonrió, se puso el sombrero, se paró, caminó frente a los músicos y puso sus manos en cruz.

- Muchachos, dijo, "se acabó".

Y así mismo fue, to'pájaro a su nido, claro está, no sin antes haberse jampeado una buena porción de sancocho, fricasé de cabro y lechón asado con guineítos y batata. Sabes que, quien tocaba el cuatro era Don Antonio Cecilio, tío de Johnie y esa noche el niño tenía permiso para acompañar a su tío porque precisamente era el comienzo de sus vacaciones y había pasado al sexto grado, con todas las notas excelentes; pero esa noche en particular su misión era escuchar música y estar atento, muy especialmente al guitarrista. Muchos creían

246

que el niño estaba despistado o como un autómata; calladito, con una mente fotostática grabando en su cerebro las movidas de las manos de Bachí, el genuino guitarrista que acompañaba a su tío Don Antonio. Johnie no sacaba la vista del diapasón; aprovechó un instante cuando la concurrencia se deleitaba, saboreando el banquete de la despedida, arrimó una banqueta a la pared, donde guindaba la guitarra de Bachí, de un mega salto, perfectamente ejecutado, echó mano al instrumento y por primera vez en su vida, rasgó con emoción sublime, las cuerdas de aquella lira formidable. Otros niños observaron la jugada, «brinco como un mono», dijeron, ese Johnie es bravo de verdad, tan calladito que se ve, pero lleva la música por dentro. Pronto los comentarios y críticas cesaron, ahora los niños prestaban atención a los tonos que brotaban, mientras él tocaba la guitarra. También los comelones escuchaban con admiración, las lindas tonadas de la lira. La familia Ayala y todos los devotos de la promesa, fueron testigos del milagro, un niño que jamás había tocado una guitarra, esa noche tocó bellas melodías. La muchedumbre se fue a su casa gozosos, porque su fe se incrementaba viendo las maravillas que podía hacer su Dios.

A partir de entonces y hasta el mismo día que el rey de la guitarra, salió de Culebra, a los 32 años de edad, jamás se le conoció como Johnie, ni Juan Isabelo Cecilio, ni con ningún otro nombre, sino que hasta su propia familia y el pueblo entero solo lo identificaban como "Mono Bravo", músico virtuoso, el campeón de la guitarra, director de los mejores grupos musicales en New York por montones de años.

- Monchín, eso está la mar de interesante, ahora bien, ¿porqué Mono Bravo se fue de Culebra? ¿Es cierto que se marchó dos días después que volaron el O.P.? ¿Cuál es el misterio? Sabes que Juan tampoco habla mucho sobre ese tema. Usted, qué sabe, sobre el secreto del Tarawa; ese día..., ¿usted estuvo allí, frente al muellecito?

Visiblemente Monchín se puso nervioso, fingió una leve sonrisa, se trabo un poco su voz, y respondió con acento adolorido:

- Con calma, Benjamín, esto es un asunto muy serio, primero, no solo se fue Mono Bravo, quien se fue de Culebra, se fueron cientos de personas después de ese terrible suceso y en los días subsiguientes, yo no creo, estoy casi seguro que ese misterio jamás se habrá de saber. Unos dicen que el teniente Maratti era comunista, otros alegan que fue un héroe y hay quien diga que fue venganza; Benjamín, yo personalmente creo que fue un error de cálculo, pero tampoco dudo las demás versiones, el teniente Maratti fue condecorado por sus "actos de heroísmo", en la Segunda Guerra Mundial, eso es todo lo que se sabe sobre el secreto del Tarawa. Preguntas también si estuve frente al muellecito; sí Benjamín, estuve, pero prefiero, como todos, no recordar ni hablar más de ese asunto; para mí, eso es un caso cerrado.

- Muchachos, ya son las cinco, nos vamos, el café y las donas van por la casa.

- Gracias, muchas gracias.

A las diez de la noche, recibí una llamada de Juan.

- Ben, lo siento mucho, una visita inesperada, pero de mucha importancia, me tronchó de cuajo, mi cita contigo. Personal federal y miembros del Instituto de Cultura, me sorprendieron esta mañana; tú sabes que estamos peleando por rescatar el faro de Culebrita, el edificio del O.P. y el polvorín para el museo; ya tú sabes, me la pasé todo el santo día por Culebrita, en la montaña y en pueblo viejo. Pronto voy a necesitar de tu ayuda, estos asuntos conllevan mucha paciencia y mucho desgaste físico y este pueblo es difícil, bueno Ben, nos vemos pronto por ahí, ya sabes, estoy excusado, te pido disculpas.

- Perdonado, Juan, ¿sabes qué? Me encontré con Monchín y acabó por confundirme totalmente, tal como tú y Mono Bravo, no concluyó con el condenado enigma del Tarawa; buenas noches amigo.

- Adiós Ben, hasta luego.

- Un momento, Juan por favor, se me ha ocurrido una idea, ¿puedo investigar a personas mayores sobre este asunto?

- Dudo que alguien recuerde esa tragedia, pero despreocúpate, mete mano.

- Gracias Juan, adiós.

Enganché el teléfono y créame, no tuve ánimo para lavarme la boca, me tiré al lecho derrotado, "hasta aquí, me trajo el barco", el secreto del Tarawa, se quedó en secreto, ni Juan, ni Mono Bravo, Ni Monchín, me contarán ese final trágico. ¿Qué habrá pasado frente al muellecito de Flamenco, al día siguiente del bombazo del O.P.? Eso precisamente es el desenlace de esta historia; sin ese particular, la historia no tiene ni son, ni ton, se queda todo a medias, los lectores pedirán mi cabeza, quedaré desacreditado. ¡Qué pena!, estoy casi resignado, tanto nadar, para morir en la orilla, sin evidencia, sin fundamento, ¡no!, lo siento mucho, pero el libro no va.

Esa noche soñé con un baile prendido, en la casa de Pablo Ayala. Recordar el pasado, soñar el futuro y vivir el presente. Simultáneamente en el sueño recordaba a Pancho el mexicano; anhelaba cantar rancheras y tocar guitarra como él; pero ni modo vivo el presente, soy joven y tengo que sacarle partido a la vida. Para cantar y tocar guitarra, habrá tiempo después, ahora quiero gozarme este baile hasta el amanecer.

Desperté y medité en ese raro sueño, era una advertencia, así mismo pasó con mi vida; cuanto lo lamento ahora que tengo unos pocos más de años; mi juventud se esfumó, el baile, baraja y botella se robó mis mejores años de producción. Que muchos años derroché en inútiles vacilones, pero a veces la vida es benévola y nos da una segunda oportunidad.

Amaneció el día diáfano y claro, me fui de pesca con el indio Muka, ese fue el comienzo del olvido, porque la pesca se volvió rutina; luego me tiraba en la hamaca con el Vocero o algún libro viejo y me olvidaba del mundo. Muchos meses pasaron sin volver a pensar en el Tarawa, creo que me uní a Juan, Mono Bravo y Monchín, de manera que el secreto del Tarawa se queda en secreto. Voy a escribir sobre otros temas en el género de cuento, así lo publico en el "Culebra Calendar", le paso los artículos a Jim y no tengo que ver con más nada. El Culebra Calendar sale todos los meses y todo el mundo lo lee, esta es mi decisión final. Le dedicaré más tiempo a la familia, leer y echar siestas en la hamaca bajo los mangles, salir a pescar con el indio, un viajecito a la Isla Grande de vez en cuando, ir al cine o alguna obra de teatro, escuchar el susurrar del viento, mirar los turistas que suben y bajan frente a mi casa, buscar la correspondencia, llenar el crucigrama del Vocero, ir cada seis meses a un chequeo de rutina al CDT, ayudar a los niños en sus asignaciones, pintar algún paisaje, tener buenas conversaciones con mi prójimo, desprender cada día una hojita del almanaque, visitar el templo los sábados en la noche, para que nunca se me olvide que Dios existe; ayunar los jueves y viernes santo, levantar pesas tres veces en semana y dar algunas caminaditas. A todo esto me dedicaré con el favor del Señor, entre otras cosas de importancia que surjan en la marcha. Descarto de cuajo ver televisión, los vicios, la política, las grasas y el Tarawa.

Esta es la buena vida de un culebrense, quizás de todos los residentes, los que hemos resistido los inevitables cambios sociales, culturales y técnicos que van aflorando con los nuevos tiempos, a mis buenos lectores, pido mis disculpas por la promesa incumplida de nuestra historia, siempre y es mi mejor deseo relatar tan importantes sucesos acaecidos en esta pequeña isla; pero qué se va a hacer, uno pone y Dios dispone. Algún día se sabrá toda la verdad, pienso que la tragedia frente al muellecito de Flamenco fue algo muy crudo, horrible, a tal grado que quienes pueden arrojar luz al respecto, se niegan a soltar una sola palabra. Ahora con su permiso, el indio Muka y yo nos vamos de pesca. Viento en popa, marea pa'l sur, rumbo directo a Cayo Lobo, huyan piedras y peñascos, que aquí voy yo y me desbarato.

- Hecha la silga Muka que hoy vamos a matar un par de sierras, tres picúas, cuatro bonitos, un pez vela y dos tiburones...

- Mi capitán, dijo el indio Muka, yo me conformo con ocho colirubias , seis boquicolorao, cuatro samas y una docena de mariposas (chopas)

- Voy a mí...

- Un maví bien frío, mi capitán, le apuesto a mi...

- Indio, la apuesta va...

Pasaban los días, las semanas, los meses y Culebra, ahí, en la edad de piedra, tres pasitos pa'lante y cuatro para atrás. Como todo lugar con sus pros y sus contras, por supuesto más contra que pro. Y yo, tranquilo, cumpliendo al pie de la letra con todo lo que me propuse, disfrutando en buena lid, las bendiciones y tolerando los nubarrones que se le vienen de frente a cualquiera. Ayer, otra vez esperamos cerca de tres horas, por la salida de la lancha allá en Fajardo, en realidad eso es una poca vergüenza, esa autoridad no falla, todas las semanas comete los mismos abusos, en realidad yo no sé qué rayos será, si es el sindicato con sus poderosas uniones o si será la maldita gerencia con su estúpida burocracia, su falta de interés o será que jamás han aprendido a manejar esa cuestión de la marítima; cuanta lancha nueva llega en unos meses la hacen chatarra y pronto va a parar a su cementerio allá en Cataño. La cosa es que el pueblo sigue sufriendo, pasando las mil y una noches, cruzando el Niágara en bicicleta, por causa de un remoto sistema que solo camina hacia atrás como el cangrejo. ¿Hasta cuándo Señor? Bueno amigo, de todas maneras «Culebra es Culebra, nuestro vino es amargo, pero es nuestro vino», paciencia... ¡coño!, paciencia.

Que dirá el mundo que nos conoce; un pueblo como Culebra, el cual luchó y venció al imperio "poderoso" de los yankees. Ahora estamos eñagotaos, quizás peor que con la Marina y nadie tira la primera piedra para que se nos respete.

Todo el mundo hace leña del árbol caído, cuando vengamos a abrir los ojos, se nos habrán quedado con la isla.

Las inversiones son gigantes, vienen acaparando desde el noreste hacia el suroeste. Observen esa asquerosidad que levantaron en la misma entrada de la Bahía de Ensenada Honda, la bahía más linda del Caribe, le llaman "Costa Bonita", un descaro y una falta de respeto para este humilde pueblo; vergüenza contra dinero, como predicaba el caudillo Luis Muñoz Marín.

Una pequeña isla está siendo secuestrada por grandes "desarrolladores" inescrupulosos que con el solo fin de requete multiplicar sus botines, aplastan, masacran y destruyen el ambiente, sin considerar ni respetar la sensibilidad de la pequeña Isla de Culebra y lo inverosímil de este asunto es que casi siempre cuentan con el respaldo de las corruptas agencias de gobierno, las cuales otorgan permisos sin consultar las autoridades municipales y sin que se celebren vistas públicas, a un buen entendedor, nada hay que explicarle, eso es a billetazo limpio, perdón, quise decir sucio.

Cómo se podrá preservar las plantas, animales y comunidades naturales que representan la diversidad de vida, aquí en Culebra, una isla tan pequeña, con tan poco espacio, tierra y agua estrictamente necesario para sobrevivir. Si no hay una justa evaluación de esta presente modalidad, estos desarrolladores o mejor dicho, estos buitres, demoledores del ambiente, terminarán destruyendo lo poco que nos queda y lo más triste del caso es que se sigue proliferando, ¿qué dirá el amigo Juan al respecto? Y yo aquí en esta hamaca leyendo y durmiendo, de brazos cruzados, ahora, cuando más necesita este pueblo que se levante una protesta, aún más grande que cuando la Marina. Pienso que a estos bárbaros hay que darle un golpe duro, hay que crear un frente común contra los constructores que nos quieren desaparecer la isla con sus toneladas de cemento.

Y siguen llegando, de manera que no se conforman con todo lo que han acaparado; Culebra entero mira con preocupación y coraje la actitud de dos nuevos desarrolladores, pero yo desde mi hamaca en Puerto Palos, sigo pensando: ¿y nuestros líderes, dónde están? Tomasito Ayala, muy ocupado investigando, Iván Solís tranquilo, de vez en cuando escribe, un poco tímido en el "Culebra Calendar"; Filí anda por ahí, paseando a su perro Machetero, Flores en la montaña, mirando al horizonte, Digna investigando documentos, Sylvia tratando de que el pueblo arranque; Dolly sufriendo ante la dejadez de los compañeros. Lourdes calladita, Don Taso, Monchín, Zule, Rosarito y todos los demás, pues esperando organización y que pronto la lucha arranque y el pueblo, los culebrenses, los residentes, los aliados, estarán sin dirección, esperando órdenes de arriba o como diría Jeisy Colón «todo bien, gracias». En realidad esto da ganas de llorar, miren el cinismo con que se usan palabras tan lindas como "Ecoturismo", o por ejemplo «desarrollo sostenible », para promover desarrollos suicidas que Culebra no puede sostener. Ese desgraciado proyecto "Costa Bonita", nos ha ofrecido el mejor ejemplo para saber de los daños ambientales, la ofensa social y el cero progreso económico, que significa para nuestra comunidad ese terrible edificio, exactamente a la entrada de la bahía. A cambio de este antiestético cementerio, se sacrificaron centenares de hectáreas de mangle y otros recursos naturales de gran importancia para el ambiente. Que vaya un culebrense y corte una rama de mangle, demás está mencionar el castigo de la agencia.

Amigos lectores, residentes todos:

Estas cosas me recuerdan al cieguito de Lares, ese distinguido cantante de una voz única José Feliciano, "¿Qué será, qué será, qué será, de mi pueblo qué será... Ya mis amigos se marcharon casi todos y los que faltan se irán después de mí". Al paso que vamos, ¿qué será de Culebra, más pronto como mañana? Pues nada más ni menos de lo que usted se pueda imaginar. Como añoro aquellos patriotas de Seva, un pueblo de un espíritu tan consagrado en moral y justicia, que prefirió desaparecer que pagar el precio, que estamos pagando Vieques y Culebra. Si hubiésemos seguido el ejemplo de Guánica, «welcome home yankees », ahora estaríamos en las papas, como en realidad está el "pueblo de la amistad", gozando de lo lindo en el "progreso", con su gran alcalde cibernético, Don Martín Vargas Morales, hasta fabricas de vino, tienen los guaniqueños ¡imagínese! Y mientras Vieques atraviesa una terrible racha negativa que aparenta perseguirlos por tiempo indefinido; nosotros los culebrenses batallamos con el monstruo de las siete cabezas.

Nadie sabe en qué cabeza cabe o tal vez tendrán un plan para hacer con nosotros lo que no pudo la Marina, eliminarnos del sistema existencial. Nuevamente nos han declarado la guerra, olvidaron que una vez vencimos a un ejército "poderoso", en una lucha desigual como la de David y Goliat. Ahora la pelea no será contra lluvias de bombas, si no contra barriles de dólares limpios, quiero decir lavados, hay que estar preparados para lo peor, no olviden que el amor al dinero es la raíz de todos los males y precisamente en esos mares navegan estos inversionistas, comprando todo, miden, calculan y luego tiran a matar. Y yo, en la hamaca rabiando, con las manos atadas, leyendo el "Culebra Calendar": el proyecto "Mi Terruño" será una singular desgracia para Culebra, su colosal tamaño mete miedo, algo insólito. Basta con mirar el tamaño del pueblo y de la barriada Sopapo, para darnos cuenta de que "Villa Mi Terruño", está totalmente en desproporción con el pueblo y la Bahía Ensenada Honda; de manera que si estos magnates se salen con la suya, el pueblo será aplastado por una masa enorme de cemento. Imagínese la llegada de miles de personas y miles de automóviles, terminaremos siendo una aldea al servicio de esta mole de cemento y sus "propietarios". Villa Mi Terruño es un proyecto apoteósico, absorberá al pueblo y sus barriadas, traerá hacinamiento, problemas en el tráfico, se cambiará la naturaleza de un pueblo pesquero y tranquilo; pero peor que todo, se derribará un hermoso monte tropical de los pocos que nos quedan, lo único que tendrá de terruño, será el recuerdo de lo que fue un bosque muy especial, antes de que lo destrozaran. Un desarrollo bien planificado no tiene porque destruir mangles, contaminar aguas, matar corales y acabar con las maravillas y los encantos de Culebra.

Los partidarios de Villa Mi Terruño, Manuel Dubón, del proyecto condo hotel, dice que hará todo lo que tenga que hacer para que su proyecto sea aprobado; invertirá billetes a tutiplén y quienes se opongan serán mirados por encima del hombro, sin embargo a este tiburón se le olvida que hay más de una docena de políticos corruptos tras las rejas, precisamente por esa misma compra de influencias con su cochino dinero; y siguen llegando, aparentemente esta plaga no hay quien la pare. Los que jamás dijeron presente, cuando Culebra estaba bajo el fuego candente de la Marina, ahora se arriman como abejas a la colmena, no para producir miel, si no para beneficio de sus propios intereses. «Que bonito»

Hay que llamar las cosas por su nombre, para no confundir a las personas que no han visto el desastre, la remoción de corteza terrestre, desmonte y destrucción de miles de árboles de diferentes especies, tanto en el Monte Resaca como en Flamenco. Estamos hablando del nuevo desarrollador, Don Víctor González Barahona, un cubanito "multimillonario". ¿De dónde sacaría tanto dinero? ¿En qué clase de negocios estará envuelto este pejecito? Se trata de millones de dólares lo que está pagando González por las cuerdas; con esas cantidades de dinero y sus tantas conexiones con las agencias que precisamente son las que tienen que poner orden en estos asuntos, este señor fue capaz de apoderarse del remoto camino público y gran parte de la zona marítima terrestre que bordea la laguna de Flamenco, hasta la playa frente al muellecito, de la cual tuvo la osadía de cerrar el acceso, construyendo un muro enorme en medio de la libre carretera.

Inmediatamente líderes culebrenses con el apoyo de todos los residentes le declaraban batalla a González, donde se obtuvo un triunfo parcial, puesto que la Autoridad de Conservación y Desarrollo de Culebra (ACDEC) logró que el tribunal de primera instancia de Fajardo fallara a favor de los culebrenses. El señor González no tiene jurisdicción para tales proyectos, tiene que acatar la orden emitida y demoler el enorme muro que obstruía el acceso al muellecito de Flamenco, pero el muy testarudo cubano, valiéndose de sus millones y conexiones vuelve a bloquear el paso, sin ningún endoso de ACDEC y sin los permisos de la Administración de Reglamentos y Permisos (ARPE) querella # 06QC5-00000-0464. La estructura levantada por Don Víctor, fue peor que la anterior, no permitía que las ambulancias y bomberos llegaran cerca de la playa, representando esto un grave peligro para todos los visitantes. Continúa el jueguito. Vuelve ACDEC y emite una resolución con orden de demolición; el señor González apela con un mandamus, demandando a los miembros de ACDEC, pero la Autoridad se las arregla y manda a demoler y vuelve Víctor González a bloquear el acceso. Se le radicaron cargos al cubano, por sabotaje y violación al artículo 246 del código penal que protege el libre acceso a las playas. Ahora bien, pueblo de Culebra, miren a lo que hemos llegado "no valemos nada". Este señor con sus millones y su influencia en el gobierno, como todos los demás magnates que vienen a plantar bandera en nuestra isla se ha salido con la suya, ojo, Víctor González no reconoce el derecho ni de la corte, ni de ACDEC, ni mucho menos el del pueblo de Culebra, actúa por sus propios timbales, su propia voluntad y engaña al tribunal, ignorando la responsabilidad que tiene para hacer respetar la ley. ¿Qué se podrá hacer para luchar y vencer a este pulpo manta?, la última amenaza a nuestras tradiciones y cultura, de todas maneras hay que salvar lo poco que nos queda, o ya ahorita vamos a correr la misma suerte se Seva y ¿quién puede dudar que aquellos nueve oficiales que murieron en el 1946, estén sepultados bajo toneladas de cemento en el nuevo O.P., construido y pintado de rojo y amarillo?

«Podría ser este, el secreto del Tarawa »

Meditemos y preguntémonos nuevamente..., ¿porqué las autoridades estatales y federales (Fish and Wild Life) le consienten y toleran todos estos abusos al señor Víctor González?

Por cuanto, el pueblo de Culebra ganó la lucha contra la Marina, por derecho moral y legal, el edificio del puesto de observación, pasa a ser patrimonio de este pueblo, ese ex bastión militar lugar excelente para ser visitado, primeramente por los amantes de la historia, por los niños curiosos y turistas de todo el mundo, podría ser comparable a la "Fortificación de Maginot", una línea defensiva muy visitada, es una obra de arquitectura militar que fue burlada fácilmente por los nazis. Considerada como el O.P. de Culebra, una maravilla militar, una red inexpugnable de fortificaciones subterráneas a lo largo de la frontera con Alemania, desde Bélgica hasta Suiza, diseñada para contener los ataques nazis y evitar los combates de trincheras. En el 1946 los alemanes bloquearon el vasto complejo para que nadie se enterase de todo lo ocurrido allí, durante las guerras; secretos, muchos secretos guardaba la "línea Maginot", pero los alemanes mantenían las fortificaciones congeladas en el tiempo, diferente al pueblo culebrense con el rescate del O.P., allá el pueblo peleó, ejerció presión, luchó por sus derechos, las protestas fueron muchas y al fin la razón venció. En 1980 comenzaba a abrir las puertas al público, ahora los amantes de la historia y de los cuentos militares, los turistas de todo el mundo disfrutan visitando los sorprendentes e increíbles armamentos militares usados en la Segunda Guerra Mundial. Ahora la línea Maginot es visitada por miles de personas, inclusive ex soldados, es un centro turístico que genera millones de dólares a la comunidad alemana; imagínese, lector, si se logra hacer lo mismo con nuestro puesto de observación en Culebra, cuál sería el empujón hacia la economía, además de ser una atracción y sólida fuente de empleos.

Los líderes de esta comunidad, tienen un propósito sano y justo (histórico) de rescatar el O.P., es el lugar ideal, fantástico, para que se le rinda homenaje a todo un pueblo que se envolvió en aquella lucha campal de los años 70, cuando algunos creían que se estaba luchando contra molinos de viento. Se ha elegido el puesto de observación en el Monte Resaca, porque desde allí se monitoreaban las maniobras y se observan cuando las balas y las bombas explotaban sobre nuestra querida isla. Desde el O.P. se controlaba todo; salida y entrada de los barcos y aviones. La vida del culebrense, aquel bastión militar, llegó a ser, algo así como un símbolo paternal, un centro de poder y autoridad a quien había que pedirle permiso para todo y no solo pedir permiso a Big Mary (esta era su clave), si no que en la mayor parte de las veces, de antemano había que firmar un acuerdo, relevando a la Marina de toda responsabilidad en caso de accidente o cualquier otro suceso mientras se estuviera en área restringida y para entonces, todo Culebra y diez millas alrededor era área restringida.

Sabemos y muy consciente estamos que el rescate del O.P. es un hueso duro de roer, es un asunto cuesta arriba, algo poco menos que imposible de lograr, pero también estamos conscientes que se puede. En esta vida no hay nada imposible, para los que perseveran, lo vamos a lograr; hay que ser realistas, tenemos varias piedras en el camino, grandes obstáculos en el medio; contra esto tenemos que meter pecho y anticipamos, no es fácil. Los intereses opuestos tienen el sartén cogido por el mango, son "poderosos" en las esferas del que manda. He aquí, los obstáculos que nos podrían impedir este bonito, justo e histórico proyecto del pueblo y para el pueblo. Veamos y juzgue: Cuando surge la muerte de David Sanes Rodríguez, el 19 de abril de 1999 en la Isla de Vieques, se desató una contienda entre la Marina de los E.U. y los viequenses, lo que culminó con la salida de la Marina. Todas las gestiones que desde un tiempo atrás se venían realizando, por las diferentes organizaciones para el rescate del O.P. se fueron al suelo.

Imagínese, la Fundación de Culebra, que preside el compañero Juan Romero, perdió todo apoyo logrado hasta el momento. Al salir la Marina de la base Roosevelt Roads, traspasó todo su terreno en Culebra, al servicio de Pesca y Vida Silvestre; no obstante la fundación continuó haciendo gestiones para conseguir el traspaso del O.P. aunque fuera al municipio; fue entonces cuando vuelven y se complican las cosas, ¡qué desgracia! Aparece el fantasma de Don Víctor González, con un par de drones llenos de billetes americanos y se compra (sin ser blanco de investigación, por la inversión de tantos millones) todos los terrenos aledaños, donde está situado el puesto de observación; donde está la servidumbre de paso para llegar al O.P., servidumbre utilizada por todo el mundo desde los tiempos de España; inclusive los turistas, para llegar a la rampa, lugar público de recreación en el Monte Resaca, desde donde se disfruta de vistas espectaculares: la playa de Resaca, Cayo Norte y las Islas Vírgenes al fondo. Sépase que los intentos y las diligencias por Juan Romero, la señora Sabater, Ramón Feliciano, entre muchos otros líderes, con el señor Víctor González, para llegar a un acuerdo sobre el acceso al O.P. han sido un fracaso. El Sr. González ha manifestado públicamente, que no tiene intención de permitir paso libre hacia el O.P. y mucho menos que se haga nada en dicho lugar. Este señor, el mismo que levantó grandes barreras obstruyendo el viejo caminito vecinal, al muellecito de playa Flamenco.

Amigo lector, no se deje engañar, este mezquino y ruin ciudadano X, apoyado por todas estas agencias, tanto estatales como federales, saben mejor que nosotros, sobre el secreto del Tarawa. Esa es la razón principal de todo este atropello; se trata, entienda bien amigo, de ocultar la desgraciada tragedia de 1946, cuando el Teniente Maratti, por las razones que fuesen, dejó caer 500 libras de dinamita sobre el O.P., donde quedaron sepultados, nueve de sus mejores oficiales.

Cuando murió David, un capitán de la Marina reclamó que nunca había ocurrido un error de esa naturaleza en Culebra. Falso, un marino de Tarawa, timonel de una de sus lanchas de desembarco, escribió al periódico "Boston Globe", en mayo 2000; criticando a la Marina por no mencionar el incidente del O.P. en Culebra, donde murieron nueve oficiales.

Es comprensible que luego del incidente en Vieques, el Servicio de Pesca y Vida Silvestre, Víctor González Barahona, entre otros cómplices se hayan unido a la Marina para seguir manteniendo oculto el secreto del Tarawa.

Es insólito creer que a esta conspiración se haya unido un cubano exiliado, hombre de negocios turbios al cual corrieron en Guánica por lastimar el ambiente, aunque tampoco se puede dudar que estos seres son capaces de jugar con sus cartas marcadas, sin importarle un comino que sean declarados non gratos en esta isla hospitalaria, tranquila y pacífica. Definitivamente, el hombre no quiere razonar, continúa ferozmente oponiéndose a toda gestión, para que la comunidad de Culebra esté cohibida de esas facilidades.

Moraleja: el señor González no es Culebrense, ni puertorriqueño, es miembro de la junta de directores de la Fundación Nacional de Pesca y Vida Silvestre, por tal razón no tiene interés, ni sentimientos hacia nuestra isla. La imaginación no tiene fronteras.

Eventualmente el abuso con la isla de Culebra continuará, la historia del O.P. se irá borrando de los culebrenses que aún vivimos; y cuando los que nacimos y nos criamos aquí, desaparezcamos, no habrá duda ninguna, estos incondicionales a tiempo completo, con el pentágono Yankee, demolerán en un santiamén el puesto de observación. Así desaparecerá para siempre la verdadera historia, las memorias y recuerdos de este suceso, quedarán en el limbo y jamás se sabrá que allí, nueve oficiales ofrendaron sus vidas, bajo

la explosión de una bomba de sus propios aliados; posiblemente destinada a caer en el medio del mismo pueblo de
Culebra, aquél hermoso día de primavera del año 1946.

Capítulo XIV

La juventud es una enfermedad y solo hay una buena medicina que la cura. Está al alcance de todos, porque dicha medicina es gratis. Olvídese de los planes médicos, de reformas, del cuánto me cuesta y dónde se consigue. Está ahí, a la vuelta de la esquina, es maravillosa, lo cura todo, hasta la locura. Pregúntenme, aunque ya se lo he dicho tantas veces, estoy sano, completamente sano de esa enfermedad, como diría Rubén Darío: (el poeta)

"Juventud divino tesoro,
Que te vas para no volver,
Cuando quiero llorar, no lloro,
Y a veces lloro, sin querer".

Qué ironía, ahora que estoy sano de esa enfermedad deliciosa, limitada la capacidad y energías para continuar luchando y sacando la cara por nuestra querida isla de Culebra, puedo gritar con la frente en alto: «el tiempo me curó »

Una aclaración que vale la pena, un que conste, necesario. El mero hecho de que el tiempo me haya sanado o sea que llegamos a la conclusión, de entender, de apreciar, de pensar; no significa necesariamente que claudicamos; que nos hemos resignado, que ni fu, ni fa; no, de ninguna manera, aunque sea como indio, soldado de fila, o niño de mandado, moriremos con las botas puestas. Como el gallo de casta, que vence o cae en el redondel. Pero hablando la verdad y como les dije antes, el tiempo me curó, ahora no muero de espanto, ni me asombro ante los golpes que recibimos a diario. Culebra es Culebra, pero ahora estamos en un nuevo ciclo. Las cosas han cambiado vertiginosamente, estamos en plena época cibernética, la nueva técnica camina al frente, la juventud se impone; aplica sus estilos, su música, su deporte, su ciencia, su gufeo; aunque son torpes para asumir liderato y responsabilidad, especialmente en asuntos sociales que afecten al pueblo. Poco les importa que llegue a la isla un Juan de los paslotes y se quede con medio Culebra. Mucha juventud hoy en día, no se quiere comprometer viven su mundo, despistados, sumergidos en una dependencia con sus progenitores. Les gusta la ropa de marca, tenis de última moda, buenas gafas, celulares, computadoras, prendas, carros, viajes y Culebra que baile al son que le toquen. Los viejos están tranquilos, de vez en cuando visitan el museo... el museo, si algo logró Juan en su fatigosa e incansable lucha, cierto fue que tuvo que echar el resto, pero al final con las energías de Dolly, Josefina y otros amigos, se inauguró el museo. El faro de Culebrita, se quedó en veremos, el puesto de observación está sentenciado a muerte, como quiera que sea, hay que darle créditos a Juan, es digno de un reconocimiento, un luchador incansable, contra viento y marea, contra agencias incompresibles, contra leyes injustas, contra enemigos voluntarios e ingratitudes de indolentes. Juan se fajó, el pueblo entero es testigo, pero también como a mí, le llegó el momento de tomar la medicina que cura todos esos males. Quizás quede algo todavía, la fe jamás puede morir. Los milagros existen, la vida nos da sorpresas ¿y quién sabe? Los enemigos de Culebra, con sus drones de billetes pueden controlar, claro, en este sistema capitalista. Sin embargo, un fenómeno natural les podría complicar sus planes, no vayan a olvidar que el Huracán Hugo (1989), fue un enorme muro de contención, evitando que centenares de inversionistas, continuaran cubriendo nuestro suelo de cemento. A veces surgen fenómenos, más poderosos que Hugo, cierto es que este pueblo luce resignado, pero cualquier cosa puede pasar.

Otro factor lo es, la ruina económica que azota el planeta, observen como está "Costa Bonita", en quiebra.

Los días pasaban, pasaron los años, para nuestro favor, nos sumergimos en un sistema de costumbres y olvidos. Olvidamos las penas, los malos ratos, las deudas, las ambiciones, las buenas ideas y hasta nuestro patriotismo olvidamos. Nos acostumbramos al cógelo o déjalo, los servicios de agua y luz, los abusos de los puertos (lanchas), el alto costo de la vida, la falta de gasolina, los escándalos de Guan-Guan, en la plaza pública , los tapones de las guaguas públicas, los chismes en el vecindario, etcétera, etcétera.

Tirado en la hamaca, en puerto palos, llegué a comprender que el olvido y la costumbre es una forma para lograr la verdadera felicidad, de manera que una vez libre de todo compromiso, comiendo, leyendo y durmiendo, me sentí feliz. Sin presiones, ni estrés, de cuando en vez leía la Biblia y fue así que descubrí por carambola dónde estaba la falla de los hijos de la creación. Simplemente, me dije: nadie obedece los diez mandamientos, ni siquiera nueve, ocho, siete, seis; que diferente marcharía la humanidad si las mujeres y los hombres respondieran fielmente a esos diez llamados del Rey.

Un lunes, temprano en la mañana, sacaba la cuenta, mientras con una dita sacaba el agua a la "Yaboa", del aguacero de la noche anterior. Pensaba: «hoy hace un mes exacto que el indio Muka, no asoma por aquí »

Terminé la faena y dirigí mis pasos a la hamaca, a esperar la tacita de café a la cual Blankita me tenía acostumbrado. Era cerca de las siete, cuando llegó Matojo, avisándome que una persona mayor quería hablar conmigo.

- ¿Quién podrá ser? Me pregunté. Pensé: Mono Bravo.

- ¿Quién es? Pregunté a Matojo. ¿Será Mono Bravo?

- No, ese señor no es, es mucho más viejo, quiere que lo lleves a ver a Pablo Ayala.

- Tío Pablo, me dije, tío tiene 104 años, ¿quién lo podrá procurar? Uf, la cosa es importante.

Así es que no esperaré el café y por primera vez en más de cuatro años, salí a la calle a hacer contacto social.

- Aquel señor que está allí, señalo Matojo.

Caminé al otro lado de la calle, bajo el árbol de botoncillo, allí recostado estaba el anciano. Saludé, examinándolo de abajo a arriba.

- ¡Buenos días, señor! ¿En qué puedo servirle?

- Saludos amigo, ¿Es usted, Benjamín Pérez?

- Sí, en qué puedo ayudarlo, me dice Matojo que usted conoce a tío Pablo. También le pregunté por qué me busca a mí, con nombre y apellido.

- Amigo, perdone, le busqué a usted porque su amigo Filí, el del perro Machetero, me dijo que usted me podía ayudar, acabo de llegar en el ferry de las siete y sepa que vengo de muy lejos.

Luego entonces el viejo se presentó, me entró un nerviosismo y casi caigo de bruces.

- Yo soy Francisco Sánchez, por tres años fui cabo de la Marina en el puesto de observación, pero todos me conocen por Pancho, Pancho el mexicano.

Poco faltó para desmayarme, se me fue la voz y me quedé inerte por casi un minuto.

- ¡Dios mío! Logré decir, ¿será posible? Venga usted conmigo, sígame.

Bajamos a puerto palos y la verdad que no sabía por dónde empezar.

- Qué pequeño es el mundo..., medité y como un autómata, descolgué el teléfono y llamé a Juan con carácter de urgencia.

- Juan, por favor, tienes que venir ahora mismo, estoy aquí en mi casa, en puerto palos, tengo una visita que te va a interesar, por favor, ven.

- ¡Benjamín, por fin te escucho, yo creía que te habías muerto! ¿Quién es esa visita tan importante?

- ¡Oh Juan! Increíble, es una persona de nuestra historia.

- Pero Ben, ¿Qué te pasa? Acaso tú no estabas desterrado, mira que tengo mucho que hacer y acuérdate que este pueblo...

- ¿Este pueblo qué? Juan.

- Este pueblo está como la iglesia de Salvador Freixedo, durmiendo.

- Tienes razón, pero recuerda que cuando se duerme se sueñan cosas bonitas, hecha para acá.

- Sí, y también surgen pesadillas.

- También, tienes razón en eso, pero por favor Juan, ¿sabes quién está aquí? Pancho, el mexicano, el hombre que escapó de la muerte, cuando el bombazo del O.P.

- Ben, ¿tú estás soñando o tienes pesadillas?

- No, no, te hablo en serio, frente a mí, tomando café, se encuentra el cabo Francisco Sánchez, te espero.

- Voy para allá, Ben, dame treinta minutos... y que Pancho el mexicano, sabrá Dios qué te traes ahora.

- Te espero Juan, estoy nervioso.

La visita sorpresiva e inesperada de aquél hombre que en su rostro reflejaba una mezcla de tristeza y alegría, fue como si se incendiara en mí ese subconsciente fundido por tantos años y sin el más remoto ápice de fe, en cuanto a cumplir la promesa de escribir el libro de historia, para esta y nuevas generaciones. Ahora caía la oportunidad del cielo, el desenlace estaba ahí, en la cocina de mi casa, ahorita se me pondría en bandeja de plata, así fue, tan pronto Pancho saboreó aquél revoltillo de huevos, con papas fritas, arepas y café nos fuimos al muellecito de la laguna y a la sombra de árboles, mirando las gaviotas y pelícanos, comenzaron las preguntas, más las respuestas no se hacían esperar.

Juan llegó cinco horas después, incrédulo llamó desde arriba, Blankita le advirtió que bajara.

- Están ahí, en el muellecito, le dijo, y parece que la cosa es interesante.

- Ese marido tuyo está de suerte, digo... si es cierto que el míster ese es Pancho el mexicano, aún no lo creo.

- Vaya usted a ver, esa gente han hablado hasta más no poder, pero espere un momento Don Juan, para que tome café.

Para ese momento era como si hubiese conocido a Pancho de toda la vida, la química fue perfecta.

- Mire Pancho, ese que viene por ahí es Juan, mi buen amigo.

Los presenté y me fui en busca de jugo de limón, claro, para darle espacio a ese gran historiador, que escuchara palabra por palabra, ese lamentable testimonio, del cual ahora, yo también era parte.

Fueron muchos los que, como Monchín, Mono Bravo y el mismo Juan, guardaban en lo más recóndito de su conciencia ese secreto, que no es otra cosa que la verdad de los hechos; hechos que el Gobierno de los Estados Unidos de América, ha logrado mantener oculto hasta este momento. Se ha valido del chantaje, las amenazas y desde luego su fábrica de billetes. Por estas mismas razones, especialmente dos factores esenciales: #1, el interés de Juan y demás culebrenses, de rescatar el edificio del O.P., para convertirlo en un museo nacional, para que fuese visitado por miles de turistas, estudiantes, profesores, científicos y otros grupos excursionistas y así se divulgara en el mundo entero, la aportación de esta isla en entrenamientos a soldados, para vencer o morir en las guerras fratricidas del imperio yankee. El factor #2 lo es la muerte de David Sanes Rodríguez, también en abril, pero de noche, en su propio friendly fire, en la isla vecina. Imagínese la olla de grillos que se destapó; coincidió este incidente con las diligencias de Juan, de manera que hicieron su proyecto imposible. Volvieron a negar, las nueve bajas que sufrieron con sus propias armas en su bastión militar en Culebra.

Para continuar guardando el secreto del Tarawa, una vez se revuelca el avispero y la cosa se pone al rojo vivo, con la muerte de David, estos gringos que se creen listos y que se las saben todas; activaron todo su equipo represivo y no represivo; órdenes a la agencia de Pesca y Vida Silvestre y sirvieron de facilitador para que un tal Víctor González, comprara los predios anexos al puesto de observación, convirtiéndolo en cómplice, un cubano multimillonario. Se volvió loco, sin respetar leyes ni cultura ni tradiciones, con enormes muros de cemento y rocas gigantescas, bloqueó todos los caminos reales y vecinales, que daban acceso a pescadores, campesinos, turistas y público en general; al cual todos tenemos un sagrado derecho, por ley, moral y antigua tradición.

Cierto es que hemos protestado, hemos apelado a los tribunales, pero la verdad, en estos tiempos de maldad y corrupción, esta combinación de la agencia federal y el cubano de Santa Clara, se han salido con la suya.

Pero la lucha continúa...

Pancho el mexicano, 56 años ausente, no sabe exactamente qué lo motivó a regresar, si era que soñaba ocasionalmente con esta isla, si era alguna promesa incumplida, alguna deuda, o tal vez, algo místico que le impuso su corazón, más allá de la razón. Visitar Culebra, volver a vivir aquellos fatídicos días, saludar a quienes se acordaron de su persona, Don Carlos Fischbach, Valentín, Cecilio, Narso, Galo; pero muy especialmente a su querido Pablo Ayala; siempre tuvo la corazonada de encontrarlo vivo, un presentimiento agradable.

Ciertamente el viejo todavía sonreía, 104 años, con su propio pelo, dientes y una visión de águila. Aún Pablo Ayala tenía la capacidad para reír a carcajadas, una risa diáfana y limpia, de quien lo puede hacer porque vive alejado del pecado.

Aquel domingo, para mí sería inolvidable, el abrazo del azteca y el isleño fue sincero, de corazón; de padre a hijo y viceversa, de hermano a hermano, fue una demostración de mucho amor, como se abrazan dos amigos que se quieren como hermanos.

- Mucho gusto de verle, amigo Pablo.

Don Pablo solo alcanzó a decir: ¡muchacho!

El viejo se echó a llorar como un niño; como también lloro Juan, Filí y todos los que acompañamos al cabo Francisco Sánchez. Disimuladamente y a propósito, dejamos solos aquellos dos seres, quienes platicaron, rieron y compartieron gratos recuerdos de otros tiempos, tiempos inmemorables.

270

Fue un encuentro feliz, muy feliz, sin embargo, el llanto y la congoja volvió a surgir de momento; fue precisamente cuando tío Pablo llamó para que Pancho pasara a su despacho. Se nos hizo señas a Juan y a mí para que los acompañáramos, allí en aquel viejo cuartito, donde la humedad no había hecho escante todavía, pero el lugar lucía fantasmal. Muchos años habían pasado sin que se viera pintura nueva, las telarañas estaban en las cuatro esquinas, tablillas con objetos raros, herramientas, una vieja cama aún con el mosquitero viejo, y en el suelo, la escupidera; allí el olor no era muy agradable, pero tratándose de tío Pablo, había que resistir con piedad; entonces el viejo se dobló y pidió ayuda, debajo de la cama estaba el cajón con las cosas íntimas, lo arrastraron al centro; entonces hubo un hermético silencio. Afuera media docena de familiares y amigos en suspenso, comentaban en voz baja, se cruzaban miradas con cierto asombro, como preguntándose: ¿qué está pasando allá adentro? Adentro, Juan y yo, poco emocionados, nos mataba la curiosidad, era un momento ceremonial, interrumpido solo por un par de moscas incordias, con un zumbido mortificante. Pancho observaba a su viejo amigo impaciente, sin la más mínima idea del asunto; hasta parecía que le hacía un rezo a la virgen de Guadalupe. Juan, en cambio, no perdía de vista, los movimientos de tío Pablo Ayala, quien me pidió de favor que le pasara un martillo situado en una esquina.

Bajo el zumbido de las moscas y la impaciente espera de nosotros, tío Pablo comenzó a desclavar la tapa del cajón, con sumo cuidado, como si estuviera bregando con vitrinas de cristal. No pude evitar una repentina tos, Juan también carraspeó su garganta y pancho se limpiaba el sudor de su rostro. Por fin, todos clavos estaban fuera, fue cuando tío Pablo dijo a Pancho:

- Ábrala usted.

Ante la bella sorpresa, Juan y yo quedamos perplejos, mudos, llenos de admiración, -Pancho se fue de bruces con sus dos manos sobre la cabeza. Tío Pablo volvió a decir:

- Ahí está, tal y como me ordenara usted, la he cuidado como si fuera mi propia vida, todos los años hacía lo mismo, destapaba el cajón y le pasaba un paño con aceite, querido Pancho, he ahí su guitarra, está intacta, mire, que linda.

Pancho logró incorporarse, abrazó de nuevo a su amigo. Juan se quedó de piedra, meneó su cabeza, como queriendo decir: ¡increíble!

Mientras, yo traté de respirar profundo, pero me quedé sin aire. Tío Pablo tomó la guitarra en sus manos y se la pasó a Pancho, éste la tomo y me la pasó, la contemplé un minuto y se la pasé a Juan.

- Esta prenda es una joya histórica, dijo Juan.

Pasamos al patio de la casa, nos unimos a toda la comparsa y prestando auténtica atención, escuchamos gratos recuerdos, de unos tiempos donde todos los habitantes de la isla eran una sola familia, uno para todos y todos para uno. Aquellos bailes en la barriada "Sopapo", era una actividad gigante de diversión y recreación de un pueblo unido fraternalmente y espiritualmente. Culebra era un idilio, la pobreza era una falsa, pues la agricultura y la pesca eran cosas tan abundantes, que tanto viandas, vegetales, frutos y mariscos, se exportaban a las islas vecinas.

Existía; porque todo no puede ser color de rosa, la felicidad nunca es completa, cuando surgen intrusos, invasores, desarrolladores egoístas o surge la injusticia basada en la fuerza y el poder desbalanceado.

Existía pues en Culebra, una Marina de guerra, bombardeando frecuentemente nuestros arrecifes, costas y montañas, a esta Marina precisamente pertenecía Pancho el mexicano, posiblemente la pobreza allá en Tijuana, México, lo obligó al enlistamiento; sin embargo, Pancho nunca tomó en cuenta ese detalle para convivir con los paisanos culebrenses y robarles el cariño. Parecía más culebrense que muchos nacidos y criados aquí, porque llegó a amar esta isla como nadie.

Cierto día aconteció una tragedia, la cual cambio toda la vida de este hombre, único sobreviviente del violento bombazo. Salvo su vida por milagro y aún sin caer en un triste y angustioso trauma, tuvo la desgracia de presenciar otra escena horripilante, el día siguiente a la destrucción del O.P.

También es un milagro, que haya regresado a Culebra, después de tantos años. Ahora pienso en aquellos días cuando le sugería a Juan, que me dejara hacer mi propia investigación; para entonces, al libro solo le faltaba el desenlace final, el secreto del Tarawa. Juan accedió y muy rápido, como un desesperado comencé. Con solo dos preguntas bastaba para los entrevistados, recuerdo que el primero fue Justino Ávila.

¿Qué edad tenías? Y ¿Dónde estabas el 4 de abril de 1946, cuando volaron el O.P.?

- Mira Benjamín, me contestó, estaba en la escuela, con Miss Jovy, aquella explosión estremeció todo el salón, la tierra tembló como por tres o cuatro minutos. La maestra intentó inútilmente de detenernos, salimos en estampida, gritando y corriendo como niños enloquecidos. Yo tenía once años.

- Gracias Justino, te lo agradezco mucho.

Las mismas preguntas hice a Pay Cruz.

- Mano Benjamín, me dijo, me dijo, mire, mano yo tenía 14 años y ese día estaba con papá pescando, cerca de Bola de Funche, oiga mano, cuando aquella centella estalló, nosotros vimos la gigantesca bola de humo, el oleaje se incrementó de súbito y las langostas se desparramaron por toda la cubierta del barco, yendo a caer todas al profundo mar. Mano Benjamín, papá no llegó a maldecir, pero se llenó de ira y rabia, escuche claramente cuando dijo: «Allá se mataron entre ellos mismos, esos gringos abusadores»

Mire mano, a los diez minutos percibimos un fuerte olor a pólvora y carne asada.

- Gracias Crucito, esa información está buena-¿Me permites escribirla en un libro de historia?

- Seguro que si, mano, que se entere el mundo.

El próximo entrevistado fue Junior Romero, quien rápido reaccionó impresionado.

- Mira como se me paran los pelos muchacho, de lo que tú te has acordado, yo tenía nueve años, pero me acuerdo como si fuera hoy mismo, estaba yo en la tienda de Jesús, cuando se escuchó aquel centellazo, la isla se estremeció, la gente se tiró a la calle y preguntaban, los animales se alborotaban, los perros ladraban con furia y al poco rato había como una peste a cartones quemados.

- Gracias Junior, ¿puedo escribir tu ponencia en mi libro de historia?

- Cuidao que tú no me vayas a meter en un revolú.

- De ninguna manera, Junior, esto es historia, la verdad de los hechos.

- Bueno, si es así, escribe.

Pasados seis meses había entrevistado 55 personas, los cuales contestaban más o menos cosas similares, hablamos con mis hermanos, Carlos y Mike valle, con Mike Padrón, Erasmo Quiñones, Jaime Rivera, Raúl Serrano, Federico

García, Carmelo Feliciano, entre tantos otros, Tim Carreras dijo lo siguiente:

- Yo tenía quince años, esa mañana cabalgaba con uno de los hijos de Cosme Peña y con Pijuan Rosario, cincuenta años, quizá no recuerde todo, tú sabes...

- Cógelo con calma, Tim, Cuéntame lo que recuerdes, ¿cuál de los hijos de Cosme era?

- Fidel, el mayor, llegó a ser oficial del ejército, Fuerza Aerea U.S.A., sirvió veinte años, luego se licenció y fue por largo tiempo profesor del quinto grado. Pijuan se fue de marino mercante y cuando regresó, treinta años después, subió al monte de Resaca, se compró tres cabras, hizo un huerto casero, coge jueyes y caza venados, es completamente feliz, allá en su jaragual. No baja ni siquiera a saludar a su hermana. Todas las semanas metódicamente Guillermo Márquez le lleva una comprita, en la que se incluye un par de litros de palo viejo y cinco cajas de cigarrillos Chesterfield.

- Muy bien Tim, gracias por esa información extra, me decías que esa mañana cabalgabas con Fidel.

- Sí, mi amigo es verdad, hacíamos un recorrido como parte de nuestras labores, por la finca de papá, colindante con las siete cuerdas de los Santaella y estas a la vez guardarraya con las tierras de Cosme. Ese trabajo brinda mucho placer, en todo momento había distracción, la belleza de esta isla es incomparable; paisajes hermosos a los cuatro puntos cardinales, desde las planicies del Monte Resaca, oteábamos a ese vasto mar interminable; Océano Atlántico; al fondo, esa mañana clara y diáfana, se pavoneaba una mole de acero sólido, ya lo sabíamos, era el porta aviones Tarawa, el sol se estaba gozando solito, con todo el espacio del mundo; sin una nubecita que le estorbara, excepto ocho bombarderos "Spit Fire", que jugueteaban volando en un giro de 360 entre el Loupi (O.P.) y el porta aviones; Benjamín, para nosotros, eso era un entretenimiento fantástico, lo vivíamos, los aviones parecían pelícanos buscando cardumes de sardinas o tal vez caculos jugando a la cebollita. Recuerdo ese momento cuando Pijuan me dijo:

- Ajora Tim, que solo me quedan seis cigarrillos y el pueblo está muy lejos de aquí, vamos a lo que vinimos.

- Tranquilo, Rosario, le dije, yo tengo dos cajetillas encima y además Fidel no fuma.

Fidel, quien hablaba poco, pero escuchaba todo, dijo:

- Ni fumaré nunca, eso es cosa de becerro mongo, es un hábito peligroso, se te manchan los dientes y es dinero botao.

Yo me hice el sordo a los comentarios de Fidel, en parte tenía razón.

- Muy bien Tim, ¿qué pasó después?

- Seguimos directo a la finca de Cosme, vimos los pájaros, comiendo frutas entre enjambres de bellas mariposas, gozando del hermoso día de primavera. Fue cuando comenzamos a escuchar las detonaciones en la península abajo; revisé el reloj en la leontina y marcaba las diez y diez de la mañana. Nos detuvimos para asistir una vaca de Don Luis Santaella, con un becerro atravesao, era una obra moral y de conciencia, de nosotros dependía que se salvara la madre y la cría, y de aquí en adelante empieza lo que tú quieres escuchar.

Interrumpí y dije:

- Adelante Tim, soy todo oídos, sigue con tan interesante historia.

- Una lástima, que ya Pijuan esté siete pies bajo tierra pero si te encuentras con Fidel algún día, pregúntale. Muchacho, tú tienes suerte de escuchar de mi boca este relato, te lo juro; así de esta manera, es la primera vez que lo cuento, pues te diré que justamente siete días después, papá hizo que me fuera pa' Nueva York, donde pasé la mayor parte de mi vida. Pues mira, Benjamín, ya teníamos la cabeza y dos patas del becerro por fuera, los bombazos sobre la península arreciaban, nuestros caballos estaban inquietos y no cesaban de relinchar de relinchar fuertemente. De súbito Pijuan notó que uno de los bombarderos enfilaba directo al Loupi, entonces gritó desesperado, haciendo más señas que un chuchero.

- Tim, Tim, ese diablo viene pa' encima de nosotros, está sobre el Loupi (O.P.)

- Benjamín para que te cuento, aquella bomba cayó en el mismo centro del edificio blanco, soltamos la vaca y nos tiramos contra el suelo. La explosión fue infernal, se estremeció todo el monte, las piedras rodaban risco abajo, los árboles caían en fila india, la vaca largó la cría y se desangró, nuestros caballos quebraron sus bridas y a las millas desaparecieron. Sabrá Dios que rumbo cogieron, porque jamás aparecieron; nosotros en el suelo, guarecidos por una enorme roca, vimos caer una lluvia de pájaros muertos a los alrededores, ya habíamos entrado en pánico, pero aún faltaba lo peor. Fue entonces cuando observamos la gigantesca nube de escombros elevarse a quinientos pies de altura y al poco rato la lluvia de pájaros se transformó en una escena indescriptible. Del cielo caían cartones, zinc, madera, cemento, alambre, telas; Benjamín, créeme, que te digo la verdad; todas estas cosas caían cerca de nosotros. Todos mojados y embarrados como en una arenilla aceitosa, apestosa a pólvora, Pijuan y Fidel cogieron la juyilanga, pero yo no pude arrancar. Ahora verás..., si me quieres creer me crees y si no, pues no me creas, pero tú sabes que yo soy hijo de Santos Carreras, un hombre serio y yo no tengo porque mentir. Son más de 50 años que llevo viviendo con este enigma en mi conciencia y ahora soy yo, quien te da las gracias a ti, porque me has dado la oportunidad de sacar este fantasma de mi corazón. Benjamín, cuando Fidel y Pijuan arrancaron, yo aún no tenía fuerzas para ponerme de pie, decidí quedarme quieto hasta tanto, fue entonces que sobre mí cayeron pedazos de carne humana, una mano con tres dedos, ¡uy! Muchacho, que fue aquello, me desmayé y no fue hasta el día siguiente que llegó Pijuan con papá y me encontraron allí tirado. Pijuan lloraba como un bebé, pero ya todo había pasado, de manera que papá decidió cabalgar hasta el lugar de los hechos, el O.P. había desaparecido de cuajo, el área estaba llena de curiosos averiguando, había oficiales de la Marina y también se encontraba Don Carlos Fischbach y sus trabajadores. Algo raro, cuestionaban los presentes, en aquella hora se había terminado de recoger todos los trozos de nueve oficiales, quienes estaban a cargo del demolido bastión; pero en el lugar también se encontraron dos enormes toros medio destrozados. Benjamín, créeme que te digo la verdad y con esto terminó.

Quedé quietecito y en silencio esperando escuchar esa última parte de tan interesante información.

- Benjamín..., prosiguió Tim, que cosas raras tiene la vida, hasta el toro blanco de Don Luis Santaella y el padrote cebú de Cosme Peña se fueron con el bombazo.

Con un fuerte abrazo y un apretón de manos me despedí de mi amigo Tim, el mejor vaquero que ha producido la Isla de Culebra, nacido y criado en el Monte de Resaca. Trabajó muchos años con Don Lojo Romero, en su finca. Don Lojo, el papá de Neil, así que durante las tres horas de entrevista no faltaron los buenos bocadillos, refrigerios y café, aunque deben saber que siempre se colaron algunas copas de tempranillo. Pasamos ese largo rato muy ameno, en franca camaradería, pues como quien dice, Tim vio crecer a Neil, mientras laboraba todos esos años con Don Lojo; Neil vio a Tim en las más audaces hazañas con ganado cebú, domando caballos de pura sangre, ordeñando la vacada en plena madrugada, a la luz de un farol y desde luego levantando empalizadas a diestra y siniestra.

Con alegría observamos a Tim despedirse y caminar fuera del Dinghy Dock, caminaba hacia el muelle para tomar la lancha de pasajeros de las 5:00 p.m. con destino a la Isla de Vieques, donde tenía su morada en el Barrio Santa María. Esta fue la última visita a su querida isla, nunca se enteró del propósito de la entrevista; no preguntó, lo hizo espontáneamente, de buena fe, después de todo él también se quitó un gran peso de encima. Posiblemente él también se sorprenda cuando lea "El Secreto del Tarawa", y descubra que fue parte del destape, su contribución fue valiosa y comprobada.

Entre tantas entrevistas, no había logrado que se hiciera ninguna mención sobre lo acontecido el día 5, a las 5:00 p.m. en los predios del muellecito de Flamenco. Ni siquiera una oración, una palabra, sin embargo, creo que los entrevistados fueron honestos. La mayor parte de ellos para el 1946 eran niños, jóvenes y mi lógica dice, que no asistieron a tales actos. Ahora bien, Monchín si sabe, Mono Bravo y Juan me lo dejan saber con sus gestos y ciertas expresiones, pero no concluyen en forma concreta, sus detalles; por lo tanto, cuando yo daba por terminadas mis entrevistas, apareció, así como de la nada, un hombre muy inteligente, conocedor de mucha materia, un líder comunitario, también se fajó en política y para aquel entonces, logró llevar 50,000 personas a una protesta contra la Marina, frente a los portones del Pentágono en Washington, D.C. (1970), se trata del buen amigo Lyn, quien también es pescador profesional y fue jefe de la Defensa Civil (manejo de emergencias). Lyn Espinosa Soto debe saber mucha historia..., me cuestioné; me parece que valdría la pena hacerle algunas preguntas para record, creo que no voy a perder nada con eso.

El siguiente domingo, me enteré, que el hombre andaba merodeando cerca del frente portuario, en Playa sardinas, cerca de mi casa. En el mismo balcón, esperé que pasara, mientras llenaba el crucigrama del Vocero y leía los deportes. Ese día no estaba de suerte, Lyn aceptó un pon, directo a su casa, en Vietnam (sopapo), donde vive, me dejó con la libreta y el lápiz en blanco. El siguiente jueves, me dispuse a ir hasta su casa, donde lo encontré recogiendo limones, que más tarde regalaría a alguna de sus amistades.

- Buenos días, mi hermanito, le grité desde la calle, que rico olor tienen esos limones.

- Benya..., vaya mano, hecha para acá, que milagro es ese, que tú andes por aquí.

- Nada, papá, vine a dialogar con usted, si tienes tiempo, me gustaría hacerte un par de preguntas, caramba, que bueno verte.

- Las que tú quieras, ven, vamos a la sombra que este sol está que pica, ¿quieres algo?, café, jugo, una cervecita, coca cola, agua.

- Gracias Lyn, un vasito de agua, por favor.

- Bueno y qué, ¿cómo están las cosas?

- Todo bien, tú sabes que siempre hay sus problemitas, quiero decir, bochinches de necios.

- Pues dime entonces, ¿cuál es el motivo?

- Vamos al grano enseguida Lyn, ¿cuántos años tenías el 4 de abril de 1946? Y ¿dónde estabas cuando cayó la bomba sobre el O.P.?

- Y ¿para qué es esa encuesta?

- Nada Lyn, quizás para entretenerme; o para ayudar a un estudiante, un artículo para el Culebra Calendar; no, mira, mi hermanito, estoy vacilando, la verdad es que pienso escribir un libro de historia culebrense y tú bien sabes que con la historia no se puede fantasear, tiene que ser basada en la verdad y nada más que la verdad, de lo contrario se puede meter uno en el lío de los pastores. Una difamación conlleva cárcel, tú sabes..., vine donde usted, porque de mi propio conocimiento, se que eres un veterano en esto, tu experiencia es abarcadora, es más, usted no le tiene que envidiar nada a ningún abogado, y por último, somos compañeros de lucha, tú allá en los rascacielos y yo acá en la playa de Flamenco, entre todos echamos la Marina fuera.

- Tremendo discurso Benya, me convenciste, pues mira para el 46, yo tenía once años, imagínate, ¿qué podría estar haciendo un niño de once años a las diez de la mañana, casi en plena II Guerra Mundial? Recuerdo había escasez de alimentos y otros materiales entonces vuelvo y te pregunto: ¿qué podría estar haciendo Lyn Espinosa en esos momentos? Pues sabes que, ¡canejo!, vendiendo dulces de coco, en bateas.

- Excelente Lyn, yo también vendí donas como loco y me encantaba hacerlo, es una tarea honrosa y divertida.

- Eso depende, Benya.

- Explícame Lyn.

- Acuérdate de la canción "El Jíbarito", de Rafael Hernández.

- ¿Qué pasó?

- Benya, tú sabes más que eso.

- Hay situaciones que arrebatan.

- Así mismo es, el día que recorría todas las barriadas, el pueblito y Playa Sardinas, sin vender un solo dulce, imagínate la cara de mamá Lina, al yo regresar con esa batea, igual que cuando salí, sin un solo centavo para un remedio.

- Lo sé, Lyn, lo sé, pero Dios siempre provee, ese fantasma del "Lamento Borincano", nos ha perseguido de cerca, toda la vida, pero por lo menos, nunca pasamos hambre, cuando menos un par de arepas y café.

- Cuando las donas de Sofía, no había guerra y la situación estaba más boyante, tú sabes eso.

- Tienes razón Lyn, nos hemos salido del tema, ¿qué pasó después?

- Pues mira, Benya, ese dichoso día, salí como a las 8:00 de la mañana, loco de contento, con ochenta dulces de coco sobre la batea, estuve en Sopapo, Las Delicias y Playa Sardinas, ese mundo de felicidad se me fue escapando del corazón poco a poco. El pueblo estaba lleno de necesidad y nadie se dignaba comprar un dulce «pobre mamá», pensaba, pero nuevamente la vieja trataría de engañarme, me diría: «hijo no te apures, mañana es otro día». En eso pasaba frente a la casa del cacique Alberto Feliciano, único cliente del día, el terrateniente compró tres dulces, pagó con una moneda de cinco centavos, pero al enterarse que no tenía los dos centavos del cambio, trató de retirar la venta, sin saber que yo apretaba el vellón con el puño y que jamás se lo devolvería. -Después le traigo el cambio, le dije; pero fue más listo que yo y rápido agarró dos dulces más y subió las escaleras, posiblemente pensando en su "gran fortuna". Yo le contemplé hasta que llegó al último escalón, cuando de repente..., Benya, me parece que estoy viviendo ese momento, se estremeció toda la isla, segundos, luego de la violenta explosión, vi al cacique rodar escaleras abajo, como calabaza sin control, se rajó la cabeza y allí quedó tirado, todavía pensando en sus riquezas. Yo no sé dónde fue a parar la batea con los dulces de coco, recuerdo que en fracciones de segundos, las calles estaban llenas de gente, corriendo en todas direcciones.

- Lyn, le pregunté, ¿a qué hora se escuchó ese estruendo?

- Benya, aún no eran las once.

- ¿Qué pasó después?

- Pues casi nada, yo me dije: "patitas pa que te quiero", eché a correr a lo loco, regendiendo entre la multitud enloquecida, llegué a mi casa, donde encontré a mamá Lina, llorando, me eché en sus brazos y también lloré, como lo que era, un buen niño; pero Benya, escucha bien, hoy, con 65 abriles en las costillas, te puedo decir delante de Cristo, que no lloré porque Culebra temblara, ni hubiese explotado un volcán, ¿sabes porque lloré?

- Sí mi hermano, sé porque lloraste, por los setenta y cinco dulces de coco que volaron por los aires y fueron a caer en las corrientes del canal, para banquete de las colirubias.

- No Benya, te has equivocado esta vez.

- Entonces, mi amigo, no entiendo, ¿me podrías decir cuál fue el motivo de tu llanto?

¿Acaso el vellón se te perdió?

- No Benya, lloré porque no tuve el valor de agarrar dos o tres billetes, de los que se le salieron del bolsillo al cacique del pueblo, Alberto Feliciano, el hombre más rico de Culebra.

- Muy bobo fuiste, la honradez se practica solo con los pobres.

- No Benya, no, la corrupción es para los políticos.

- Tienes razón, mi hermano, perdona lo que te dije, bríndame otro vaso de agua. No sabes cuánto te agradezco esta información, muchísimas gracias, Lyn.

Nos despedimos, como buenos amigos, pescadores, ex obreros de la fábrica Baxter y veteranos en la lucha contra la Marina. El buen hombre esperó que bajara hasta la calle, para gritarme:

- Adiós Benya, acuérdate de mi, cuando salgan los libros, dime cómo se va a llamar.

- "El Secreto del Tarawa", adiós.

- ¡Tarawa!, volvió a gritar, entonces dijo en voz muy baja: Tarawa, ese nombre me suena.

Mucho tiempo había pasado de haber entrevistado casi cinco docenas de genuinos culebrenses, pero como les dije no logré llegar al fondo del barril, quienes pudieron ayudarme se guardaron sus secretos, de manera que se me hacía imposible escribir el libro sin esa pieza del jaque mate feliz, la que convence al buen lector; pues ni corto ni perezoso me fui a la hamaca y entre sorbos de café y devorando todo lo que encontraba para leer, pasaron sin darme cuenta cuatro años más rápido que ligero, hasta que llegó el buen día que Filí y su perro Machetero, me enviaron directamente a mi casa, la clave del asunto.

Ahora nos encontramos aquí, en la casa de tío Pablo, donde están sucediendo cosas interesantísimas, la curiosidad de todos se incrementa, estamos muy atentos a lo que aquí está ocurriendo minuto tras minuto; sin quitar la vista del cabo Sánchez quien tomando la palabra dijo:

- Sonríele a la vida en todo momento, después de todo, nadie conoce la fecha de su expiración: palabras de un sabio, como lo fue el Rey Salomón, aunque las tales no se registran en el libro de los proverbios, si no, son originales de un hombre que ha tenido varios encuentros con la muerte. Pancho es un ser demasiado humilde, de niño, joven, adulto y viejo, conserva esos principios inculcados en su hogar, escuela e iglesia, por lo tanto el mundo y sus barbacoas no lograron contaminarlo. Nació bueno, sano de corazón y así morirá. La mañana, cuando sus nueve compañeros de milicia, murieron, él se salvó de milagro, es una historia muy emotiva. Francisco Sánchez, un marino de las Fuerzas Armadas Norteamericanas, cuya vida a partir de esa mañana, comenzó a cambiar, pero no fue hasta el día siguiente, a las 5:00 de la tarde, frente al muellecito de Flamenco, cuando el hombre ya no aguanta más y sufre un infarto. Ese desastre le causa una crisis espiritual que le lleva a enfrentarse a las grandes cuestiones de la vida; pero siempre albergó la esperanza de volver a descubrir los secretos de la felicidad. Pasó catorce largos años en hospitales militares, sin lograr recuperarse de su trauma, es cuando sus padres avanzados en edad, lo llevan a su casa y más tarde, con la ayuda de una amiga, emprenden un viaje por el Himalaya, donde conoció una espléndida cultura de hombres sabios. Allí descubrió junto a su amiga, un modo de vida sencillo, sin agitaciones, más gozoso, que le permite librarse, de todo ese pasado angustioso y comienza a ser, como siempre fue, hombre de pasión y paz. Luego de varios años, regresó a México, se casó con su amiga de viaje, llevando una vida sana y tranquila. Ciertas noches soñaba con la isla de Culebra, especialmente a fin de mes, cuando recibía la pensión del ejército.

Una noche el sueño, se hizo revelación, se encontró a si mismo sobre el techo del O.P., observando un bello atardecer, el paisaje de la tarde se deslucía, con la presencia de un enorme buque de guerra, hacia el norte, sobre el profundo mar del océano. Intentó regresar a su cuartel, pero antes quiso rezar a la virgen guadalupana, fue entonces, cuando escuchó una voz diciéndole:

- Mañana temprano, aléjate de todo este litoral y lleva contigo, la guitarra.

Al amanecer, despertó a su esposa, para contarle la revelación, su mujer comprendió rápidamente el sueño de su compañero. Claro está que Pancho le había contado la historia de su vida de la A a la Z.

- Tienes que hacer otro largo viaje, querido Pancho, dijo muy amable, su doñita y añadió: «Aún te queda un cabo suelto por atar en una pequeña isla del Caribe y debes ir solo, según tu propia revelación. Ve, paga tu deuda, aquí esperare paciente, tu regreso; entonces ya no habrá más enigmas, que te puedan perseguir, ni en sueños, ni despierto, ve mi querido Pancho, ve, allí te espera gente buena, quienes te aprecian y respetan»

Pancho no lo pensó dos veces; una semana después de haber hecho algunos arreglos necesarios, en un pueblito de Baja California, donde tenía su nueva morada, se despidió de su amada esposa, con un "hasta pronto". Partió a San Diego-Los Ángeles, Texas, San Juan, Fajardo y por fin a Culebra.

Valiéndose de muchas preguntas logró ubicarse, de hecho estaba preparado para el impacto. Pasadas casi seis décadas, Culebra había sufrido un cambio drástico; aquellas estampas típicas del 46, habían desaparecido, para siempre; los tejedores de banastas y Nazas con bejuco del monte, los tejedores de atarrayas, chinchorros y otras redes de pesca, el tostado de café crudo en calderos calentados con leña, las viviendas y tormenteros techados con paja, las cabras lecheras, el cultivo de vegetales y viandas en el batey de las casas, la transportación de agua, de las cisternas a los hogares, las rogativas religiosas en tiempos prolongados de sequía, las carreras de caballo, jugando a la sortija en fiestas patronales, las regatas de barcos veleros, los muchachos del Guarda Costas quienes vivían en el faro de Culebrita, las cruces e imágenes en los hogares católicos, la transportación del correo en barcos de vela, los faroles de petróleo del alumbrado, el telégrafo, la muchachería del andar descalzo, las tiendas de arroz, habichuela y bacalao de Don Cruz Ríos, Chucho González y Ernesto Monell, los sabrosos quesos prensados de Cosme Peña y Martín Romero ¡que desgracia!. También desapareció la abundancia de los jueyes, caracoles, pulpos y de la pesca en general; desapareció el ganado cebú y el que no era cebú, entre tantas cosas que ahora no mencionaremos, pero sí, jamás pasaré por alto dejar de decirles lo mucho que lloramos y ahora extrañamos, tanta gente noble y buena. Se nos marcharon de la isla exponiéndose a tanto sufrimiento y dolor, otros descansan en paz en el único y viejo cementerio de todos los tiempos.

El tiempo no pasa en balde y los nuevos tiempos, fuera de un miserable progreso defectuoso y caro, no anuncian solución, si no, lo que se ve claramente en el panorama es una mancha de tiburones con su filosa hilera de dientes amolados, tragándose la isla a grandes charrascasos.

- Hola amigo, tienes un perro muy lindo, dijo Pancho el mexicano, minutos después que bajara del ferry.

Filí miró al viejo de arriba abajo (costumbre de guerrilleros) y dijo:

- Gracias señor, se llama Machetero, pero es mansito y ni siquiera ladra.

- Muy bien, y tú ¿eres de aquí?

- Nacido y criado, Filí Bermúdez, para servirle.

- Me puedes ayudar, yo, soy francisco Sánchez, Pancho.

- Diga usted, ¿qué se le ofrece?

- No, nada, solo una pregunta, ¿Pablo Ayala, vive, lo conoces?

- Sí, aún vive, pero debe pasar de los cien años.

- ¿Cómo podría llegar a su casa?

En ese instante Filí quedó con la mente en blanco, solo se le ocurrió llamar a Matojo, quien merodeaba el lugar tratando de capear un par de pesos. Efectivamente llamó al muchacho y le encomendó, llevar al visitante hasta Puerto Palos.

- Llévalo donde Benjamín y le dices que anda buscando a Don Pablo Ayala.

En el corral de tío Pablo, le pregunté a Filí, como rayos se le ocurrió enviar al mexicano donde mí, echándose a reír me dijo:

- Compañero, eso está previsto, una corazonada.

- Tremenda corazonada, fue algo enviado por Dios, bueno, esa siempre ha sido nuestra química, la pieza del rompe cabeza que me faltaba vino a aparecer en mi propia casa. ¿Casualidad? ¿Suerte?, no, nada de eso, tú inteligencia Filí, tú inteligencia.

- La intuición, compañero Filí y ahora vamos a seguir escuchando lo que el hombre dice.

Justo a las diez de la mañana, en la casa y el batey de tío Pablo no cabía un alma más y continuaba llegando la gente, al regarse la noticia sobre el único sobreviviente, cuando cayó la bomba sobre el O.P. causó sensación en los incrédulos, querían escuchar de la propia boca de Pancho, la verdad; especialmente las personas mayores, puesto que a la nueva generación, excepto los estudiantes del séptimo y octavo grado, no les interesaba el asunto. Hablando claro y despacio, Pancho relató gran parte de la historia, desde el primer día que arribó a la isla con su guitarra, los días de pesca, los grandes desafíos de beisbol, su metódica asistencia a la iglesia todos los domingos con el padre Jorge y sobre todo lo más que disfrutó, la música y los bailes en la vieja casa de su gran amigo Pablo. Jamás podría que creer que su guitarra estuviese como la dejó, intacta, de modo que solo bastó afinarla, rasgar sus cuerdas y cantar una vieja ranchera; tío Pablo se había echado a un rincón, donde lloraba como un bebé. Juan y yo comentábamos, mientras Julián, el hijo mayor de tío, servía con gusto un caliente sancocho de viandas y carne de res.

- Lo menos que me esperaba, Juan, es verdad que la vida te da sorpresas, le dije a mi amigo en un aparte.

- ¡Increíble!, me dijo Juan.

- No es increíble, lo estamos viendo y viviendo.

- Ese es quien te puede sacar de toda duda, luce tranquilo, firme, saludable y presto a hacer público su testimonio.

Con el calor de la tarde, luego de haber averiguado algunas cosas, la muchedumbre comenzó a retirarse, de manera que nuevamente en la casa de mi tío, quedamos Filí. Juan, Pancho y media docena de vecinos y familiares. Mi tío Pablo se recostó y se quedó profundamente dormido. Juan y Pancho conversaron largo rato en el balcón de la casa mientras Filí y yo, estábamos atando cabos sueltos a tanteo y error.

A las 4:00 p.m., llevamos a Pancho, al Hotel Puerto Rico dónde pasaría esa noche y tres más; quedamos en vernos al día siguiente a las 8:00 a.m. Dios mediante.

Ayer, en la casa de tío Pablo, Pancho me había explicado el porqué de su visita a Culebra, en cierta medida se había corrido un riesgo, él mismo se estaba probando, en realidad no sabía si estaba completamente sano, de aquella terrible jugada que se le presentó en plena juventud. Su agenda marchaba a perfección, tal y como lo había planificado: primer día, jueves- buscar contacto e ir directo a casa de su amigo Pablo. Presentía que lo hallaría vivo y dio gracias a Dios porque así fue. Cuando se enteró de que su guitarra estaba tan súper bien cuidada, sonando como en sus mejores tiempos, comprendió que él también estaba sano y feliz, como en sus mejores tiempos.

Segundo día- hacer unas visitas a viejas amistades, que aún estuviesen respirando; Polín García, Pepe Márquez, , Carlos Fischbach, Carlos Cecilio, Valentín Serrano, Monse, Narso, Galo, entre muchos otros que tenía anotados, con un paquetón de amigas que también recordaba, como parte de la farándula de aquellos buenos días. Solo logró saludar y compartir gratos recuerdos con once o doce culebrenses, que aún estaban dando tumbos por la isla, los demás se habían marchado o descansaban en paz.

Tercer día, sábado- visitaría temprano en la mañana, el litoral donde se ubicaba el original pueblo San Ildefonso, destruido por la Marina, para construir una poderosa base naval; tal como le sucedió al pueblo de Seva. Allí contemplaría por un buen rato la cisterna gigantesca, recordaría el último viaje de agua, en su camión militar, luego pasaría al cementerio para brindar con respeto, un saludo póstumo a todas sus viejas amistades, a quienes no logró encontrar vivos; luego entonces, descansaría el resto de la tarde y asistiría a la misa de las 7:00 p.m., esta vez con el padre Ramón.

Cuarto y último día- día más importante para mí y también el más difícil, posiblemente problemas y retos, veremos..., ese domingo, Juan, Filí, Pancho y yo, subiríamos al O.P., lugar restringido por la agencia federal de pesca y vida silvestre;

además el injusto y abusivo bloqueo del exiliado cubano Víctor González (cómplice)

A las 4:30 a.m., nos reunimos frente al hotel de tío Loncho, allí discutíamos la estrategia a seguir.

- Vámonos directo a la rampa de Resaca y de allí caminamos hasta el O.P., dijo Filí.

Entendí que Filí tenía razón, pero preferí permanecer calladito y escuchar la opinión de Juan, quien solo abrió su boca para preguntar:

- ¿Qué tú sugieres, Ben?

- Si por mí fuera, contesté con un poco de autoridad, yo me iría de frente por el mismo camino o carretera que recorría Pancho, por la carretera del pueblo y para el pueblo, por la única ruta que se va y viene de O.P., excepto que vayamos a ir el helicóptero. Pancho sonrió e hizo un gesto positivo. En el poco tiempo en la isla, estaba empapado de todo, asuntos sociales, políticos, religiosos, chismes y hasta los abusos que se estaban cometiendo en la isla; sin embargo, el mexicano, ahora se consideraba "nueva criatura" y trataba de mantenerse pasivo en la mayor parte de las veces, neutral, pacífico y sosegado.

- Y tú Juan, ¿qué opinas? Pregunté.

- No, muchachos, a mi me da lo mismo, yo soy un veterano de veinte mil guerras, lo que se decida aquí, yo acato.

- Vámonos por la rampa de Resaca y así, no solo evitaremos problemas, si no que nos vamos a divertir mucho más.

- Andando se quita el frío, riposté a las últimas palabras del guerrillero Filí.

- Pa'lante es pa'ya, exclamó en lenguaje jíbaro el amigo Juan.

Pancho movió su cabeza en señal de afirmación, entonces dijo:

- Así es que se llega a un buen acuerdo, amigos, perfecto.

A la fresca sombra del tamarindo, medio kilómetro del rancho del difunto Pijuan, estacionó Juan su 4 x 4 y sin mediar palabra, excepto una corta oración, que ahora no recuerdo quien la dijo, salimos rejendiendo maleza, entre enormes piedras, baches fangosos, deleitándonos con las melodías sonoras de miles de pájaros, que nada tenían que envidiarle a la orquesta sinfónica de Aruba, entre enjambres de mariposas e insectos pacíficos y mortíferos.

Me detuve unos segundos para tirar una larga mirada al interminable océano Atlántico a la derecha, en la distancia se divisaban diminutos navíos cual si fuesen barquillas desafiantes al oleaje. Aproveché el silencio de los compañeros para dar rienda suelta a mis pensamientos, no sé porqué, pero me cuestioné respecto a la conversación que había tenido con Tim Carreras, varios años atrás en los salones del Dinghy Dock.

- ¡Caramba!..., ahora me pregunto yo, ¿sería verdad, todo aquello que me contó ese hombre? Haciendo una evaluación así rapidito, pienso que Tim era una persona seria, un recio trabajador de sol a sol, nunca lo conocí como bromista y mucho menos chismoso, no tendría razón para mentirme, además en presencia de Neil, el hijo de Lojo Romero, gente de temor y respeto a Dios. Creo que Tim no me engañó, de hecho, no logré rectificar su palabra su palabra en la voz de Fidel quién murió unos meses después y Pijuan se había ido mucho antes; de todas maneras, creo que Tim me dijo la verdad. Es inexplicable y da coraje, como este municipio inclusive el gobierno estatal, no le han dado la importancia que merece este asunto, es el corazón de la historia culebrense, testigos hay de sobra, no, no, perdón, creo que quedan muy pocos y la memoria va fallando. Estamos perdiendo la batalla, ¿quién podrá reivindicar a estos nueve oficiales que murieron bajo su propio fuego? ¿Quién podrá llevar la verdad a sus familiares?

En esa estaba, cuando una voz, quebrada y débil me sacó de la reflexión, fue la voz de Pancho.

- ¡Oh, Dios mío! ¿Éste es el nuevo puesto de observación? Rojo y amarillo, solo cambiaron los colores, es idéntico al anterior.

Hasta ahí, las palabras de Pancho, por el momento. Tal como lo hacen los niños cuando juegan, uno, dos, tres pescao, quedó el hombre inmóvil, por espacio de casi dos minutos, sin pronunciar palabra cual si fuera un robot sin baterías. Filí, Juan y yo, un poco asustados esperamos, dándole su espacio necesario para que volviera a caer en tiempo, lloró, rezó y luego de mencionar por sus nombres, apellidos y rango uno por uno a sus nueve compañeros de labores militares, volvió a llorar.

- Pobre cabo Smith, Sargentos Hougety y John Miller, el Teniente Shomaker, el hombre que nos hacía reír con sus historietas, poco difícil de creer, Teniente Lee, perito en deportes y fanático acérrimo de los Orioles de Baltimore, ¡oh Dios! Los comandantes Willard, el político del grupo, Nelson Benson, el silencioso, pero genio de la técnica, quién resolvía todo problema en el puesto, fuera lo que fuera. Richard Flaker el jefe y devorador de cuba libre, (ron, coca-cola y limón) y por último Comandante Cyrus S. Rad, Jr., el nene lindo del grupo, hijo de un brigadiel general quien también prestó servicios en el Tarawa, encontrándose abordo el día que lograron escapar milagrosamente del ataque a Pearl Harbor.

Amigos culebrenses, estos eran mis queridos compañeros de faena, mis hermanos, mi familia inmediata, con quienes compartía mis alegrías y tristezas, inclusive casas íntimas, nos consolábamos en momentos difíciles y celebrábamos unidos las victorias de la vida. El cabo Smith era negro, pero de corazón noble, le encantaba cantar la música de los hillbillies, de allá de las montañas de Tennessee, en las noches de desvelo muchas veces le acompañé con mi guitarra, observando siluetas en las tinieblas de la noche, bajo un cielo, luciendo miles de pequeños farolitos, marcando y simbolizando figuras geométricas para que los astrólogos se entretengan, los poetas se inspiren y los navegantes tracen rutas perfectas, vale la pena y se fortifica el alma, contemplando de vez en cuando esa perfecta maravilla de la creación divina.

Muchachos, sepan que estoy demasiado agradecido, les doy las gracias una y mil veces; Juan, Filí, Benjamín, me alegro tanto de haberles conocido, es mucho lo que han hecho por mí; siempre tuve la fe, de encontrar gente buena en esta isla. Gracias por prestar atención a mis palabras, por hacer un alto para recordar aquellos nueve hombres, que entregaron su vida en un escenario horroroso, no en una guerra declarada, la verdad de cómo y porqué el Teniente Maratti, dejó caer esa bomba sobre el O.P., sigue y seguirá siendo un signo de interrogación, un panorama sombrío y desalentador. Las razones pueden ser varias, entre ellas, tal vez se distrajo, es posible una confusión, pudo ser factor ceguera, error de logística, ¿intencional? ¿venganza? No lo creo, aunque cierto es que esa verdad está difícil de encontrar, ese es uno de los más altos precios a pagar en todo conflicto bélico, juzgar más allá de señalar motivo, sería peligroso, la conciencia no admite especulaciones. El Teniente Maratti solo entrenaba con el fin de combatir al enemigo, él representaba los ideales de la nación americana, no sería capaz de un "friendly fire", conociendo historias tristes de quienes un día dejaron atrás a sus seres queridos y partieron a cumplir su misión desgraciada, encomienda de la cual jamás regresarían a sus hogares con vida.

Continuaba Pancho respondiendo preguntas, abriéndonos paso entre basura y una espesa vegetación, abandono total, nos dispusimos entrar al O.P. rojo y amarillo, reconstruido entre mayo del 1946 a abril de 1947 cuando se reinaugura nuevamente, nueva técnica, nuevos soldados, nueva táctica y vieja clave (Big Mary).

Antes de penetrar al interior del edificio, Pancho se persignó, respiró profundo, volvió y dijo:

- Esta es una de las razones de mi regreso, ahora comienzo a pagar la última deuda a mis compañeros.

Francisco Sánchez, cabo de las Fuerzas Armadas U.S.A., tenaz, observador y siempre alerta, logró ver a tiempo un enorme panal de abejas, junto a la entrada, de manera que se tomaron las más cuidadosas precauciones, entramos por el piso de abajo, por la cocina.

Filí como buen guía fue el primero en asomar su cara.

- ¡Demonios! Aquí no hay quien entre, esto apesta a centella.

- ¿Qué pasa Filí? Pregunté.

- Compañero, mire cómo está esto?

- Dios mío, que abandono, dije aguantando un poco la respiración.

Encontramos a la entrada un venado muerto, casi en descomposición, el comején hacía de las suyas, montones de panales de avispas, paja seca regada por todo el piso, residuos de fogatas, entre decenas de latas de cervezas y refrescos vacíos, botellas plásticas por donde quiera y más basura por las cuatro esquinas; así estaba el primer nivel. Subimos por la escalera de acero al segundo piso, aquello daba horror, peor que abajo; inclusive allí había ropa interior de mujer, entre otras inmundicias que no deseo mencionar, el abandono era total.

- ¡Increíble!, dijo Pancho, bebiéndose las lágrimas. Por mi parte me lo imaginaba, alguien que visitó antes, me había contado, me encargué de anticipar a pancho, y Juan terminó explicándole los planes del gobierno U.S., en compinche con las agencias federales y el señor Víctor González, a quien están usando como conejillo de India y ratón de malla.

Veintisiete años, el puesto de observación sin un minuto de mantenimiento.

- Entiéndalo bien, Pancho, dijo Juan, de todas maneras quieren eliminar toda huella, o evidencia que pueda descubrirle su secreto. Para los efectos, aquí no pasó nada, nunca existió un puesto de observación y ese invento del Tarawa también es una falsa, ese portaviones nunca estuvo en aguas del Caribe y mucho menos en las costas de Culebra.

Pancho exteriorizó una mueca de coraje y rabia, apretó los puños y hasta maldijo.

- Estos gringos son unos cabrones, cómo es posible que cometan una barbaridad tan indigna, cuando es de suponer que aquí se levante un monumento en honor a estos nueve héroes, quienes cayeron en una de las trampas del maligno. No sería nada justo, que estos desvergonzados hicieran realidad sus macabros planes.

Juan trató de consolar al hombre, quien ardía de rabia ante la difusa e imprecisa noticia, yo por mi parte aproveché para recordarles los tiempos de Pancho Villa y el General Zapata.

- Debe usted saber la historia de Mexico al dedillo, le dije.

Pancho asintiendo con su cabeza añadió:

- En todas las partes del mundo, han hecho lo mismo, así es el imperio yankee que a partir del 9-11 ha tomado otro giro.

- Usted lo ha dicho, Pancho, así es la tierra va reclamando lo suyo.

Luego entonces Filí tomó la palabra y explicó en arroz y habichuelas, la invasión al pueblo de Seva, Juan señaló que semejante genocidio ocurrió con el primer pueblo fundado en esta isla, San Ildefonso también desapareció y tal como en Seva de vez en cuando la gente descubre huesos de seres humanos. La historia cambiada por los gringos dice que son huesos de piratas, cuando surcaban estos mares y solían enterrar sus tesoros por estos lugares.

En esa estaban cuando el reloj marcaba las 12:00 meridiano, la tierra se estremeció, Juan clavó su mirada en Pancho, Pancho miraba fijamente a Filí y Filí miraba hacia mí, yo miraba al trío, la tierra continuaba su danza. Paniqueados los tres, logramos salir del edificio, entonces surgió en el horizonte, algunos relámpagos tipo culebrillas, todo se había oscurecido, nubes negras, gigantescas cubrieron el litoral, ahí fue la violenta explosión, un trueno solitario estalló, cual si fuera la bomba del Teniente Maratti; sentimos temor, el diluvió comenzó, todo quedó en tinieblas; era la fiesta de los fantasmas celebrando sus bacanales, en su reto abierto a los cañonazos erráticos, sentimos frío, el frío de la indignación, echamos a caminar jalda abajo, directo al muellecito de Flamenco.

Entre piedras resbaladizas, terreno fangoso, entripados, a la espera del relámpago, para tratar de no dar pisadas en falso, pronto llegamos al bosque de piedra, donde Ramón Feliciano (Monchín), con un contingente revolucionario, entregó a la Marina el famoso ultimatum, documento que dio en el clavo; dos años después la Marina empaquetó sus motetes y se marchó de la isla.

Dos arcoíris cruzados, simbolizando profecías bíblicas, aparecieron franco al oeste, trazando nuestro rumbo a seguir; también anunciaban el cese de la lluvia. El sol asomó mustio, opaco, pero hubo un poco más de claridad, pisando hojarasca acolchonada por el pasar de los años, teníamos la impresión de estar pisando en tierra movediza; así salimos a un bosquecillo que nos condujo a las ruinas de las casas de la familia Ayala. No quedaban ni rastro de los árboles frutales, mangos, quenepas, pajuil, anones, guayaba, etc. A las cinco de la tarde, luego de casi dos horas cuesta abajo, pisábamos la fina arena blanquísima. A ochenta pies estaba el muellecito. El paisaje de la tarde reflejaba tristeza, al fondo se divisaban grandes nubes grises con bordes blancos, por donde trataban de escapar, los últimos y débiles rayos del astro mayor, asomando su cara al otro lado del mundo.

Oscurecía; al otro lado de la playa los campistas comenzaban a recogerse, de vez en cuando se reflejaba el destello de una pequeña fogata. Juan consultaba su reloj cada instante, Filí me hizo varias señas indicando que regresáramos; yo también estaba ansioso por estar en Puerto Palos y tirarme de cabeza a la cama; sin embargo, y así lo declaramos varios años después, en un encuentro casual, Juan, Filí y yo; actuábamos como autómatas, seguimos todas las movidas de Pancho, como los ratones marchaban ciegamente tras el flautista de Hamelin, como siguen los pollitos a la gallina, todo el santo día, o tal vez como camina la mafia tras su God father, a sabiendas de lo que les espera al final. Así también nosotros nos desplazábamos tras los pasos de Pancho, presintiendo que por fin, el secreto del Tarawa estaría en nuestras manos, listo para terminar el libro y que todo el mundo creyera en mi palabra y no hacer quedar mal a Juan, escribir todo lo que me dijo y lo que me contó abuelo Luciano y lo que me dijeron los demás y lo que leí en el periódico de la nación osea la historia que relató Luis López Nieves, a quien a los ocho días después, temiendo correr la misma suerte del Dr. Víctor Cabañas, gritó a los cuatro vientos que Seva era una falsa, pero ya el daño estaba hecho. Ignacio Martínez murió de pena y tristeza; justo cuando ya estaba casi liberado, porque siempre vivió con el peor de los temores; cosa inconcebible, porque el hombre procedía de la estirpe más feroz y valiente de la patria puertorriqueña. Seva vive, ok, Luis.

Con los últimos claros del día, posados sobre el muellecito, pancho, con el índice de su derecha, señalaba directo al norte.

- Allá estaba el Tarawa, dijo, pidiendo que se le prestara suma atención, prosiguió:

«Después trajeron los cadáveres»

Filí, Juan y yo, quedamos sonitontos, mirando al horizonte, buscando en la negrura del anochecer al dichoso portaviones. Asumiendo que era este el punto crítico del día. ¿Cadáveres, qué cadáveres?, nos preguntábamos. Ya en ese preciso instante, el cabo Francisco Sánchez se había transformado en una fiera indomable, sudaba la gota gorda, su cabello estaba encrespado, sus ojos al rojo vivo y su cuerpo ardiendo en fiebre, con todo su sistema alterado, a pocos segundos de sufrir un infarto. Se fue en un flash back a vivir los acontecimientos del 4 y 5 de abril de 1946. Nos cruzamos de brazos y le dimos espacio al hombre, para que se desahogara, fue algo necesario, por su vida o muerte, pero de ninguna manera pretendía continuar arrastrando cadenas. Le llegó el momento de abrir la jaula y dejar escapar ese gorila de la desdicha, que por tantos años, en una combinación de olvido y temor, vivió encerrado en su corazón. Con dolor, con firmeza y seguridad, comenzó Pancho narrando:

- Recuerdo que ese primer lunes de abril, la noche, antes, hice unas letras para mí mamá, canté una ranchera, luego soñé una sarta de disparates, donde solo entendía, que al día siguiente llevase conmigo la guitarra. Sería un día de fuego cruzado de aire a tierra, en entrenamiento de siete pilotos novatos, bajo la supervisión del Teniente Maratti, un héroe de la Segunda Guerra Mundial; media hora antes que sonara el despertador, escuchaba un sonido raro, como suena el choque de dos espadas, cuando se lucha en acústica. Salté de la cama y en ropas menores llegué al lugar de los hechos, mis compañeros, también se divertían observando un par de toros enormes, imitando las cabras monteses de las alturas de Pakistán. En la escena apareció el comandante Flaker, con un arma poderosa en sus manos, solo dos disparos bastaron para derribar las bestias, ni un lamento, ni un mugido, cayeron patas arriba, al pie de la guardarraya. Veinte minutos después, mientras todos estaban en sus respectivos puestos, próximo a dar comienzo las maniobras, yo, guitarra a bordo me dirigía en el camión tanque también a cumplir mis obligaciones. Antes de salir había saludado a Don Carlos Fischbach, mis amigos Pablo, Valentín y Monse, a quienes el Comandante Flaker les dio el día libre con paga. Llegué hasta el correo, deposité la carta para mi querida madre, luego a Playa Sardinas para saludar a los pescadores, algunos eran del equipo de beisbol, al regreso, frente a la iglesia, compartí con el padre Jorge unos minutos, entonces salí tras el trago de café a la casa de mi amigo Pablo, quien disfrutaba de su día libre, reímos, conversamos y tomamos café. Le entregué la guitarra, sin jamás imaginar que pasarían 56 larguísimos años sin volver a rasgar sus cuerdas.

- Hasta luego familia, voy por el agua, dije, al momento que enfilaba hacia la cisterna, feliz, muy feliz, elevaba una plegaria a la patrona de México, pletórico de gratos pensamientos en mi adorada nación, mis queridos padres, mis hermanos y amigos de parranda. A las diez y cinco de la mañana, el tanque estaba lleno de agua, listo para regresar al O.P., fue cuando se presentó Toñita Monell en su yegua, con dos banastas y en cada una un latón para que se los llenara de agua, favor que hice gustoso e inmediatamente. Esa gran líder campesina y mejor jinete de la isla, la cual en menos de cinco minutos, me hizo media docena de chistes, riéndose a mandíbula suelta y fumando como un murciélago. Encendí el camión y arranqué rápido, porque aún me faltaban un par de viajes, para completar el día. Como siempre iba gozando del paisaje todo el camino y saludando a todos por igual, porque todos saludaban con una sonrisa en sus rostros, con profundo amor y sinceridad, como si en la isla viviera una sola familia. Bajé la loma del cementerio, pasé el caño de los muertos, doblé el pesquero de Purín, sentí ganas de frenar el camión, cuando cuadré con la quesería de Cosme Peña; continué adelantando a las Delicias, de paso saludé a Paco y Matta Feliciano. Frente al pozo público me gocé observando las movidas de los campesinos, en su ajetreo del diario vivir para que sus animales vivan también. Volteé franco a la derecha, hacia la carretera de Flamenco y solo vi como diez o doce perros realengos, posiblemente buscando longaniza en la ronda de la mañana. Eran las diez y diez de la mañana cuando subía la lomita de los Nieves, corrí paralelo a la finca de los Márquez, atrás quedó el pozo de Isabelo Feliciano; estaba entre la laguna y la propiedad de Don Cruz Rodríguez, cuando comencé a cantar:

"México lindo y querido

Si muero lejos de ti

Que digan que estoy dormido

Y que me traigan aquí,

México lindo"——————

Compañeros, solo había subido unos cincuenta pies de la empinada carretera de dos carriles de cemento, cuando detonó aquella violenta explosión. En menos de una milésima de segundo logré cerciorarme de la hora, eran las 10:22 A.M., cosa inexplicable amigos, aquel camión se sacudió con la potencia de veinte mil elefantes, como si fuera de goma, quizás quince o veinte pies sobre la tierra, entonces se estrelló contra el pavimento, rodó cuesta abajo y no se detuvo hasta sembrarse en medio de la laguna; consciente como me encontraba, salí nadando a la orilla, mirando la gigantesca masa de humo de la cual caían los pedazos del puesto de observación, impregnados de sangre humana, echando el resto de mi fuerza física, trataba de avanzar, pensando lo que no quería pensar, pero la intuición y el deber de la conciencia me obligaba. Inútil fueron mis fuerzas, caí extenuado bajo un árbol de corcho. La pestilencia a pólvora quemada, la lluvia de objetos mixtos, la ola arrolladora de humo tóxico, paralizaron mi intento de rescate. Aparentemente quedé dormido bajo la sombra del árbol de corcho. Con el vocifero de la multitud quedé despierto a las cinco en punto de la tarde. Caminé hasta el mismo lugar de la desgracia, aún perfectamente consciente. Aquél bombazo fue algo horrendo, arrancó hasta los cimientos del edificio, ¡qué cosa más tétrica! Que panorama tan triste, tantos pájaros muertos, tantos pedazos de carne humada a los alrededores, a medida que iban apareciendo, sin clasificar, porque era imposible, se guardaban en bolsas plásticas. Aparentemente la comunicación había fallado, puesto que a esa hora, personal militar, no había dicho presente, del portaviones Tarawa desembarcaron por el muellecito; ciento cincuenta marinos, quienes marcharon hasta el lugar de los hechos para integrarse a la búsqueda de los pedacitos de carne humana. A las 7:00 p.m.; alguien dio órdenes de regresar; los culebrenses a sus hogares, los marinos al muellecito y del muellecito al Tarawa.

Aquella orden cayó en oídos sordos, nadie, absolutamente nadie, obedeció. Los nativos se las ingeniaron para hacer decenas de fogatas y luego se declararon en vigilia, los marinos del Tarawa apelaron a sus linternas. Para mi es casi imposible describir aquél lugar tan tétrico; fogatas, jachos y linternas, más bien el ambiente era de velorio al aire libre. Quinientos cristianos sobre el Monte Resaca, caminando en todas direcciones, con algún tipo de lumbre en sus manos. Se transformó la vigilia en un gigantesco ritual, era su forma de expresar sus respetos y honores, a quienes había caído esa infortunada. La noche transcurrió lentamente, el tiempo permanecía bueno y la multitud no daba muestras de cansancio, solo que de vez en cuando y cada vez más frecuentes se escuchaban lamentos, llantos, quejidos y letanías. Continuaban apareciendo pedazos de cuerpos humanos y también pedazos de toros, pájaros e iguanas de palo, entre otras especies que corrieron la misma suerte. Poco antes del amanecer toda el área se impregnó de un fuerte olor, como amoniaco, lo que causo tos y vómitos en muchos de los presentes, pero la salida del sol trajo una fuerte brisa como buen remedio a la sorpresiva alergia del momento.

El Tarawa amaneció pegadito a la costa, a simple vista se divisaba su tripulación, caminando sobre cubierta en una actitud desordenada, fuera de toda disciplina militar, corriendo de proa a popa y viceversa, subiendo y bajando escalinatas, todo en un hermético silencio. Allí no se escucharon silbatos ni sirenas, ni repique de campanas, todos los aviones sobre la cubierta del barco, estaban achicados, asegurados, como para realizar un viaje largo, sin la más mínima idea de que fueran a alzar vuelo nuevamente. Muchos años después me enteré de la suerte y desgracia del Teniente Maratti, de aquella triste mañana; su "Spit Fire" fue el primero en regresar al Tarawa, donde fue recibido a punto de pistola, por doce carabineros, escoltado al piso #17, donde están las unidades de retención para casos de emergencia. Antes de que entrara a su nueva habitación fue despojado de ropa y calzado; allí penetró tal y como Dios lo trajo al mundo. Ni un suspiro salió de su boca, de hecho, no hubo ni una sola pregunta hasta cinco días, luego que el portaviones detuviera sus máquinas en el muelle #59 HPV en Norfolk, Virginia. A partir de entonces excepto la alta jerarquía del pentágono, nadie más supo dónde fue a parar aquél hombre, ni las razones, ni el porqué de lo sucedido. Sabrá Dios con qué cuentos les fueron a su señora esposa. Hijos y demás familiares. En cuanto a toda la tripulación, se les leyó la cartilla: «En boca cerrada no entran moscas » «La mejor palabra es la que no se dice » «Que nadie se vaya a incriminar gratis »

Y sepan mis amigos que aquellas amenazas fueron muy en serio y tal parece que la obediencia fue como uno de los diez artículos del código militar.

Ahora bien, Benjamín, Filí y Juan, ustedes se podrán imaginar. En lo más mínimo, ninguno de los tres, pasaba por sus mentes a qué rayos se refería Pancho, ¿qué nos podremos imaginar nosotros?, pensábamos, cruzamos miradas, como cuestionándonos.

- Tú sabes algo Juan, y tú Filí, ¿qué sabes?

Los tres reaccionamos guardando silencio y meneando cabeza en gestos negativos, esperando que Pancho continuara con la historia.

- Amigos, pues ni más, ni menos, prosiguió hablando, la misma dosis de mordaza se nos aplicó a quienes presenciamos la macabra escena, ese día 5 de abril, a las 6:30 p.m.

aquí mismo, donde ahora estamos respirando. Una vez consumado el episodio increíble por cierto, e indómito. La naturaleza también se revela a través de su fauna, flora y fenómenos indescriptibles como sucedió esa tarde; jamás ojos humanos han contemplado semejante drama. Los carabineros perdieron su poca sensibilidad, cuando hay que decidir, sin tener diez segundos de reflexión, dispararon a mansalva y cayeron sobre el mar aves ensangrentadas, aquí mismo en este santo lugar, en este muellecito, bajo las sombras de esas montañas y bajo el vuelo final de las aves del cielo. Aquellos rudos militares, sin la más mínima de las cortesías, sin delicadeza nos amenazaron tajantemente, semejante a los alemanes nazis de Hitler, dictaron sus pautas, sin derecho a la opción. «Aquí no ha pasado nada, lárguense a sus casas y jamás se les ocurra comentar nada, no seremos responsables de que les pueda suceder, tanto a ustedes como a sus familiares; lo que sucedió es parte de la Segunda Guerra Mundial, ahora lárguense y por su propio bien no olviden el "top secret", si es que quieren preservar sus vidas y la de sus familias por mucho tiempo ». En boca cerrada no entran moscas, yo no vi nada, yo no sé nada, si algo pasó yo no estaba allí » será esa la respuesta de ustedes a cualquier curioso que pregunte. Así fue la cosa amigos, son tan feos como tan francos, tal y como les he dicho, de manera que todos excepto Mono Bravo, abandonaron el lugar más rápido que ligero.

- Hoy han pasado muchos años, sin embargo, hay posibilidades de que existan testigos, ya ustedes ven, aún mi amigo Pablo vive, Monchín debe estar por ahí, pregunten, hablen con ellos, quienes estaban presentes aquí ese fatídico día. Yo mismo sufrí un infarto, quedando en coma y no fue hasta veinte años después que recobré el sentido, no sabía quién era, ni dónde estaba; gracias a mis padres que me sacaron de aquel frío hospital, situado en una ciudad de Canadá y me llevaron a su hogar, donde lentamente comencé a recuperarme. Meses después me hice de una amiga, avanzada en sabiduría mística, no recuerdo cómo pero mi amiga y yo viajamos al Tíbet, cuidad mejor conocida como el techo del cielo, donde abundan los monjes dotados de profunda sabiduría.

Al día siguiente de la tragedia en el O.P., sobre la extensa planicie quemada por el fuego de la explosión, se recogía parte de los cuerpos de aquellas nueve víctimas, barridas con sus propias armas. La mayoría de los presentes amanecieron con fiebre, vómitos y calambres, atacados por una molestosa alergia, obligados a buscar ayuda en sus casas, a donde se marcharon. Solo quedaron en el lugar marinos del Tarawa y apenas una docena de culebrenses, asumiendo por el momento, la responsabilidad del asunto. Ya para las 4:00 p.m., el lugar de los hechos estaba desierto, solo quedó allí, escombros, tizones a medio apagar, cenizas y también algunos perros hambrientos buscando desesperadamente carne fresca, preferible de los toros y no de seres humanos, quienes pudieron ser sus fieles amos.

Ante la magnitud de este incidente, accidente y ¿quién sabe?, atentado terrorista; el pentágono estaba bregando con pinzas, había que salir del paso rápido, sin dejar huellas, ni rastros; aprovechar a saciedad, todos los factores a su favor, para no caer en grandes escándalos nacionales y mucho menos internacionales. La crítica sería desastrosa, una página negra en su historia, por el momento estaba de suerte, ausencia de prensa, la comunicación al exterior, no existía o estaba en estado pésimo y por último, por esos días se disputaban la copa mundial de fútbol, en Inglaterra; actividad donde estaba concentrada la mente de millones de ingenuos, por quienes el mundo se podía caer en pedazos, sin ellos darse cuenta, de modo que Washington se estaba saliendo con la suya, el bombazo al O.P. estaba pasando desapercibido; por el momento, no se hundiría la nación y nadie los podría desprestigiar, aparentemente el secreto del Tarawa estaba funcionando.

A las 6:15 p.m., cuando las sombras de la noche comenzaban a asomarse, sobre el muellecito estaban las nueve bolsas plásticas, cada una con un cartón atado, porque aún no estaban identificados, según el oficial encargado, esperando más información, porque del O.P., solo quedó polvo y cenizas y les confieso, mis amigos, era yo la única persona que podría brindar sus nombres, eran mis compañeros, sin embargo, al momento nadie me había reconocido, para los militares del Tarawa, yo pasaba como un culebrense más, a pesar que vestía Mahón azul y t-shirt blanca. La presión y el nerviosismo no les permitió descubrirme, además permanecí en silencio, lamentando la pérdida de los míos.

Transcurridos otros diez minutos, diez carabineros, portando armas largas, tres oficiales con pequeños radios portátil y seis culebrenses, en el muellecito y alrededor, en espera que arribara una de las lanchas del portaviones, para llevarse las bolsas, hacer una corta ceremonia y dar por concluida la fúnebre jornada. Aún la lancha demoraba un poco, en ese instante acudieron al lugar miles de gaviotas con un chillido ensordecedor, mortificante, anunciaban lo hambrientas que estaban, ante la escases de mijúas y sardinas. Llegaban las aves del cielo con un apetito voraz, crónico, ante esa situación, las gaviotas husmean cuanto rinconcito puedan hallar, buscando algo con que saciar su hambruna. Ellas son sumamente inteligentes y aunque nadie sabe cómo, por el olfato y su visión telescópica, posiblemente se las ingeniaron para averiguar dónde estaba el banquete humano y luego transformarse en caníbales salvajes y llenar sus buchecitos, que por cierto nunca se llenan. Insaciables pájaros marinos, descubrieron las bolsas sobre el muelle, presintiendo su contenido, todas estuvieron en común acuerdo, multiplicaron sus chillidos e hicieron como si fueran una sola pieza

307

y en un abrir y cerrar de ojos, se lanzaron al bestial ataque, dando millones de picotazos a las bolsas pláticas, un asalto relámpago e impresionante, embistieron en todos los frentes a picotazo limpio, luchando por su sustento. Los carabineros se turbaron, corrieron al muellecito y también recibieron sus buenos picotazos casi derrotados, hicieron uso de sus armas. Apreciados amigos: Filí, Juan y Benjamín, en mi larga vida, jamás había visto cosa igual, nadie, absolutamente nadie en su sano juicio, lo creería, caballeros, aquello fue un acto como satánico, cosa indescriptible, hicieron picadillo miles de gaviotas, su sangre cayó al mar y este se tornó rojo dos millas alrededor, hasta manchar los costados del Tarawa, espeluznante historia, pero es la verdad; por eso estoy aquí, para que por fin, este secreto salga a flote y que lo sepan en los cuatro confines de la tierra. Amigos, luego de aquella lluvia de sangre, aquél mar se infestó de tiburones, tan hambrientos como los perros y las gaviotas, también atacaron como los kamikaze suicidas; sin contemplaciones se jampearon todas las gaviotas muertas y también se tragaron todas las bolsas plásticas, caídas al agua por el remolino que provocó el violento aleteo y remeneo de las aves; luego hicieron rumbo al Tarawa, se sumergieron, pasando por debajo del barco, al otro lado asomaron sus cabezas, sobre la superficie del mar como si se estuviesen burlando o tal vez dando las gracias. La noche cayó de sopetón, arriba se escuchaba el cántico triste de las pocas gaviotas que sobrevivieron; abajo, sobre el agua, el torbellino que dejaron atrás los tiburones, oleaje de espuma roja, sangre de las aves del cielo y sangre de militares inocentes, sobre la arena firme, catorce militares y un solo culebrense, llamado, o sea, mejor conocido por Mono Bravo, quien no cesaba de vomitar, el hombre devolvió hasta el verde de las tripas. Mis amigos: Benjamín, Juan y Filí, fue precisamente en ese instante que decidí identificarme a los tres oficiales allí presentes. Comencé a despertar a la realidad, me vi a mi mismo conduciendo el camión tanque, subiendo la empinada cuesta del O.P., con el rabo del ojo alcancé cerciorarme de la hora, eran las 10:22 a.m., ahora recuerdo perfectamente, estallé en llantos y gritos, caí sobre la arena extenuado y ahí fue lo del infarto. Según me fui enterando con los doctores, amigos y familiares; desperté veinte años después en un hospital de Ottawa, Canadá; aún alucinaba; todas las noches observaba una lancha militar (C-V-40) en el muellecito de Flamenco, catorce militares la abordaban en las tinieblas de la noche, luego navegaban lentamente hacia un buque de guerra enorme, fondeado al norte, en aguas del Océano Atlántico. A esa hora no había gaviotas, tampoco tiburones, solo había oscuridad, frío, tristeza.

En el silencio incierto, procedente del portaviones se escuchaba el sonar de una campana, en forma de doble, tan——, tan——, tan——, símbolo de respeto y homenaje por la partida de los nueve aliados. Alguien del grupo, es de suponer, me ofreció los primeros auxilios, hasta abordar el Tarawa, donde se me oxigenó, me medicaron y pasamos cinco días navegando hasta una base militar en el estado de Virginia y luego de hospital en hospital, por último a Ottawa, Canadá, lugar donde desperté veinte años después; allí me hicieron la historia completa, allí tuve sueños y revelaciones fue cuando mis padres, viejitos, me llevan al hogar y luego el viaje con la amiga al Tibet, había recuperado un montón. Sin embargo era necesario regresar a esta isla, Culebra es maravillosa, es energía, aquí se siente el espíritu. Amo esta isla como era antes, es ahora y como será siempre, con los humildes nativos y con los que llegan a lucrarse con soberbia y a contaminarla a cuenta de su cochino dinero. Mañana parto hacia México, mi tierra querida pero me llevaré un pedacito de esta islita en mi corazón. Culebra, que con tu nombre se escriban los senderos de justicia, paz, libertad y amor.

Disimuladamente las campanadas silenciaron, fue cuando se incendiaron millares de lucecitas, rojas, verdes, azules y doradas, el Tarawa izó ancla y muy despacio navegaba al norte, dejando atrás una estela de recuerdos gratos, menos gratos e ingratos, su secreto ya no era secreto, estaba compartido; ahora faltaba que se escribiera el libro, para que el mundo también se enterase, para que no se repita lo que sucedió en Seva, ni las barbaridades que cometieron con el pueblo de San Ildefonso, ni los crímenes que cometieron en Vieques, con su uranio reducido, contaminando e intoxicando a toda una generación. Se acabaron los secretos.

- Esto ha sido una historia conmovedora, exclamó Filí, cerca de las tres de la madrugada.

Juan recostado sobre el tronco de una uva no salía del asombro.

- Ahora te das cuenta, Ben, que el secreto del Tarawa, contado por mí persona, nadie lo hubiera creído, ya ves como son las cosas hasta la guitarra apareció ¡Que tremendo!

- Bendito Juan, contesté, ahora te comprendo, no solo a ti, si no a Monchín, a Mono Bravo y al resto de los culebrenses. Pienso que el pobre Lupe siempre creyó poseer la guitarra de Pancho.

- Tu tío Pablo, nunca le dijo tal cosa, eso se lo inventó él, para atraer sus fanáticos y darse importancia.

- De Lupe se puede esperar cualquier cosa, pero tío Pablo sabía más que eso.

Cuando amaneció y el sol se elevaba, aún estábamos frente al muellecito, el nuevo día nos sorprendió hablando de la historia. Pancho había desaparecido, lo buscamos por todos lados.

- Se lo habrá tragado la noche, dijo Filí.

- No está por todo esto, añadí.

Entonces Juan, incómodo, intranquilo, lleno de arena, resistiendo el frío de la mañana y el cruel ataque de los mimes y los mosquitos, dijo con autoridad:

- Nos vamos ahora mismo, Pancho aparecerá, vámonos.

Caminamos hacia la carretera, de ningún modo regresaríamos a la rampa de Resaque por el lugar en que vinimos, regendiendo montañas.

- Vamos a pedir pon por ahí, en la carretera.

Así lo hicimos, pero el pon no apareció, de manera que caminamos hasta frente a la ferretería González, muertos de sueño, cansados, sudados, llenos de arena y embarrados de fango. En el cruce, Juan desfiló a Resaque su casa, de donde enviaría a Georgie por el 4 x 4, a la rampa de aquella montaña. Filí continuó camino recto, sin desviarse derechito a la hamaca, en los manglares de su casa, donde lo esperaba su hermano Quique, con su fiel can, el gran Machetero, y por mi parte mis sentidos me dirigieron a la casa de tío Pablo en Sopapo, no podía fallar, allí estaba Pancho el mexicano, terminaba de saborear un buen plato de arroz y habichuelas con patas de cerdo. Entre abrazos y risas se despedía de tío Pablo, saldría en el ferry de la una, Julián lo aguardaba en su guagüita para llevarlo a la casa de Juan y luego al malecón de los puertos. Yo aprovecharía el viajecito, porque un minuto de vida, vida es. ¡Sorpresa! ¡Qué agradable sorpresa! Pancho salía de la casa, guitarra en mano en su estuche de cuero, nos abrazamos en saludo fraternal, le expresé mi profundo agradecimiento por el valor de su historia relatada. Él siempre creyó ser el beneficiado, porque de hecho ese era el propósito de su visita a Culebra; encontrar amigos de confianza, que le escucharan, todo lo que por tantos años llevaba arrastrando en su corazón. Yo en cambio, creí y creo ser el beneficiado porque también por muchos años estuve en busca de ese tan guardado secreto.

- ¿No se molestaría usted, si algún día publicamos su narrativa?

¡Hombre manito! Pos cómo va a ser, de ninguna manera, mucho antes debió todo esto estar en la opinión pública.

- No sabe usted cuan agradecidos estamos amigo Pancho.

- Don Benjamín, en sus manos está el secreto disponga de él cuando usted guste, como guste y donde guste. Compártalo con el resto del mundo. Ahora bien, hágame el favor y entréguele este amuleto al amigo Filí, el que lleva en su cuello está un poco viejo y yo entiendo que a él le encantan estas cosas, y para ese amigote Juan, mi amigo Pablo y yo, le regalamos esta guitarra. Ahorita Julián me lleva a su casa para entregársela personalmente.

Amigos lectores, cuán difícil se me hace describirles la reacción de Juan, cuando el mismo Pancho le entregó la guitarra. El hombre sonrió, levantó sus manos al cielo y luego lloró y abrazando fuertemente a pancho dijo: «Dios obra por senderos misteriosos » entonces solo alcanzó a decir simplemente:

- Gracias, bebiéndose las lágrimas como un bebé.

La voz se le entrecortó mientras apretaba en sus manos la guitarra soñada, no la que regalará tío Pablo a Lupe y el negro se confundiera, haciéndole creer a todos que esa era la lira de Pancho el mexicano. No, la guitarra de Pancho estuvo celosamente bien guardada durante 56 años, no puede haber confusión.

La guitarra de la historia, está ahora en manos de Juan, el bohemio eterno de Resaque, el piloto, el historiador, mi amigo, mi hermano, guarda con cariño la guitarra de Pancho el mexicano, la lira de los románticos e inolvidables bailes comunitarios en la casa de tío Pablo Ayala. La guitarra tatay, que trajeron sus abuelos de España, la clave del secreto, la evidencia, la última pieza del rompecabezas. Amigos y compañeros, he aquí la jugada final. JAQUE-MATE.

Fin.

Epílogo

Uno de los momentos más conmovedores, durante mis tres años de consulta en busca de información para que finalmente se descubriera el secreto lo fue el día siguiente a la muerte de David Sanes Rodríguez. La noche anterior se repitió en Vieques la tragedia de 1946 en Culebra. Fue entonces que desprendió de mi mente hacer algunas averiguaciones, cosas que desde mi niñez venía escuchando sobre los nueve oficiales que murieron en el O.P.

A partir de entonces, la Marina, el pentágono, todo Washington han hecho lo indecible por mantener fuera de la luz pública, esas nueve víctimas de su propio fuego.

No aparece información en computadoras, para los efectos el portaviones Tarawa, jamás navegó en aguas culebrenses.

«La verdad aunque severa es amiga verdadera »

Testimonios:

1- Un piloto de la Fuerza Aérea, tratando de regresar a su portaviones en la noche; por alguna razón las luces de identificación de su buque estaban apagadas, de manera que no lo podía localizar en la oscuridad, de repente vio un rastro de luz, entendiendo que era la estela que dejaba el barco, la luz era creada por unas diminutas aguavivas fosforescentes, destellando un espléndido brillo, formado por la agitación de los potentes motores de la nave, siguiendo este tremendo rastro, el piloto pudo aterrizar en el portaviones. Sr. Mark A. Sallade, ‹E.A.A.›

2- He dedicado toda mi vida a buscar la verdad histórica, pero me tomé esta pequeña licencia para escribir la historia que me conviene, todos los historiadores lo han hecho y lo hacen; «cuando la realidad molesta demasiado, simplemente se cambia ». Profesora De Vassy, ‹El silencio de Galileo›

3- En mi nueva actitud ante la vida, no pierdo el tiempo con cosas que no me agraden o me llenen. También evito las actividades vacías, solo para llenar el tiempo. Al igual no me reservo mis comentarios, digo siempre lo que pienso y lo que siento. Más importante aún, le muestro mi amor y agradecimiento a la gente, que quiero y les doy todo mi cariño y mi corazón. Cristina Saralegui, ‹Gente›

4- La Marina de los E.U. condujo entrenamiento con varios tipos de municiones y armas durante setenta y tres años en Culebra; algunas municiones aún permanecen y pueden ser peligrosas. El cuerpo de ingenieros de los E.U. está conduciendo una investigación ambiental en Culebra, Culebrita y cayos aledaños para garantizar seguridad en el área, tanto para la comunidad como para sus visitantes. Por favor esté consciente, si descubre algún objeto sospechoso, puede ser viejas municiones militares, siga las tres reglas de seguridad: reconozca, retroceda y repórtelo. Elsa Jiménez U.S. Army. ‹Culebra Calendar›

5- Haz cada día que sea realmente nuevo, vistiéndote con las bendiciones del paraíso, bañándote en sabiduría y amor y poniéndote bajo la protección de la madre naturaleza.

Aprende de los sabios, de los libros, pero no te olvides de que cada montaña, río, planta o árbol también tiene algo que enseñarte. Paulo Coelho, <El Nuevo Día>

6- Hay días que uno se levanta sintiendo que tiene la fuerza para llevarse al mundo por delante, hay otros en los cuales a uno le parece que lleva el peso del mundo sobre la espalda. He descubierto que todos los seres humanos tenemos mucho más en común, que aquello que nos separa. Cuando compartimos lo que sentimos, crecemos juntos. No pierdas hoy la oportunidad de inspirar a otros, con algunas palabras, por más simple que parezca. Nada nos hace más fuerte, que responder al coraje con compasión y a la violencia con ecuanimidad. Seamos siempre seres de luz. Lilly García, <El Nuevo Día>

7- La verdad es algo aplicable a toda persona no importa su color de piel, su estilo de hablar, hable lindo o feo, nos guste o no, todo credo político, económico o religioso; la verdad nos toca a todos universalmente, es un lenguaje cósmico. Nuestras verdades humanas son relativas y acomodadizas a nuestras situaciones. La única verdad es Dios; Dios es el poder y la sabiduría perfecta.

Nosotros somos cuerpos humanos, limitados y racionales. Con cada pasito que damos en conocimiento espiritual, recordamos la única verdad que existe. La vida misma nos va indicando el camino a través de la evolución humana, hacia nuevas verdades que nos van acercando a la gran verdad, es así como nos vamos dando cuenta, que en verdad no sabemos nada; bien decía Sócrates: «Solo sé que no sé nada »

La gran verdad divina es solo una, la verdad humana es cambiante, parcializada, que nos lleva siempre a no saber nada del todo. Dr. Eduardo Mattei, ‹El Vocero›

8- «Resumen del deber del hombre »

9- Y cuanto más sabio fue el predicador, tanto más enseño sabiduría al pueblo e hizo escuchar e hizo escudriñar y compuso muchos proverbios.

10- Procuró el predicador hallar palabras agradables y escribir rectamente palabras de verdad.

11- Las palabras de los sabios son como aguijones; y como clavos hincados, son los de los maestros de las congregaciones, dadas por un pastor.

12- Ahora, hijo mío, a más de esto, sé amonestado. No hay fin de hacer muchos libros, y el mucho estudio es fatiga de la carne.

13- El fin de todo discurso oído es este: teme a Dios y guarda sus mandamientos, porque esto es el todo del hombre.

14- Porque Dios traerá toda obra a juicio, juntamente con toda cosa encubierta, sea buena o sea mala. ‹Eclesiastés 12›

«Fin »